LOS AÑOS DEL
SILENCIO

ÁLVARO ARBINA

LOS AÑOS DEL SILENCIO

Editado por HarperCollins Ibérica, S. A.
Avenida de Burgos, 8B - Planta 18
28036 Madrid

Los años del silencio
© 2023, Álvaro Arbina Díaz de Tuesta
© 2023, para esta edición HarperCollins Ibérica, S. A.

Diseño de cubierta: LookAtCia
Imagen de cubierta: Trevillion

ISBN: 9788419883933

La historia que se relata a continuación está inspirada en hechos reales. Sucedió en 1936, en un pequeño pueblo en el corazón del País del Bidasoa. La verdad tardó ochenta años en salir a la luz.

Prólogo

Pamplona, otoño de 2016

La periodista avanza por los pasillos del geriátrico. Sobre ella, miradas licuadas por las que se escurren la memoria y la verdad. En lugares como este donde se apaga la historia, piensa la periodista, deberían oírse cómo se relatan los últimos recuerdos.

Ha concluido la hora de la siesta y en los altavoces empiezan a sonar clásicos alegres. Se forman corros de batas blancas y sillas de ruedas, se oyen voces tiernas, algunos ancianos se animan a bailar. Reina en el lugar una agitación colorida, envuelta por una locura feliz. Un geriátrico no se diferencia mucho de una guardería, salvo porque se encuentran en polos temporales opuestos.

La periodista observa a los ancianos y piensa que con ellos se marcha la generación que vivió la guerra. La llaman la generación de los abuelos, porque así los llaman sus nietos y también sus hijos. La anterior generación también fue llamada así, y la anterior, y así sucesivamente hasta el origen de los tiempos. Pero de eso nadie se percata nunca. Las generaciones se suceden unas a otras sin saber que se repiten en las cosas que no se cuentan, que por lo habitual son las verdades en bruto, verdades como diamantes, afiladas y dolorosas.

Con cada generación desaparece el testimonio vivo de un tiempo.

Saber lo que aconteció en él depende de la memoria de quienes aún viven. Y posteriormente, de los escritos que quedan.

Ambas cosas pueden maltratar la verdad.

A estas alturas de su carrera, la periodista sabe con certeza que la verdad está sometida a demasiados contratiempos. Es como un barco a la deriva por los océanos. El salitre lo carcome, el verdín lo cubre, las tormentas lo descuartizan. El barco acabará en las profundidades, convertido en un pecio irreconocible. Algún día alguien lo descubrirá y no alcanzará a saber ni por asomo cómo fue el barco en realidad.

Si la verdad termina convertida en pecio, las generaciones seguirán sin saber que se repiten.

El trabajo de la periodista es contar la verdad. Algunos lo consideran una afirmación cursi, de tiempos pasados, y no la toman en serio. Pero a ella no le importa decirlo, lo hace con toda la calma. Verdad. Libertad. Felicidad. Son palabras que algunos destierran de su vocabulario por estar desfasadas, maltratadas, desfiguradas. La gente ha roto esas palabras, dicen.

La periodista avanza por el pasillo. En la recepción le han indicado la habitación del fondo. Tenía concertada la entrevista, ha llegado puntual.

La puerta está abierta. En la habitación hay una pequeña televisión encendida, sin sonido. El alboroto senil y festivo queda atrás y relegado a rumor. Se respira una cierta calma.

La anciana permanece sentada en un sillón, de cara a la puerta, esperándola. Sostiene en el regazo el mando y apaga la televisión.

—Cierre la puerta, por favor.

La periodista obedece. Se hace el silencio y pronto las envuelve una burbuja de intimidad. Ella se presenta y le proporciona su nombre y el medio para el que trabaja.

—Espero no importunarla. Vengo por lo de mañana.

La anciana asiente lentamente, con una enigmática sonrisa que es intrínseca a partir de cierta edad. Palmea la silla que tiene al lado para que la acompañe.

—Habíamos quedado a las seis. Ha llegado puntual.

La periodista arrastra la silla para situarse a un par de metros y quedar frente a la anciana. Se siente algo nerviosa. Su primer impulso es abrir directamente el bolso y sacar el bloc y la grabadora del móvil, pero se detiene para mirar a la mujer, para sostenerle la mirada de esos ojos observadores y llenos de intriga. Por edad, podrían ser abuela y nieta.

Le pregunta qué tal se encuentra.

Ella le responde que lleva unos días sin dormir. Le han cambiado las pastillas de la noche y aún se está haciendo a la nueva dosis.

—¡Menudo jaleo! —añade, señalando al pasillo.

La periodista sonríe. Se miran unos segundos en silencio. La anciana parece cómoda en el silencio. Ella no tanto. Si algún día llega a su edad, tendrá tiempo de sobra para hacerse a él.

Por fin abre el bolso y saca el bloc y la grabadora.

La sostiene en alto y busca la aprobación de la anciana, que asiente.

Despliega el bloc, acciona la grabadora y trata de situarse entre sus notas. Va a decir algo, pero la anciana se adelanta:

—Quién me iba a decir que estaría hablando hoy de esa historia…

La periodista asiente, los ojos abiertos, pensativa. Intenta hablar con suavidad.

—¿Se siente preparada para hacerlo?

—Si no es ahora, ¿cuándo lo estaré? Desde la tumba solo hablarán mis huesos.

—Los huesos pueden decir mucho.

—Sí. Los huesos son los héroes de la resistencia.

—Usted es uno de los pocos testigos vivos de lo que pasó —dice la joven.

—Yo no asistí a los hechos directamente, ya sabe usted. A mí me llegaron en forma de relato. Mi testimonio es el que es.

La periodista asiente.

—Todo esto ha llegado demasiado tarde.

—Tanto que casi se pierde para siempre.

La periodista revisa sus notas y se sitúa mentalmente.

—La ONU declaró el 30 de agosto como el Día Internacional de las Víctimas de Desapariciones Forzadas. De todos los días del año, justo el de la desaparición de esa familia. Qué casualidad.

La anciana contempla temblorosa a la joven. No pestañea. Es regia a pesar de sus achaques.

—Hubo mucha gente que desapareció durante la guerra. Sobre todo en los pueblos. Pero lo de Gaztelu fue diferente…

La anciana guarda silencio, perdida en recuerdos.

—Lo de Gaztelu fue otra cosa —interviene la periodista, para traerla de nuevo.

—Así es. Lo de Gaztelu fue otra cosa. Por entonces, Gaztelu era un lugar perdido del País del Bidasoa. Así llamó Pío Baroja a aquellos valles tan verdes del corazón de Euskal Herria. El País del Bidasoa.

La anciana se conmueve, sin apartar la vista, que se le humedece.

—Allí desapareció aquella familia…

1

Llega del frente

Pamplona, invierno de 1937

El despacho es como un túnel oscuro. Largas estanterías donde se reproducen infinitos legajos de leyes. Pilas de documentos con declaraciones, diligencias e instrucciones de causas. Una atmósfera densa con olor a papel viejo y a los cigarrillos acumulados en el cenicero.

Al fondo del despacho está el hombre, empequeñecido tras el escritorio. La luz de la lámpara eléctrica lo aísla entre las sombras. El trabajo lo rodea de tal forma que amenaza con darle sepultura.

El hombre es abogado y se llama Vicente San Julián. Sigue con el dedo las líneas escritas con letra minúscula, forzando la vista tras los anteojos. Tantos años encogido sobre decretos y sumarios le han provocado una sutil joroba y la capacidad de inclinarse aún más, hasta el punto de que su desbarbado mentón puede rozar las hojas. Diríase de él que se encuentra en su postura natural, y que se siente en su despacho tan protegido y cómodo como un feto en el vientre materno.

Mientras revisa textos, Vicente acostumbra a murmurar para sí. Hace ya muchos años que dejó de ser consciente de que habla solo. A veces simplemente lee en voz alta. Otras veces pronuncia frases que dijo a su mujer en el desayuno o que le gustaría haber dicho o que piensa decir a la hora de cenar. Otras veces suelta palabras sin sentido. De pronto dice: «¡Estupendo!» o «¡Estamos de acuerdo!».

A pesar de todo esto, Vicente es considerado una persona seria y totalmente cuerda en el círculo de abogados y juristas. Conocido por defender a ultranza y hasta la extenuación las causas más perdidas. Definido por su mujer y sus dos hijos como un buen marido y un buen padre, o más bien un marido y un padre de buen corazón, ya que pasa más tiempo en el despacho que en su casa. Sus manías y sus costumbres se deben a que ya son treinta años en la soledad de su modesto estudio: un primer piso de dos habitaciones con maderas crujientes y retorcidas. Treinta años, doce horas diarias, seis días a la semana. Treinta años al margen del mundo, fusionándose con su despacho hasta el punto de convertirlo en una extensión de su inconsciente, ese misterioso lugar del cerebro donde todo tiene cabida, desde las ideas más ingeniosas y racionales hasta las más absurdas.

La feliz soledad de Vicente es más bien una burbuja de abstracción. En realidad no está del todo solo en su despacho. Hay dos seres vivos que merodean a su alrededor. El primero es un pequeño *yorkshire* llamado Watson. Sus patas suenan cantarinas y alegres en el suelo encerado. Él también pasará gran parte de su vida en el despacho. Hasta su muerte a los doce, trece o catorce años, seguirá haciendo lo de siempre: caminando de aquí allá, sentándose al calor de la estufa o de las piernas de Vicente, mirando por la ventana o mirando intensamente a su dueño durante horas como si esperara algo de él o como si lo venerara con toda su alma.

En la práctica, la mitad de los murmullos de Vicente van dirigidos a su pequeño amigo. Le trata de usted y le dice cosas como:

—¡Usted sí que sabe, querido Watson!

O:

—¡Mire que se lo dije, querido Watson!

El otro ser vivo en el despacho es una jovencita de veintidós años con la mente viva y unos dedos que se mueven frenéticos sobre las teclas de la Olivetti. Se llama Leticia y no solo transcribe, sino que reformula los textos de Vicente, que son inconexos y escritos como para telegrama. Su rítmico tecleo desde la antesala es la sinfonía del despacho, una música de la que Vicente no se da cuenta, ya que él vive en su cabeza más que en el mundo.

Cuando Leticia entra en el despacho es como si se abrieran las ventanas. Un soplo de aire fresco y de normalidad.

—Señor San Julián.

Vicente alza la mano libre mientras con la otra escribe enérgico.

—¡Un momento, Leticia!

La joven espera. Vicente concluye y la mira.

—Sí, Leticia. Dígame.

—Señor San Julián, el hombre del que le hablaron está esperando ahí fuera. Viene del frente en Navafría. Me ha dado esto para usted.

La secretaria le tiende un documento. Vicente lo estudia tras los anteojos con suma atención.

—Ah, sí, sí. Ya lo recuerdo. Este permiso viene de arriba. Hágale pasar.

Mientras la secretaria desaparece en busca de la visita, Vicente continúa revisando el documento. Piensa en que ya ha pasado más de un año desde el Alzamiento. Qué absurdo todo y, sin embargo, qué normal parece ya. Una guerra entre vecinos y compatriotas en tierra propia, en las ciudades, en los pueblos y en los campos. Decenas de miles de muertes de norte a sur y de este a oeste, noche y día, sin descanso y sin cuartel, por ideologías y creencias y abstracciones inventadas que nadie puede tocar ni señalar. El país se desangra por la represión, eso Vicente lo lleva percibiendo meses. En Navarra se habla del *terror caliente* y de las ejecuciones extrajudiciales a militantes socialistas, a miembros de UGT y de la FNTT, y también de las temibles sacas de presos en el Fuerte de San Cristóbal.

Son cientos las familias que acuden desesperadas a presentar denuncias, a indagar, ante la Guardia Civil, ante la Iglesia y la justicia. La saturación de denuncias y casos es tal que la mayoría no se admite a trámite en los juzgados. Vicente lo sabe muy bien. Los casos le rodean y le acosan en el escritorio. Hace tiempo que no llega a todos.

Unos pasos se detienen en el umbral. El abogado se sorprende. Ante él, un hombre vestido de campo, con la boina roja de requeté y un tabardo viejo. Está empapado.

Vicente mira por la ventana y entonces se percata: en la gélida y prematura noche invernal cae aguanieve.

El hombre, cercano a los cincuenta, está demacrado y tiene la mirada afilada y sumisa de soldado. En otros tiempos debió de tener una buena gallardía de juventud. Ahora parece nervioso, humilde, incómodo en la gravedad del despacho. Se ha detenido a considerable distancia del escritorio, entre las sombras.

—Buenas noches —murmura.

Desde el otro extremo de la estancia, Vicente lo observa, en silencio.

—Siéntese, por favor.

El hombre toma asiento. Vicente ordena documentos mientras lo estudia, alzando los ojos tras la montura.

—Pedro Sagardía, ¿verdad?

El hombre asiente.

—Con ese permiso no me esperaba a alguien de campo —comenta Vicente—. No se ofenda.

El hombre se quita la boina. Tiende a inclinar la cabeza hacia el suelo. La coronilla le clarea. Las hombreras del tabardo están desgastadas y le vienen grandes. Vicente lo piensa: este individuo es de esos hombres a los que la gravedad de la tierra parece atraerlos más.

—Soy carbonero.

Tras escuchar esto, Vicente se recuesta en la silla y enciende un cigarrillo.

—Una digna y necesaria profesión. Los hombres como usted me libran de la artritis en invierno. Dígame, ¿cómo ha conseguido eso?

Vicente señala el documento, que está sobre el escritorio.

—Tengo un tío en la Comandancia —responde Pedro—. Es… coronel. Él me ha facilitado el acceso a usted.

El abogado expulsa el humo, observador.

—Estoy desbordado. Ahora mismo no estoy como para coger casos nuevos. ¿Qué edad tiene, señor Sagardía?

—Cuarenta y siete.

—Por lo que aquí figura, usted sirve en los requetés navarros del Tercio de Santiago, 8.ª Compañía de Fusiles.

Pedro asiente. El abogado continúa:

—¿No es un poco mayor para incorporarse voluntario al frente?

—No soy voluntario.

—En su documento eso es lo que figura.

—Hay frentes más seguros que los pueblos —dice el carbonero—. Eso no me hace voluntario.

Se hace un silencio donde Vicente mastica lo que acaba de oír. Estudia al hombre mientras expulsa el humo del cigarrillo.

—¿Por qué razón está aquí?

Pedro manosea la boina, nervioso, mojado, sintiéndose fuera de lugar.

—Mi familia ha desaparecido. Quiero poner una denuncia.

El abogado espera, pero Pedro no continúa.

—¿Mujer? ¿Hijos? —pregunta el abogado.

—Una mujer y seis hijos.

—¿Su mujer y sus seis hijos han desaparecido?

—Sí, señor.

—¿Cuándo ha sucedido eso?

—Hace un año que no sé de ellos.

Vicente se yergue tras la mesa, incrédulo.

—¿Un año?

El carbonero habla con la impasibilidad de una fatiga crónica, de las que se asientan y uno no se quita durante meses.

—No ha sido fácil acceder a usted —responde—. Si uno huye del frente lo fusilan.

Ambos hombres se contemplan, frente a frente, durante varios segundos. Pronto el abogado percibe que no se encuentra ante un caso de los habituales. La imaginación se apodera de su mente y se sitúa en la terrible impotencia que ha debido de sufrir el hombre. Meses sin saber de su familia. Cartas sin respuesta. Posibles rumores. Y el tormento de no poder abandonar una trinchera.

—Un año es mucho tiempo —sentencia—. Demasiado. Le han tenido que reconcomer las entrañas.

Pedro lo mira, pero no dice nada. Sus ojeras son pronunciadas. Baja la mirada hacia su boina, que no para de manosear. Sus hombreras empapadas brillan bajo la luz de la lámpara.

Vicente lo estudia, pensativo, los codos apoyados en la mesa, el cigarro humeante junto a su rostro. Dentro de él se fragua una decisión que no esperaba tomar.

—¿Desde cuándo no come algo?

—No he venido aquí en busca de caridad.

—Pues al menos tendrá la decencia de acompañarme en la merienda. —Vicente alza la voz, mirando hacia la antesala—. ¡Leticia!

La discreta figura de la secretaria asoma en el umbral.

—¿Sí, señor San Julián?

—Leticia, baje al bar de Paco y traiga dos sopas. Y coja otra para usted también. —La joven hace amago de irse, pero Vicente parece recordar—: ¡Y también cigarrillos!

—¡Sí, señor!

La secretaria se va. Se hace un silencio entre los dos.

—Antes de ayudarle ante un tribunal, tendré que confirmar lo que me dice.

Pedro asiente. El abogado lo mira sostenidamente mientras asume su decisión.

—Está bien. Ahora cuénteme lo que pasó.

2

Denuncia

En el despacho del abogado Vicente San Julián hace tiempo que los cristales de las ventanas se han empañado. En las calles la noche invernal se hace más gélida. El pequeño Watson está tumbado junto a la estufa. A él y al abogado no parece importarles el paso del tiempo. Solo la pobre Leticia piensa en la hora y asume que una vez más no llegará a casa para cenar con sus padres.

Ha pasado una hora desde que subiera con la sopa caliente. Vicente está tan aturdido por el relato del carbonero que se le ha olvidado por completo su necesidad de comer. Ahora la cazuela se enfría sobre la mesa junto a tres platos vacíos mientras él da vueltas por el despacho, las manos a la espalda, pensativo.

El abogado ha manifestado la intención de anotar algunas ideas.

Pedro y la secretaria lo observan. La energía del abogado es la misma que a primera hora del día.

—Muy bien, Leticia. ¿Situada?

Ella se sitúa frente a la Olivetti, los dedos sobre las teclas, la espalda erguida.

—Sí, señor San Julián.

—Muy bien, muy bien. Quiero escribir el inicio de la denuncia.

Vicente sigue dando vueltas, sin llegar a arrancar. La sopa se enfría.

—Está bien, apunte.

Leticia se dispone a apuntar.

—Allá va.

Vicente sigue sin decir nada. La secretaria se desespera.

—¿Va o no va?

Por fin va:

—Pedro Sagardía, de cuarenta y siete años de edad. Vecino de Gaztelu, Navarra, en la actualidad requeté del Tercio de Santiago, 8.ª Compañía.

Leticia teclea a ritmo frenético, lo que impresiona y hace arquear las cejas al carbonero. Vicente continúa:

—Presenta ante el juzgado una larga y estremecedora denuncia, a fin de averiguar el paradero de su familia.

El abogado hace una pausa para pensar. Se toma su tiempo y continúa:

—Hablamos de una mujer y seis hijos, sus señorías. Desaparecidos sin dejar rastro, vistos por última vez en su localidad natal hace ya más de un año. A estos efectos, y como abogado de la acusación, debo manifestar que...

Se para, sin manifestar nada. Ante la Olivetti y con deseos de concluir y marcharse de una vez, Leticia suspira:

—Y debo manifestar...

El abogado reacciona:

—Y debo manifestar que: el pasado año de 1936, en el mes de agosto, poco después del Alzamiento, se hallaba el denunciante trabajando junto a su hijo mayor en los montes de Eugui cuando recibió aviso de su mujer para que acudiese de urgencia al pueblo de su residencia.

Vicente vuelve a detenerse, los ojos muy abiertos, como si acabara de recordar algo. Mira a Pedro y su estado famélico, sentado en la silla principal, observándole en silencio. Después repara en la sopa.

—Acabo de darme cuenta de que tengo un hambre terrible.

Se aproxima a la cazuela con sorpresa.

—¡Vaya, está fría!

Leticia se desespera. Escucha las palabras del abogado:

—Disculpe, Leticia. Me va usted a perdonar...

La secretaria se levanta con un suspiro, sabiendo lo que le espera.

—No se preocupe. Bajo y les pido que la calienten.

—Gracias, Leticia. No sé qué haría yo sin usted.

La joven se pone el abrigo y entonces Vicente repara en la hora.

—¡Virgen santa! ¡La hora que es! Pero, Leticia, ¿cómo es que usted no me dice nada?

Ella se arma de infinita paciencia y dice:

—A mí también se me pasó la hora, señor San Julián.

—Ande, váyase con apremio a casa, que nos las tomamos frías y ya continuamos mañana.

—Deje que al menos se la recaliente y luego ya me voy a casa.

—Está bien, está bien. ¡Qué haría yo sin usted, Leticia!

La secretaria se va con la cazuela a cuestas y quedan los dos hombres en silencio. El abogado vuelve a sentarse tras el escritorio, ante Pedro, que tiene el rostro pálido y parece sumamente fatigado. Vicente se enciende otro cigarrillo.

—Ya he apuntado lo que quería. Ahora estoy tranquilo. Si no lo apunto, se me olvida. ¿Le suena convincente?

Pedro asiente en silencio. El abogado muestra alivio.

—Nos espera una noche larga —dice—. Ahora siga contándome.

Pedro mira al abogado hiriéndose en la memoria, buscando las palabras.

3

El día de la desaparición

El amanecer ilumina las alturas de Eugui. Un mar de nubes cubre los valles dando a los montes el aspecto de islas boscosas. De sus apretujados árboles, como si fueran pilares que sostienen el cielo, emanan misteriosas columnas de humo azul.

En el mundo en sombra del bosque, entre las hayas que pueblan las zonas más altas, un niño corre y jadea como si lo persiguiera el diablo. Sube desde el pueblo de Gaztelu y lleva consigo un mensaje urgente y delicado.

Su destino es la zona del bosque donde se origina el humo. Allí se reproducen los montículos de las carboneras y sus múltiples incendios. El humo ruge hacia las alturas y oscurece el cielo. Tizna las hojas y los troncos de los árboles.

Los carboneros intentan mantener a raya los fuegos provocados. Se suben a los montículos y los agujerean con varas para formar respiraderos por los que liberar el humo. Ahí dentro la madera de los árboles trasmochos se cuece y se convierte en carbón.

En lo alto de uno de los montículos, Pedro Sagardía agujerea sin descanso con el listón. A su lado está su hijo mayor, José Martín, de diecisiete años, asistiéndole en el trabajo. El humo brota con furia y los envuelve. Tienen los rostros negros. Les pican las gargantas, se les entrecierran los ojos, pero a ninguno de los dos parece importunarle lo más mínimo.

El trabajo continúa su curso hasta que las zancadas apresuradas del niño irrumpen en la zona de las carboneras. Avanza entre los hombres. Le falta el aire, como si hubiera ascendido a matacaballo.

Uno de los carboneros lo detiene y le pregunta a qué viene tanto apremio.

El niño contesta sin aliento.

El hombre escucha lo que dice y después mira a los Sagardía, que están a lo lejos.

Ellos siguen al trabajo, sin percatarse de la llegada del niño. Pedro brega con insistencia, abstraído, los ojos en un punto fijo. Lleva trabajando el carbón desde que tiene memoria. La vida en las carboneras es para él como respirar o como mirar las cosas del mundo. Algo natural y en lo que no se piensa. Ya son muchos años trabajando en las montañas. Ya son muchas semanas y muchos meses fuera de casa, sin ver a la mujer ni a los niños, viviendo en los barracones construidos en el bosque, pasando frío, comiendo frío, sin apenas lavarse ni cambiarse de ropa, con la roña negra adherida a la piel durante días, acostumbrado a las llagas en las manos y al escozor en los pulmones.

Hace mucho tiempo que Pedro dejó de distinguir si su vida es difícil o es sencilla. Tampoco es capaz de imaginarse haciendo otra cosa. No por no querer, sino por no tener otras vivencias ni material en la retina como para hacerlo.

Pronto se escuchan los gritos de un carbonero, que tras atender al niño llega hasta ellos con el mensaje.

—¡Sagardi! ¡Sagardi!

Pedro y José Martín no le oyen entre los rugidos del humo. El carbonero llega a la base del montículo.

—¡Sagardi! *Zure emaztearen abisua!*[*]

[*] «¡Un aviso de tu mujer!».

Pedro se percata y deja su labor. Habla desde lo alto.

—¿Qué pasa?

El otro carbonero alza la voz para hacerse oír.

—¡Tu mujer te pide que bajes al pueblo! ¡Es de urgencia!

—¿Cómo que de urgencia?

Pedro está entre humos. Mira al niño que ha llegado con el mensaje y que ahora se encoge de hombros. Lo reconoce, es el hijo de una amiga de su mujer. No recibe respuesta.

—Ya sabes cómo están las cosas con el Alzamiento —grita el otro—. Algunos tienen ganas.

El joven José Martín, más impetuoso, se adelanta a su padre:

—Pero si en Gaztelu todo está tranquilo. ¡Ni que fuéramos rojos!

—¡José Martín! —lo acalla Pedro.

El padre mira con seriedad al hijo. Entonces le cede el listón.

—Te quedas con esto y esperas a que vuelva. —Señala los dos cubos de agua y añade—: No tardes mucho en enfriarla y sellar los agujeros.

José Martín mira a su padre y después los dos cubos. A no ser que se vaya y vea mundo, dentro de unos años será como él y ya no será capaz de imaginarse fuera de las montañas y del pueblo.

Pedro desciende del montículo y se dirige hacia los barracones con la intención de cambiarse y de limpiarse el rostro para bajar a Gaztelu.

No muy lejos, dos carboneros los observan mientras comen de sus fiambreras. Hablan en euskera.

—*Ze ba!**

—*Arretxeko etxekoandrea seguruenik. Andre eder hori.***

—*Mitxeletekin sendatzen ibiltzen dena?****

—*Bai, hori hori. Buruhauste ederra Sagardirendako. Gizajoa!*****

———————

* «¿Qué pasa?».

** «La mujer de la casa Arretxea, seguramente. La que es muy guapa».

*** «¿La que cura con amapolas?».

**** «Sí. Guapa pero un quebradero de cabeza para Sagardi».

Cuando la bruma del amanecer se estanca en el valle, bajar al pueblo desde las montañas soleadas contiene algo de transición alucinante. Algunos tienen la sensación de que se recorren miles de kilómetros o de que se atraviesan siglos. Montañas y pueblo pueden llegar a ser dos mundos diferentes, por mucho que estén uno junto al otro.

Gaztelu está sumergido en una niebla densa. La calle está vacía. Las casas centenarias se desdibujan como alentadas por un hechizo gris.

Ventanas y puertas están cerradas. No se ve un alma, ni siquiera las de los hombres de campo que van a segar la hierba.

Los pasos de Pedro apenas suenan en el silencio. Todo está quieto y estancado. Desde las sombras de un cobertizo, un perro lo mira fijamente mientras avanza por la calle. Vuelve la cabeza y sus inexpresivos ojos no se inmutan. Pedro sigue andando. Pasa junto a las casas Larretoa, de Kapainea, de Bidauztea. Todas cerradas y como sin vida.

De pronto, repiquetean las campanas de la iglesia. Entonces se detiene.

Al final de la calle, entre la bruma, hay tres siluetas sombrías.

Son tres mujeres. Una niña, una anciana y en el centro una mujer de mediana edad. Todas visten de negro, con mantillas cubriéndoles la cabeza.

Pedro se aproxima, inquieto. Percibe seis ojos fijos en él. Las mujeres le están cortando el paso.

Habla la del centro.

—No puedes pasar.

Pedro la reconoce.

—¿Mercedes?

Las tres mujeres lo miran sin moverse un ápice, como si fueran estatuas vestidas de luto. Mercedes no responde. Pedro no entiende nada.

—Mercedes, ¿qué está pasando? —pregunta.

La mujer sigue sin responder.

—Cómo…, ¿cómo que no puedo pasar?

Pedro mira más allá de las mujeres, hacia la bruma. Su casa no está muy lejos. Aún no la ve.

—Mercedes, ¿qué pasa en mi casa? —insiste—. Mi mujer me ha pedido que baje de urgencia. Me estáis asustando. No entiendo…, no entiendo nada de lo que está pasando.

Las tres mujeres lo observan.

A su derecha, una puerta se abre con violencia. Surge un grito.

—¡Sagardía!

Un hombre se abalanza sobre Pedro. No le da tiempo a reaccionar.

El hombre le golpea con furia en la sien. Le vuelve la cabeza y la vista se le nubla, durante un instante no sabe si el mundo está del derecho o del revés. Para cuando recupera el norte, un pitido se le ha encendido en el oído.

Aturdido, ha trastabillado hasta el muro de la calle.

Enseguida reconoce al hombre. Es Agustín, el hermano de Mercedes. Se le abalanza de nuevo y le vuelve a golpear. Pedro alza los brazos. Apenas puede defenderse. Cae al suelo. Aparecen otros hombres en el umbral y entre todos lo inmovilizan.

Las tres mujeres lo observan todo sin inmutarse.

Pedro apenas puede alzar la cabeza, pero mira a Mercedes y le suplica.

—¡Mercedes! ¡Mercedes, qué está pasando! Y mi mujer… ¡Qué pasa con mi mujer y mis hijos!

Los hombres le golpean.

—¡Cállate! —grita Agustín.

Lo alzan. Pedro tiene sangre en la cara y está conmocionado.

—Mercedes…

4

Tortura

La niebla se disipa lentamente en el valle del Alto Bidasoa. Es un fenómeno que nadie ha llegado a entender cómo se produce. Nadie sabe si la niebla atraviesa la tierra o si se eleva al cielo o si simplemente desaparece. El sol de verano lo empieza a pintar todo de verde. Surgen los castaños y los fresnos que cubren las faldas de los montes. Surge la regata que baja de Txaruta. Surgen los pinos de repoblación, los ganados y los forrajes.

Se inicia un día luminoso y alegre, nada que ver con el nubarrón de incomprensión que lleva Pedro en la cabeza.

El grupo de hombres desciende por el valle. Hace tiempo que perdieron Gaztelu de vista. Pedro arrastra los pies, atado de manos. Siente una palpitación en la sien, como si el corazón se le hubiera subido a la cabeza. Siente también el sabor de la sangre en los labios. No abre la boca. Una sílaba y un nuevo golpe, en el estómago o en la cabeza. Son reglas sencillas que se aprenden rápido.

Mientras avanzan, Pedro intenta recomponer sus pensamientos. Trata desesperadamente de recordar si cometió una ofensa o enojó a alguien. Después piensa en si todo esto tiene relación con lo que pasa en el país. Pero no, se dice. Eso es imposible. En Gaztelu no puede pasar nada de eso. En Gaztelu todo está tranquilo. En Gaztelu no hay discrepancias ideológicas. En Gaztelu todos han votado al Frente Nacional. Es imposible, se vuelve a decir. No tiene que preocuparse de nada porque no ha hecho nada.

Mira a los hombres que lo rodean. Sus rostros brillan bajo el sol. A todos los conoce, la mayoría son vecinos. Llevan viéndose las caras desde niños. Se saludan cada día y comparten tintos en la barra del *ostatu*. Los hombres forman la guardia del pueblo y llevan los máuseres al hombro. Hay en ellos un silencio tenso, como si en el fondo los inquietara lo que está pasando, como si no supieran muy bien a qué se enfrentan. Y eso asusta a Pedro.

Una inquietud se empieza a hacer grande en su cabeza.

No puede ser, se dice. Es imposible.

Ha transcurrido un mes desde el Alzamiento y ha llegado a oídos de todos lo que sucede en algunos lugares del país. Muchos en Gaztelu no lo creen posible. Son como cuentos de terror. Miles de personas que ven cómo se llevan a sus padres, a sus hijos, a sus esposos y a sus hermanos. Muchos detenidos públicamente, en sus propios domicilios o en plena calle, ante decenas de testigos. Algunos fusilados al momento. Otros llevados a los ayuntamientos, a los cuarteles de la Guardia Civil o a las cárceles del distrito. La mayoría, con registro de entrada y no de salida.

Las razones de semejante locura nadie las sabe explicar con exactitud. Nadie tiene una respuesta clara. Incluso los más convencidos, los más seguros de que todo tiene sentido, dan tumbos extraviados cuando buscan una respuesta. Pero eso no puede estar sucediendo en Gaztelu, piensa Pedro. ¿Y a él? ¿Por qué razón a él?

Piensa cosas. Recuerda cosas.

El miedo le recorre la médula espinal, acechante.

Pronto descubre adónde lo llevan. El valle desemboca en otro más grande, como si fuera el afluente de un río. Allí florecen, como salpicaduras de una acuarela, las casitas blancas de Santesteban. Una localidad más grande y próspera que el recóndito pueblo de Gaztelu, muy adentrado en las montañas.

En Santesteban está el cuartel de la Guardia Civil que controla la región.

Pedro siente cómo le tiemblan las piernas.

Tiene que haber un error.

* * *

Los surcos del camino ascienden hasta el cuartel, que se ubica a las afueras de la localidad de Santesteban, en lo alto de una loma. Pedro ya piensa en él antes de verlo. Es ampliamente conocido por sus métodos para sonsacar información. Algunos aseguran que más que extraerla del interrogado la crean en él, de la nada. Lo llaman el creador de recuerdos.

Apoyado en la entrada del cuartel, el comandante del puesto fuma. Un sargento de la Guardia Civil apellidado Zabala. Corpulento, en torno a los cincuenta.

Lanza el pitillo al suelo en cuanto los ve llegar.

Todo son sombras en la estancia. Solo un ventanuco estrecho, con un rayo de luz y la miríada de partículas de polvo que este revela. Las paredes son blancas y descarnadas. Por eso se notan las marcas. Son como registros de presencias pasadas, en algunos puntos incluso se distingue la forma de los dedos y de las manos. Son marcas ennegrecidas que bien podrían ser de sangre o de cualquier otro fluido excretado por el hombre.

En el centro, entre las sombras y rodeado de paredes desnudas, Pedro permanece maniatado en la silla. No puede hacer nada más que esperar.

A su lado, Agustín y los hombres de guardia fuman apoyados contra la pared. Hay en el ambiente la sensación de una función a punto de iniciarse. Una función terrible. Un descenso a los infiernos.

Unos pasos crujen sobre la madera, lentos y pesados. Todos lo miran pasar. El sargento Zabala se acerca a Pedro, que tiene la cabeza gacha, suda y no deja de temblar.

El hombre queda ante él, de pie, la cintura a la altura de su cabeza, a solo un centímetro. Se mantiene así durante un largo rato. Pedro no es capaz de moverse. No tiene valor para levantar la cabeza.

—¿Sabes quién soy? —pregunta Zabala.

Pedro no responde.

—¿Sabes quién soy? —insiste el comandante.

Pedro evade la mirada hacia la luz. Un balbuceo.

—Sí...

El sargento le coge del cuello con suavidad. Sus dedos gruesos lo rodean. Empuja a Pedro lentamente, hacia el respaldo de la silla.

Entonces le alza el mentón al límite. Su mano enorme se extiende y le cubre media cara, como los tentáculos de un calamar.

Le obliga a mirarlo. Se hace un silencio.

—Espiar para los rojos está castigado con la muerte —dice el sargento.

—¿Qué?

—Lo has oído bien, Sagardi. Han llegado tiempos de limpieza. Y aquí no hay sitio para indeseables. Ahora dime: ¿desde cuándo trabajas para los comunistas?

Pedro abre los ojos, incrédulo.

—¿Los comunistas? Pero si yo...

Zabala desliza opresivo la mano por el rostro de Pedro. Le tapa la boca y la nariz. Le aprieta con fuerza. Pedro no puede respirar.

—Por fin vas a conocer a Cristo Nuestro Señor.

Apoyado en la pared desnuda, Agustín fuma con los ojos brillantes e iluminados por la brasa, excitados ante lo que ven.

Mientras tanto se oyen los gemidos de Pedro. No puede hablar. Se ahoga.

Sus piernas patalean contra el suelo. La silla se sacude.

5

El espía

En el despacho de Vicente San Julián el tiempo no parece avanzar. Las sombras rodean el escritorio, donde la lámpara derrama su luz sobre los dos hombres. Vicente observa por la ventana. Ha dejado de caer aguanieve. Ahí fuera, la noche está congelada y detenida, una noche eterna hasta el fin de los tiempos.

En el suelo, apoyada la cabeza sobre las patas, Watson parece aburrido de oír una historia que no entiende.

En el escritorio, Pedro está encorvado y aún con el tabardo, que ya está seco. El carbonero come lentamente la sopa de pan. Sobre la mesa permanece el plato intacto y aún humeante de Vicente.

—Está bien —resume el abogado—. La guardia del pueblo lo llevó al cuartel de Santesteban y lo entregó a la Guardia Civil.

Pedro asiente, aliviado por el calor en el estómago.

—¿Cuánto tiempo le tuvieron retenido?

—Siete días.

En la ventana, Vicente se vuelve y lo observa.

—¿Le pegaron?

Pedro sorbe de la cuchara. Se hace un silencio.

—Usted no tiene facha de andar en política —insiste el abogado.

Pedro para de comer y alza la cabeza.

—Gaztelu está aislado de España. Es otro mundo. Allí todos votamos a derechas y todos vamos a la iglesia. No hay más.

—¿Y en las elecciones de febrero del 36?

—Ni un solo voto al Frente Popular.

Vicente da vueltas por la estancia, pensativo.

—Entonces, la suya era una acusación absurda.

—Si de verdad fuera espía, me habrían fusilado. Yo no sé más que de monte.

Vicente se detiene y mira al carbonero. Lleva la humildad impresa en el rostro y es evidente que está en horas bajas. Imagina que un año en el frente le habrá añadido varios más a la expresión. Se pregunta si sabrá leer y escribir. A pesar de todo, hay una serenidad y una verdad en él que el abogado empieza a admirar. Una serenidad y una verdad algo melancólicas.

—¿Pudo ver a su familia cuando le soltaron? —pregunta.

Pedro tarda en responder.

—Me obligaron a volver al monte, con mi hijo mayor. El comandante tenía ojos en las carboneras. Si bajaba al pueblo darían aviso.

—¿Y no hizo nada?

Pedro vuelve a mirar al abogado.

6

No hay nadie

Agosto de 1936

Reina la oscuridad en las montañas de Eugui. Los sonidos del bosque se suceden bajo las estrellas. En las carboneras, los montículos duermen sin humos ni llamas. Todo parece en calma en la noche veraniega.

Un poco más abajo, en un pequeño claro del bosque, se extiende el asentamiento de los carboneros. Pedro está tumbado en un camastro viejo, apenas una chirriante tabla de maderas roñosas. Se cubre con la manta y mira al cielo nocturno, que parece un cuadro enmarcado por las copas de los árboles. Lleva dos noches sin dormir, desde que envió el dinero. Aún no ha recibido noticias del pueblo.

Suspira y se vuelve. Compone una mueca de dolor. Sabe que hay algo dentro que tiene roto. Una costilla, tal vez. Pero los golpes no fueron lo peor. Ni los ahogamientos en los que a veces perdía la consciencia. Lo peor era cuando se marchaban todos y lo dejaban solo, desnudo y maniatado, en mitad de ese maldito zulo. Sin duda eso era lo más terrible. Entonces deseaba que volvieran, aunque fuera para pegarle y para hacerle perder la consciencia.

A su lado, José Martín duerme. Parece que por fin ha conciliado el sueño. Él también está preocupado y tiene dificultades para dormir, a pesar de que con el duro trabajo caiga derrumbado hasta encima de una roca.

A Pedro le cuesta respirar cuando se tumba de lado, así que vuelve a mirar al cielo. Sigue sin comprender lo que ha pasado. Todos hablan de la locura colectiva desatada en otros pueblos. Dicen que es como una epidemia. Una terrible purga social donde se señala y se mata, sin piedad ni cuartel. ¿Y si la locura está llegando también a Gaztelu? ¿Por qué ahora? Nada ha cambiado en la vida de los pueblos. Siguen las mismas reparticiones de leña y helechales. Sigue la estabulación del ganado y la matanza de los cerdos en invierno. Sigue la plantación del maíz en primavera y la siega de las yerbas en verano y la recogida de castañas en otoño. Y después sigue el inicio de un nuevo ciclo, que parece ser el mismo desde el día de la creación. ¿Qué ha cambiado ahora?

Lo que más le inquieta son su mujer y sus hijos. Ella le pidió que bajase de urgencia al pueblo. Sabe que lo vigilan. Pero no puede contenerse más. Sin darse cuenta, Pedro murmura:

—No puedo seguir así.

Sus pensamientos se enredan y ahuyentan al sueño. La noche va a ser larga. Pedro suspira y mira a las estrellas.

Entonces se escucha: un sonido procedente del bosque.

Es una especie de silbido. Pedro se reincorpora y mira hacia la linde de los árboles. Intenta distinguir entre las sombras, hasta que de pronto algo llega volando y cae a sus pies.

Es una piedra.

Pedro se levanta y avanza entre los demás camastros, donde duermen los compañeros. Se adentra en el bosque con sigilo. Entonces surge una sombra, tras un árbol.

Es el joven al que envió con el dinero. Le entrega el paquete, sin abrir.

—Su dinero de vuelta.

—¿Qué ha pasado? —pregunta Pedro.

—No había nadie en su casa.

Pedro mira al mozo, incrédulo.

—¿Cómo que no había nadie?

El mozo parece apurado, como si corriera peligro estando allí y hablando con él.

—Su familia no estaba en casa.

—¿Y no ha preguntado por el pueblo?

El joven agacha la mirada.

—No me he atrevido.

Pedro zarandea al joven de los hombros.

—¿Por qué?

—Parece que de su familia nadie quiere hablar.

—¿Qué?

—Nadie quiere hablar, señor.

—¿Cómo que nadie quiere hablar?

—Solo sé que se fueron del pueblo.

Pedro suelta al joven, entre nervioso y asustado.

Unos pasos suenan a sus espaldas y los sorprenden. Pedro se vuelve con el corazón en un puño, esperando encontrar uno de los ojos que el comandante Zabala tiene puestos en las carboneras.

Pero no. Pedro suspira de alivio. Es su hijo José Martín, que al parecer no estaba dormido y lo ha escuchado levantarse.

—*Aita,* tenemos que bajar al pueblo.

7

Restos del incendio

Lo forman una veintena de casas, algunas blasonadas, con varios siglos de antigüedad. Por las faldas del monte se diseminan algunos caseríos. Bajo el toque de queda, el pueblo de Gaztelu permanece desierto.

Una penumbra azul lo baña todo. La sinfonía de los grillos es estridente. Hay vacas que pastan en silencio, entre las sombras.

Cubiertos por mantillas, como si fueran dos ancianas, Pedro y su hijo avanzan con la cabeza baja, sin atreverse a mirar cada vez que pasan ante alguna vivienda. Más de cien almas habitan el pueblo, quién sabe si durmiendo u observándolos tras los visillos de las ventanas.

Pedro se detiene en una esquina y estudia el entorno. Al fondo la ve. La casa Arretxea. Su hogar. Arrendada a un señor de Santesteban. Junto a ella se elevan los muros grises de la iglesia. Es un templo duro, gris, sin huecos grandes, que más bien parece una muralla del medievo.

Con suma discreción, Pedro y su hijo cruzan la plazuela de la iglesia hasta llegar a su casa.

Desaparecen en las sombras del portón, que está cerrado.

—¡Josefa!

Nadie contesta. Pedro rodea la casa, pegado a la fachada, y busca forzar la ventana de atrás. Tras unos intentos, esta cede.

Padre e hijo saltan al interior.

Aguzan los oídos. Todo en la humilde vivienda permanece a oscuras. Sus pasos hacen crujir las maderas.

—¡Josefa! ¡Joaquín!

Padre e hijo escrutan las escaleras, envueltas en sombras. Escuchan con atención los sonidos de las vigas en el piso superior. No hay sonidos ni voces. Nadie parece moverse ahí arriba.

Observan los platos y cubiertos que hay sobre la mesa. Sin recoger, a medias. Como si se hubieran ido apresuradamente.

En la chimenea, la ceniza está fría.

—Subamos —dice Pedro.

Las escaleras crujen, los hombres apenas distinguen el escalón que los precede. Todo parece sin vida. La desazón envuelve a Pedro. Con el alboroto de siete hijos jamás había sentido su casa así.

Pedro repara en uno de los jergones. Le falta el colchón.

Unos instantes perdido en sus pensamientos y al fin reacciona y entra en la habitación principal. Contempla la cama. Mucho tiempo de matrimonio descansando sobre ella. Debería oler a inercia, a lucha, a desesperanza y a frustraciones, a sueños y a risas, a rencores y a amor. Debería oler a vida. Pero no. Todo parece frío y ausente, como si la casa llevara siglos abandonada. Por mucho que sean las mismas paredes y los mismos suelos, Pedro siente que esta no es su casa.

A su lado está José Martín. Su voz suena afectada, casi sumergida en lágrimas.

—Hay algo que no te he dicho, padre. Esperaba que solo fueran rumores.

Pedro mira a su hijo. José Martín tiene la cabeza gacha.

—Algunos en las carboneras han dicho que en realidad los expulsaron del pueblo.

—¿Qué?

—Eso es lo que he oído, *aita*. No… no me he atrevido a decírtelo antes.

Pedro le abofetea en la cara.

—¿Cómo has podido?

La voz de su hijo tiembla.

—Lo siento, *aita*, lo siento…

—Dime qué han dicho. ¡Dímelo!

—Han hablado…, han hablado de una cabaña que hay en el monte.

—¿La del camino a Leiza?

—Sí, *aita*… Esa misma.

Pedro se impacienta.

—Hijo, ¿qué dicen de la cabaña?

José Martín mira a su padre. Se le quiebra la voz.

—Dicen que los han expulsado allí.

Pedro mastica lo que acaba de oír, en silencio.

—¿Por qué no me lo has dicho antes? —pregunta al fin.

—Lo siento, padre. Pensé…

Pedro busca aire con angustia.

—Hay que ir.

Camina hacia las escaleras. José Martín va tras él, pero entonces choca con un barreño de metal, que rueda por el suelo con gran escándalo.

Padre e hijo se detienen, con el corazón en la boca. El barreño da vueltas por el pasillo, en un tiempo que se hace infinito y que amenaza con despertar a todo el pueblo. Al fin se detiene.

Se hace el silencio. Ambos contienen la respiración. Escuchan.

Entonces se retuercen unas maderas en la casa.

—¿Has sido tú? —susurra Pedro.

—Yo no me he movido.

Pedro aguza el oído. El crujido viene del piso inferior.

—Hay alguien ahí abajo.

El miedo se instala en el rostro de José Martín, que mira a su padre. Pedro avanza con cautela y se asoman a las escaleras, donde todo es negrura y quietud.

Lentamente, con la mayor discreción posible, empieza a bajarlas.

Los escalones gimen como las cuadernas de un barco.

Abajo brilla un resplandor de luna. También se percibe un golpeteo, como de algo abierto y mecido por el viento.

Pedro desciende, aún le quedan varios escalones. Se detiene e inclina la cabeza para adelantarse y ver mejor.

En el suelo del piso inferior aparecen unos zapatos.

Son negros, al igual que los pantalones. Todo es negro en la vestimenta del hombre.

Con su sombrero ancho parece un cuervo.

El individuo los mira sin pestañear bajo la luz de la luna. El alzacuello de sacerdote. Las manos unidas en el bastón.

El portón está abierto y golpetea.

José Martín llega a la altura de Pedro y se sorprende al descubrir al párroco de Gaztelu.

—Padre don Justiniano…

Pedro retiene a su hijo con la mano. Mira al párroco con desconfianza. Quiere alzar la voz, pero le sale un susurro.

—¿Dónde están?

El cura ni se mueve ni se inmuta. Parece una estatua o un espíritu.

—¡Dígame dónde están! —insiste Pedro.

El cura los mira fijamente y sigue inmóvil.

Pedro apremia a su hijo con inquietud.

—Vámonos de aquí.

Sortean al cura y salen por la puerta. Caminan con prisas, corren, hacia los senderos que conducen al monte.

Minutos después, Pedro y José Martín cruzan veloces los robledales de las zonas bajas. Dos siluetas fugaces, rompiendo ramas a su paso, jadeando y dejando estelas de vaho.

Poco después llegan al claro, desde donde se percibe el oscuro valle que serpentea hacia abajo. Padre e hijo ascienden jadeantes por la falda pelada. Al fondo se ven las casas de Gaztelu, tiñéndose de un azul que anticipa el amanecer.

No tardan en llegar a la colina, que se recorta negra tras el resplandor. Al llegar al alto contemplan lo que hay al otro lado.

Es una especie de hondonada desolada, sin apenas vegetación. El lugar se asemeja a un gran cráter, como si hubiera caído allí un meteorito prehistórico o una gran bomba.

Pedro y José Martín descienden por la colina y se adentran en la hondonada. A su alrededor todo es cielo. Podrían estar en cualquier lugar. Podrían no estar en la tierra y sí en la luna que brilla entre las estrellas.

Hay un silencio inquietante que parece de cementerio. Las faldas los rodean como en un circo sin personas.

—¿Dónde está la cabaña? —pregunta José Martín.

La voz de su padre suena hueca.

—Ha ardido.

A medida que avanzan, los restos de la cabaña se hacen evidentes. Pedro y José Martín caminan por los estragos del incendio. Madera y piedras calcinadas. Fragmentos de cristal. Pedro vuelve la vista atrás, hacia lo alto de la colina. La imagen del cura sigue en su memoria. Hay algo que le desasosiega.

Más adelante, José Martín se ha detenido ante algo.

Pedro se acerca. Su hijo observa un colchón calcinado. En la memoria de padre e hijo estalla la imagen del jergón desnudo en una de las habitaciones.

José Martín sentencia:

—Es el que comparten los pequeños. Lo traerían aquí.

Por unos instantes, la mirada de Pedro se va muy lejos de allí. Pero enseguida vuelve.

Mira a su hijo. Una lágrima cae discreta por su mejilla.

—Tu madre y tus hermanos han tenido que huir.

—¿Por qué?

—No lo sé. Pero ahora nosotros los vamos a encontrar.

Ambos miran el colchón, abstraídos.

Los envuelve un gran silencio. Entonces, José Martín gira la cabeza y mira hacia la colina, donde el resplandor parece más intenso y rojizo.

Pedro lo emula. El resplandor parece ir a más, demasiado rápido para ser un amanecer. Ambos siguen mirando, hasta que sus ojos se iluminan y se abren de terror.

En lo alto de la colina, surgen antorchas y las siluetas de varios hombres.

—*Aita…*

Pedro aferra la mano de su hijo, algo que no hacía desde que este era un niño. Retroceden varios pasos.

—Vámonos.

Se vuelven y se lanzan a correr.

Tras ellos, las antorchas se precipitan, colina abajo.

8

Ellos saben

Pamplona, invierno de 1937

En el despacho del abogado Vicente San Julián el tiempo se ha detenido. Pedro ha terminado su sopa. La de Vicente sigue impoluta en la mesa, enfriándose. El abogado observa por la ventana y no parece pensar en la cena. Su cabeza está muy lejos de allí.

Imagina al padre y al hijo huyendo de su tierra y llegando al frente. El único refugio para los fugitivos. La única vía de salvación. Un lugar al que ir con la intención de matar para no morir. Por lo que tiene entendido, el Tercio de Santiago sirvió primero en Somosierra y después en Navafría. Tomó el puerto en una gran ofensiva y luego se dedicó a defender la posición. Pedro le ha relatado cómo llegaron a las montañas. El Ejército de la República iniciaba una contraofensiva. Los requetés se atrincheraban en las crestas serpenteantes que se elevaban sobre la llanura. Todos con sus boinas rojas y con el «Detente, bala» y el Corazón de Jesús sobre el pecho, convencidos de que los protegerían, como si fueran cotas de malla y armaduras del medievo.

Lo que Pedro no le ha contado es a buen seguro el rechazo que recibió al inscribirse. Cuarenta y siete años es una edad avanzada para incorporarse voluntario.

La misma noche de su llegada el Ejército de la República inició su ofensiva. Vicente se imagina la cresta de la montaña, donde se sucedían

42

cientos de luces amarillas. La 8.ª Compañía de Fusileros del Tercio, agolpada y tensa, asustada y atrincherada entre las rocas y las zanjas. Mirando hacia la llanura negra sobre la que se elevan las montañas.

Se imagina a Pedro acurrucado, tiritando de frío, sosteniendo el máuser entre las manos por primera vez en su vida. Y a su hijo José Martín, atrincherado junto a él, con un terror en la mirada que obliga a su padre a quitarse de encima el suyo. Y mientras tanto allí, en la llanura a oscuras, cientos de luces avanzando.

Vicente imagina esto y también imagina las detonaciones y los gritos de aquella noche. Los ecos de guerra resuenan en su despacho y lentamente se disipan.

El abogado se vuelve y mira a Pedro, conmocionado.

—¿Sigue en el frente su hijo mayor?

Encogido en la silla, el carbonero contempla su boina.

—Él no tiene permiso. Lo mío es una excepción. Ya ha visto que tengo un pariente coronel que ha movido hilos.

Vicente suspira, implicado en el dolor del padre.

—Una lástima que no haya podido traer a su hijo… Muchos como usted han buscado refugio en la guerra. Sobre todo gente de los pueblos.

—En los pueblos la gente se conoce.

Vicente observa a Pedro durante largos segundos.

—¿Por qué? —pregunta.

El carbonero alza el rostro. Vicente continúa:

—¿Por qué razón usted y su familia? Esa gente. Esos vecinos. ¿Por qué razón los persiguieron?

Pedro tarda en responder.

—Lo que he visto en el frente es terrible, pero es mucho más fácil de entender.

—¿Qué es lo que no entiende?

—Lo que pasa dentro de algunas casas. Lo que siente la gente y no cuenta a nadie.

Ambos hombres se contemplan, largamente, hasta que Vicente señala la sopa.

—Tengo el estómago revuelto. ¿Le importaría tomársela usted?

La desliza hacia Pedro, pero este le para.

—Sé que usted nunca ha tenido hambre.

Los dos hombres se estudian, hasta que el abogado rehúye la mirada fija del carbonero, que sentencia:

—Las personas que me detuvieron. Ellas saben dónde está mi familia.

9

Formas de jabón

Agosto de 1936

Aún permanece en penumbra el pueblo de Gaztelu. Agustín camina por las calles vacías, sudoroso y fatigado, con su fusil de guardia al hombro. Algunos visillos chirrían a su paso. Hay ventanas que se cierran con discreción.

Amenaza un nuevo día soleado y veraniego. Demasiada luz molesta a Agustín. El sol inquisitorio y revelador en el cielo es como si estuviera allí para desnudar las almas.

Al llegar a su casa, justo en el umbral oscuro, se encuentra con el rostro de Mercedes, que emerge con la colada, rodeada de sombras.

—¿Y bien? —pregunta ella.

—Estábamos encima. Pero en el río los hemos perdido.

—¿Y los perros?

—No hemos tenido tiempo de sacarlos.

Mercedes lo mira. Su hermano parece cansado y con necesidad de dormir, pero bien saben los dos que eso es una quimera. Las labores incesantes apremian. La fanega del arroyo y sus malas hierbas. El gallinero. Los pastos y las vacas. La tranca del palomar comunitario, que no cierra. Se suceden en un círculo vicioso y jamás aflojan.

Mercedes habla, con la misma dureza que el campo:

—El Sagardía va a escarbar hasta que no le queden uñas.

45

Sin añadir más, seca y grave, la mujer sale con la cesta y se distancia por la calle.

Agustín alza la voz.

—¡Y qué quieres que haga yo! ¿Eh? ¡Esto tendría que haberse arreglado hace tiempo!

La silueta oscura de su hermana se aleja. Agustín vuelve a gritar:

—¡Tú sabes cuándo empezó! ¡Nadie lo sabe mejor que tú!

A esas horas, el lavadero del pueblo aún permanece vacío. No hay ropa que se seque si el sol todavía se oculta tras las montañas. Las vecinas de Gaztelu se estarán dedicando a otras labores. Aun así, Mercedes mira alrededor y comprueba que no haya nadie. Ya no recuerda cuándo cogió el gusto por la soledad. Muchos dicen que es un gusto amargo, pero se ve que su paladar tiene algo de insensible.

Mercedes deja la cesta y se retira la mantilla que le cubre la cabeza. Su rostro queda al descubierto. Cierra los ojos y siente el aire en los pómulos y en la nariz. En este primer instante siempre la recorre un pequeño vértigo y una sensación de desnudez. Su piel pálida tiene la tristeza de no recibir sol. Nunca se suelta el cabello fuera de la intimidad de su cuarto y de las horas más nocturnas y secretas. Pero es mejor eso que exhibirse como hacen otras, que se creen imitadoras de Estrellita Castro o de las mujeres de las películas que a veces proyectan en Santesteban.

Mercedes se retira la mantilla negra y se remanga. Siente en este instante un alivio con aroma a libertad. Se contempla las manos y los antebrazos desnudos y al aire libre, coge el trozo de jabón y lo sumerge en el agua. Es una sensación placentera.

Por alguna razón en la que ni siquiera repara, Mercedes no se permite disfrutar más tiempo de este instante. Pronto se arrodilla y empieza a bregar con insistencia. Le viene la inercia de cada día y se olvida de cualquier placer. Como una esclava del trabajo, entra en estado de trance.

Lava y lava y lava más, y lentamente empieza a recordar aquellos días, semanas antes...

En el lavadero las vecinas se alinean sobre el escalón de piedra, restregando de forma rítmica las prendas con sus pedruscos de jabón. Hay alegría. Hay distensión. Una de ellas, Teodora, comenta:

—Si en lugar de lavadero tuviéramos río, los días así veríamos a los mozos bañándose en cueros. ¡Mira que perdimos con este estanque tan caro!

Todas ríen. El lavadero fue construido años antes, con el dinero traído de las Américas, como llaman en el pueblo al éxodo de algunos vecinos hacia el otro lado del charco. Hay otra que responde:

—Mi Martín ya se exhibiría con ganas. Para mí que ya lo hace con otras cuando se va al sur de jornalero.

—¡No seas tremenda!

Las mujeres sueltan carcajadas mientras bregan. Juana Josefa, la mujer de Pedro, tiene los ojos claros y una elegancia que resalta entre las demás. Esbelta, rayando los cuarenta, con el cabello tirando a rubio. Ella solo se lo recoge para lavar, el resto del tiempo lo lleva al aire, bien compuesto, esplendoroso. Su elegancia no se debe a la altivez o a un exceso de esmero, sino a un don innato y humilde para moverse con belleza por el mundo.

Un par de niños corretean a su alrededor. Alguno se le sube encima. Josefa recibe la acometida con una espalda fuerte y habituada a las cargas infantiles. Ella también interviene:

—Mi marido está más casado con el monte que conmigo.

—Te llevaste al más apuesto —le responde Teodora—. Algo tenía que tener.

—Apuesto pero más manso y tristón que una vaca —contesta Josefa.

—Tanto humo de carbón les atonta la cabeza —dice otra mujer—. El mío cualquier día muge para pedirme más puchero.

Las risas se extienden como el jabón.

Las mujeres cantan en euskera. Al final de la canción, se menciona a una bruja y sus poderes de curación. Mercedes lava en una esquina y comenta:

—Creo que de eso entiende la Josefa.

Por primera vez, se hace un silencio en el lavadero. Josefa se afana sobre el jabón con las manos irritadas. Su hijo de tres años la rodea con los brazos y cabalga encima. La hija pequeña apenas se sostiene en pie y también quiere subirse. Josefa mira fugazmente a Mercedes.

Ella, la única de todas cubierta entera y vestida de negro, no alza la cabeza.

Teodora interviene:

—La Josefa sabe más que el médico. El nuevo de Santesteban es un pícaro que va derecho a la alcoba a ver si te pilla aún en enaguas.

Las mujeres ríen.

—A mí que no me digan —continúa Teodora—, donde esté la Josefa y sus remedios, no hay ni ciencia de médico ni rezos al Santísimo que valgan.

—La Josefa está más a la huerta y sus conjuros que a la iglesia —responde Mercedes—. No sé si al cura le hace gracia.

Se hace un nuevo silencio. Algunas miran a Mercedes. Josefa sigue lavando, a lo suyo. Teodora exclama:

—¡Ahora dirás que la bautizaron mal o que le picó una víbora!

Todas ríen salvo Mercedes, que recoge su colada y se levanta. Hay chanzas y alegrías. Ella no dice nada.

Cuando se aleja, Teodora susurra a Josefa:

—No le hagas caso.

—Está de luto —dice Josefa.

—Diez años ya. Hay que saber quitarse la amargura.

10

Padre senil

En casa de Mercedes, la ventana del portón está abierta. La luz brilla en los adoquines del zaguán y recorta la silueta del anciano, que está desnudo y tiembla como un niño.

Apenas se sostiene en pie. Sus manos se aferran a una cuerda colgada de las vigas. A su lado, Mercedes se inclina sobre el aguamanil. Una esponja chorrea entre sus manos.

Empieza a frotar el cuerpo de su padre, que se estremece, vulnerable. Apenas puede moverse. Cae agua enjabonada sobre el adoquín, junto a sus pies venosos, empapando las briznas de paja.

Apoyado en el muro del zaguán, Agustín los observa silencioso, mientras fuma.

Poco después, los dos hermanos cargan con el cuerpo de su padre por las escaleras. Las lumbares de Mercedes pronto serán las de una anciana. Cada vez soporta más dolor. Tras un gran esfuerzo, alcanzan la planta superior y lo acercan a la silla. Cae el cuerpo pesado e inútil.

Mercedes se sienta junto a su padre y le seca la cabeza con energía. El anciano se deja hacer, ensimismado, como un niño. Lo viste sin levantarlo de la silla. Le corta las uñas de los pies.

Agustín observa.

Poco después, junto a la luz de la ventana, la cuchilla se desliza suave por el mentón. Suena la barba mientras la rasura por la zona de la yugular. Los movimientos son mecánicos e hipnóticos. Ni Mercedes ni su padre dicen nada, ambos absortos.

Los ojos del viejo son indescifrables y están licuados. Una mirada vieja y senil que Mercedes nunca sabe si está allí o está aquí.

Entonces algo empieza a sonar. Golpes metálicos sobre madera.

Pam. Pam. Pam. Pam.

Es su padre, que golpea con el anillo de casado el brazo del sillón. Lo hace lentamente, sin prisas, como en procesión.

Pam. Pam. Pam. Pam.

Mercedes escucha los golpes mientras rasura el cuello de su padre. No tarda en percibir que algo en ella empieza a ir mal. Sus oídos absorben y en su cabeza se produce una dentera molesta.

—¿Va a parar, padre?

Su padre la observa y no para.

Pam. Pam. Pam. Pam.

Los golpes inquietan a Mercedes y no sabe por qué. Mira a los ojos de su padre, que se abren como si fueran ventanas al pasado. Y entonces le viene el recuerdo de la hebilla del cinturón, cuando golpeaba muebles y paredes igual que lo hace el anillo ahora. En el recuerdo, Mercedes es una niña que se esconde bajo la mesa. En las escaleras, los pasos de su padre crujen mientras los busca. En la cocina hay un vaso y una botella vacía.

Los golpes se acercan. Mercedes ve una sombra pasar de largo. Entonces todo se detiene. Se hace un silencio y se oye la voz de Agustín, su hermano pequeño.

—¡No! ¡No, *aita,* no!

Y así llega el arrastre y después los correazos y los gritos.

Durante aquellas noches de su infancia, Mercedes apenas dormía. Aun así, siempre se levantaba antes del amanecer, cuando todos dormían. Encendía la lumbre, calentaba la leche, vaciaba los orinales. Recogía la botella y el vaso vacíos. Hacía su cama, demasiado alta para ella. Levantaba a sus hermanos pequeños, cinco niños entre los tres y los once años, huérfanos de una madre a la que Mercedes tenía que

sustituir. Después los ayudaba a vestirse. Les limpiaba la cara y las legañas, mientras estaban medio dormidos todavía.

Cuando bajaba el padre, el desayuno estaba listo. Comían en silencio y como tras un funeral. Los pequeños ya estaban preparados
para ir al campo, vestidos de hombres, con chalecos viejos, boinas y
azadas demasiado grandes para sus impúberes cuerpos. Por aquellos
años, el que más recibía era Agustín, con el que el padre tenía una obsesión que Mercedes jamás llegó a entender. A veces lo achacaba a que
Agustín era el mayor de los chicos y por tanto el primero en adentrarse en las cosas de la adolescencia. Mercedes no entendía semejantes
castigos por apedrear gatos o molestar a las mujeres del lavadero. Una
vez su padre lo sorprendió en una esquina de la cuadra, entre las gallinas y las vacas, tocándose en los nervios prohibidos por Dios. Pensó
que lo poseía el diablo y le rompió dos costillas por ello.

—Si hacéis el mal, vuestro padre sufre —solía decir—. No quiero dañar vuestros cuerpos e impedirlos para el trabajo. Pero no me de-
jáis otra opción.

Cuando Mercedes cumplió quince años, consiguió el permiso de
su padre para que un mozo de Leiza le escribiera. Sus hermanos se
reían de ella porque no sabía leer. Pero ella pasaba días acariciando
aquellas palabras, tan bellas y rebosantes de amor, con la cabeza puesta en ellas día y noche, imaginando lo que decían.

Dos años después logró que su padre lo recibiera. Se llamaba Pablo y era algo mayor que ella. Durante una hora, su padre los hizo esperar en la cocina, todos sentados a la mesa: a un lado los ennoviados
y al otro los hermanos pequeños, que cuchicheaban entre risas. Cuando el padre entró, todos se levantaron y no se sentaron hasta que él lo
hizo. Después miró al pretendiente, pensativo.

—Conozco a tu padre. Trabajador. Buen cristiano.

—Sí, señor.

—Sé que os arriendan la casa. Y que no tenéis vacas, ni cerdos.

El joven pretendiente agachó la mirada. El padre señaló a su hija:

—Ella no sabe leer, ¿para qué le envías cartas?

Avergonzados, ni Mercedes ni Pablo contestaron. El padre continuó:

—Tenéis una hacienda pobre, el hambre os ronda más que a nosotros. Me extraña que hayas aprendido a escribir. Dime, ¿has escrito tú esas palabras?

Mercedes intervino:

—*Aita...*

—*Hago isilik, neska!*

El padre se dirigió al joven:

—Dime, muchacho. ¿Las has escrito?

Pablo ocultó más la cabeza.

—No, señor. Las copié. Es lo que hacen los demás.

—Se nota en la letra. Es infantil. ¡Levanta esa cabeza, hombre!

Pablo levantó la cabeza, aterrado.

—No ganamos mucho con vuestro enlace —continuó el padre—. Y ella aún no sabe nada de la vida. Le daré tres años para que se lo piense.

El joven lo miró sorprendido.

—¿Tres años?

—Hasta entonces, podréis pasear los domingos, pero siempre acompañados.

La desilusión golpeó fuerte a los enamorados. No tuvieron otro remedio y así hicieron. Durante tres largos años, los domingos tras la misa y ataviados con sus mejores ropas, Mercedes y Pablo pasearon juntos. Lo hicieron rígidos, torpes, sin cogerse de la mano, siempre en público, sin valor para dirigirse la palabra con libertad. Varios metros por detrás, los hermanos pequeños de Mercedes los acompañaban. Lo hacían por obligación, pero también por diversión. Agustín reía y les tiraba manzanas y castañas.

Muchos años después, Mercedes recuerda esto mientras su padre golpea el brazo del sillón. Todos sus hermanos salvo Agustín se han ido a otros pueblos o a la ciudad. Muy cerca de Mercedes, en la pared, hay una vieja fotografía enmarcada del día en que por fin Pablo y ella contrajeron matrimonio. Apenas tuvieron tiempo para tener hijos. Diez meses después, una neumonía se lo llevó.

Mercedes tiene la mirada ida cuando su padre se detiene. Parece fatigado y débil. La mira con la barbilla temblorosa, sumiso, sin aliento. Mercedes está algo aturdida. Aún tiene la cuchilla en la mano. Pronto vuelve a la realidad y se inclina sobre su padre. Le rasura suavemente los pelos del cuello. Él no puede hacer nada más que esperar y dejarse hacer.

Agustín lo ha observado todo y se retira discretamente al pequeño cuarto donde duerme. Cierra la puerta, se sienta en la cama y saca una pequeña caja de debajo del somier.

La abre. En ella hay un tebeo.

Con el cigarrillo aún en la mano, Agustín contempla durante largo rato las ilustraciones y los textos.

Reconoce una de las letras. La señala:

—A.

Reconoce una segunda letra:

—B.

Agustín pasa las páginas. Se pierde en ellas.

Entonces escucha la voz de su hermana.

—¡Agustín!

El labrador esconde el tebeo y sale del cuarto. Mercedes tiene que bajar a la calle y le pide que cuide unos minutos del padre.

11

Juegos y hambre

Le falta el aliento. Le cae una gota de sudor por la frente. Cuando ve su casa a lo lejos, se anima a sí misma:

—Cincuenta metros…

En una mano carga la colada, con la otra intenta contener a dos criaturas llenas de vitalidad y deseos de probarse en el mundo, surcando el aire y saltando sobre la tierra. José tiene tres años, y Asunción, año y medio. Hacen preguntas, señalan cosas. Patean, corren, van y vuelven, se tambalean y se caen. Su madre les responde y les explica las cosas que se ven. Habla del verde de los árboles y de las nubes y del invisible aire. Habla de los maizales y del olor a heno. Los retiene cuando se pelean y los recoge cuando se caen de bruces.

La gota de sudor le alcanza el abismo del mentón. Vuelve a alzar la cabeza, mira a su casa y se anima:

—Veinte metros…

Antes de llegar, una vecina la llama. Es la señora Zubiri.

—¡Josefa!

No puede más y deja la colada en el suelo. Los niños se liberan. La mujer se acerca y la coge del brazo. Le susurra:

—*Zortzi aste hileko gabe. Ezin kaka egin.**

---

* «Llevo seis semanas sin sangrar. No puedo hacer de vientre».

Josefa sonríe a la vecina. La suya es una sonrisa alegre, abierta, que no teme mostrarse, por mucho que algunas hablen de lo indebido que es exhibirse así.

La felicita, pero la otra parece preocupada.

—*Eskerrikasko. Baina orain laguntza behar dut, Josefa.*[*]

—*Trankil, pasa zaitez gaua egiten delarik.*[**]

La mujer asiente y Josefa vuelve a cargar con la colada. Llama a sus hijos para entrar en casa.

En la entrada al caserío vecino, Mercedes arroja el agua sucia y contempla a Josefa y a los niños.

La casa Arretxea es blanca y luminosa. Tiene balcones a dos fachadas y sus hierros están llenos de florones y alegría. A un lado da a la plaza de la iglesia, y al otro, a las faldas llenas de maizales y de arboledas.

Como la mayor parte de las casas de la región, por dentro es otra cosa. Un mundo enorme y fantástico construido en madera, lleno de sombras y de rincones. Los días de temporal más que una casa parece un barco. Las ventanas golpean y el viento gime por las rendijas. Para los niños, la casa es algo tan grande como el mundo. Piensan que nunca llegarán a conocerla a fondo. Tal vez la casa se asemeje a un libro.

No es mucho el patrimonio de los Sagardía. Durante una temporada tuvieron un cerdo, pero eran demasiadas bocas para alimentar y se le dio uso antes del momento idóneo. La vivienda se la arrienda por un precio asequible un tal Taberna, vecino de Santesteban. En el momento de casarse, Josefa y Pedro se trajeron un buen ajuar y dinero suficiente para iniciarse, pero fueron llegando los niños y la economía familiar pronto empezó a tambalearse. Al contrario que muchos vecinos, los Sagardía no tienen ni vacas ni ovejas.

---

[*] «Gracias. Pero ahora necesito ayuda, Josefa».
[**] «Tranquila. A la noche toca la aldaba».

En el verde tras la casa, junto a la pequeña huerta, Josefa cuelga sábanas y camisas. Un murete separa la finca del caserío de los vecinos: una fachada gris llena de ventanas que al atardecer ensombrece la huerta.

Alrededor de Josefa, seis de sus siete hijos: Joaquín, de dieciséis; Antonio, de doce; Pedro, de nueve; Martina, de seis, todos sentados junto a los muros de la casa, tarareando canciones de faena, pelando afanosos el maíz de la fanega comunal. Solo falta el mayor, José Martín, que está en las carboneras con su padre.

—¿Habéis oreado las sábanas? —les pregunta Josefa.

Los niños responden al unísono.

—*Bai, ama.*

—¿Y fregado los suelos?

—*Bai, ama.*

José y Asunción, los pequeños, exploran sonrientes entre las sábanas colgadas, animados por las canciones de sus hermanos. El sol brilla y la sombra de su madre se proyecta entre las ondulantes telas. Ven sus pies desnudos deslizarse por la hierba. Los niños se divierten.

Martina, la mayor de las dos niñas, ha crecido en los últimos meses y se le ha quedado un cuerpo enclenque y un rostro algo pálido. Deja las mazorcas de maíz y se levanta, atraída por las risas. Ella también es una niña y disfruta de los juegos de sombras y de pies sobre la hierba. Se une a los pequeños y los persigue, lo que los hace reír aún más.

Tras las sábanas surge el rostro sonriente de Josefa, su cabello rubio suelto y brillante bajo la luz. Los niños ríen y echan a correr. Ella juega entre las telas.

—¡Soy el *zezengorri* de la sima! ¿A qué habéis venido a mi morada?…

Martina le contesta:

—¡Queremos tu tesoro!

—¿Mi tesoro? Soy un toro con fuego en las astas y con fuego en la cola. ¿No os doy miedo?

Los niños corren y ríen, entre las sábanas y la sombra de su madre. Los mayores observan divertidos. Ninguno repara en una de las ventanas del caserío vecino, donde la sombra de Mercedes los observa con atención.

El juego se termina cuando algo en el rostro de Martina empieza a palidecer. Se detiene como si se hubiera quedado sin sangre. Se tambalea y entonces le fallan las piernas. Cae de rodillas y cierra los ojos. El mundo le da mil vueltas y no sabe dónde está. Aún mantiene la sonrisa y las ganas de jugar.

Su hermano Joaquín, que en la ausencia del padre y del hermano mayor adquiere por instinto un rol de protección, se levanta y socorre rápido a la niña.

—¡Martina! ¿Estás bien?

Sin dejar de sonreír, Martina se levanta gracias a su hermano. Parece un poco aturdida. Mira a los pequeños y quiere seguir jugando. Pero antes le pregunta:

—¿Qué hay para comer?

12

Una flor por el camino

Suena sobre sus cabezas la magnífica cúpula de castaños y fresnos. Se retuercen sus troncos y se alborotan sus hojas al son del viento, en un murmullo vegetal y envolvente, que les parece inmenso. Abrazados por el bosque, los niños se sienten como si fueran los visitantes de un panteón.

Sentada en un tronco y con los pies colgando, Martina come un trozo de *artoa* de maíz con azúcar. Da mordiscos pequeños. Se la ve contenta y aliviada.

Frente a ella, entre plantas y helechos, Josefa recoge hierbajos y dientes de león en el delantal. Sus palabras van dirigidas a los pequeños. José y Asunción la siguen y la escuchan ensimismados. Cada planta es algo nuevo que se graba en la retina. Su madre señala limacos y les posa mariquitas en los dedos. A veces golpea el viento y todo se sacude ahí arriba y los niños miran a las copas entre asustados y divertidos.

Josefa los guía mientras continúa con su recolección.

—El *iratze* tiene que ser de árbol —les dice—. Nada de tierra. Pero lo que buscamos es esto.

Arranca varias hierbas de la tierra.

—Esto ayudará a la señora Zubiri.

Asunción se tambalea torpe entre las hierbas altas. A veces pierde el equilibrio y desaparece.

—¡Asun!

Josefa levanta a la niña. Martina ríe desde su tronco, feliz con su pan.

Tras la recogida, Josefa y los niños se sientan junto a Martina. José se queda de pie ante su hermana. Tiene la cara manchada de tierra y mira el trozo de *artoa*. Martina mordisquea y adivina el pensamiento de su hermano.

Parte un trozo y se lo da.

Josefa, que revisa los hierbajos de su delantal, observa el gesto y habla con la intención de atraer la atención de los niños. Hace tiempo que aprendió a disiparles el hambre con buenas historias.

—Mirad.

Coge una rosa de su delantal y la eleva a la luz del sol.

—Una rosa desecada a la luz de la luna. Si la ponéis bajo la almohada de una niña recién nacida, le dará hermosura y le evitará menstruaciones difíciles.

—¿Qué es menstraciones? —pregunta José.

Josefa sonríe y acaricia la cabeza de su hijo.

—Las mujeres sangran cada mes. Cuando no lo hacen, es que van a tener un hijo.

Martina pregunta a su madre.

—*Ama,* ¿puso una rosa en mi almohada cuando nací?

—¿Y en la mía? —se anima Asun.

La madre acaricia a la niña.

—*Ene maitea.* Claro que lo hice.

—¿Y esa rosa para quién es? —pregunta Martina.

La madre contempla la flor, sonriente. Después se la guarda en el delantal.

Poco después, Josefa y los tres pequeños salen del bosque y descienden por el sendero. A lo lejos, enclavados en el valle, el pueblo de Gaztelu y el campanario de la iglesia. La luz del atardecer enrojece y tiñe los pastos y los cultivos.

El andar de la familia es lento e intermitente. Los niños se detienen continuamente, atraídos por la fronda del arroyo que acompaña al sendero. Los linderos están poblados de amapolas y margaritas, los grillos chirrían y chirrían y los niños quieren verlos, pero estos parecen invisibles. Es como si fueran las flores las que suenan.

Tras el arroyo hay un pretil y más allá una tierra de labranza. No muy lejos, un hombre se afana en cortar las malas hierbas. Sus tres hijos lo rodean también inmersos en la labor. El hombre se llama Melchor y se toma un descanso cuando ve a Josefa.

Observa su andar con atención. Sigue con los ojos las formas del cuerpo bajo el delantal. El cabello suelto. La figura esbelta.

Melchor sonríe y alza la voz.

—¡Una flor por el camino! ¡Ya podía pasar más veces para aliviarme la faena!

Josefa ríe con mesura, pero no responde. Sigue su camino por el sendero, una mano en el delantal y la otra en los niños.

Melchor la contempla alejarse, con media sonrisa en la cara. Uno de sus hijos, al verlo tanto tiempo detenido, le llama:

—*Aita?*

Melchor vuelve a su labor con fuerzas renovadas. Arranca hierbas y remueve la tierra mientras piensa en la Josefa. Algunos dicen que nació en lo más profundo del bosque, en el hogar de las *lamiak* y de los seres mitológicos. Melchor se imagina árboles abigarrados, zarzas y una espesura en la que no penetra ni siquiera la luz. Los senderos se entrecruzan y no llevan a ningún sitio. Soplan brisas que susurran y que a veces traen música que si se escucha mucho algunos dicen enloquece. Quien se ve obligado a cruzar el bosque busca las cruces y los pequeños santuarios cristianos que hay en los senderos, para santiguarse y encontrar la protección de Dios durante el resto del camino.

Por supuesto, no es recomendable que los niños se adentren tanto en el bosque, ni siquiera acompañados. Pero esa mujer no tiene ningún problema en llevar allí a sus hijos.

Josefa despierta extrañas sensaciones en los vecinos. Al contrario que muchos en el pueblo, ella sabe leer y escribir. Lo que para algunos es un motivo de temor y supersticiones, para Melchor supone una atracción. A veces, la línea entre ambos es muy fina.

Sea como fuere, Melchor trabajará hasta el ocaso y la visión de Josefa perdurará en su mente incluso cuando vuelva a casa.

Anochece cuando la familia alcanza el pueblo. Las casas se tiñen de azul oscuro. Los hombres llegan del campo. Las vacas descienden de los pastos y suenan sus cencerros y sus pezuñas cuando pisan suelo empedrado. Se encienden faroles y luces de zaguán. Suena una radio desde una ventana abierta.

Con el sol bajo, la sombra de la iglesia es muy alargada y cubre casi todo el pueblo. Sus muros grises se elevan al cielo con manchas de humedad. A los niños les parece que por ellos ha llorado el tiempo.

En el pórtico del templo algunos jóvenes hacen cola. Uno a uno, se aproximan al padre don Justiniano Arizkune, que les ofrece su mano para que le besen el anillo. Entre ellos está Antonio, el mediano de los Sagardía. Han recibido una lección preparatoria para la confirmación y ahora se despiden del sacerdote.

El cura es el más respetado del pueblo, por encima del alcalde y del maestro. Las familias más devotas lo invitan con frecuencia a dulces y a café. Cuando se cruza con los niños, todos corren a besarle la mano. En función del día, Antonio percibe en sus dedos el olor a chocolate y a naranja e incluso a dulce de higo. La sensación que deja es extraña y agradable, como si la religión fuera algo grato que tiene que ver con la repostería.

Muchos de los niños que hacen cola no van a la escuela del pueblo. Hay demasiadas labores en casa. Pero sí acuden a los preparativos de la comunión y la confirmación. Sus únicas lecciones oficiales sobre los misterios de la vida pasarán por las lecturas y las oraciones del cura. Cuando lo ven ante el altar y con un libro abierto, están todos convencidos de que les ofrece la palabra de Dios.

Y así ha sido durante años. La mayoría de los adultos que hay en el pueblo solo conocen eso. Muchos recuerdan a curas y a maestros que les pegaban con furia. Hombres rotos que les amargaban los primeros años de existencia, cuando uno es frágil y no tiene aún la sensibilidad encallecida. Durante mucho tiempo no comprendieron lo que les pasaba, todos eran demasiado jóvenes para entender esa amargura.

En su retorno a casa, Josefa y los niños ven a Antonio, que espera turno para besar la mano del cura. La madre se detiene y mira el templo con desconfianza. Antonio besa al cura, formal y devoto. Tiene la mirada gacha y arrepentida cuando camina hacia ellos, aunque no se le ocurra razón alguna por la que estar arrepentido.

Es de noche en el pueblo de Gaztelu. Dentro de la casa Arretxea, en la cocina, las brasas de la chimenea proyectan sombras graves y temblorosas. Arrimadas a la lumbre, hay dos mujeres sentadas una frente a la otra, encorvadas, cogidas de la mano. Murmuran. A su alrededor todo es misterio y oscuridad. Una cazuela con plantas medicinales hierve sobre las brasas.

A través de una rendija abierta en la puerta, se suceden de abajo hacia arriba ojos brillantes de niños, que espían a las dos mujeres.

Habla primero el más pequeño:

—¿Qué hace la *ama*? —pregunta José.

—Le va a dar de comer plantas —responde Martina.

El siguiente en altura es Pedro, que aclara algo más:

—Le está leyendo las manos.

Antonio no parece muy de acuerdo:

—*Ama* hace conjuros que no gustan al cura.

Joaquín, el mayor de todos, pone orden en el asunto:

—No seáis tontos. *Ama* simplemente la está curando.

Junto a la chimenea, la señora Zubiri bebe una infusión humeante. Mira a su anfitriona, que está sentada frente a las brasas, con la mirada perdida.

—*Josefa, ez dakit ahohandia naizen…*[*]

—*Trankil.*

—*Nola dituzu seme-alabak? Hainbatean?*[**]

Josefa no contesta. La señora duda.

—*Badakit Pedroren lana joria dela* —murmura—. *Ta zu hemen bakarrik horrenbertze denbora… Zerbait behar izanez gero…, laguntza ematen ahal dizuet.*[***]

Josefa la mira y le sonríe.

—*Trankil.*

Pronto la señora Zubiri se levanta.

—Bueno, Josefa, *mantso egin da.* Ya es tarde.

Escondidos tras la rendija de la puerta, los niños observan cómo la mujer se va. Por unos minutos, dejan de ver a su madre, que ha salido a la calle para despedirla.

—¿Dónde está *ama?* —pregunta entonces Martina.

Una voz surge a sus espaldas.

—¿Todavía a vueltas por aquí?

Los niños se vuelven sorprendidos. El rostro de su madre ha aparecido de la nada, en las sombras del pasillo. Sostiene una vela y sonríe.

—A la cama.

En la habitación de arriba, escondido bajo la cama, el gato de la casa bosteza y se estira cuando oye los correteos en las escaleras. La mayoría de los gatos tienen su sitio en los tejados y en las bordas, nunca en las casas. Pero en Arretxea es diferente. El animal se levanta molesto. Los niños irrumpen en la habitación y le rompen el sueño.

Se oye la voz de Josefa:

—Soy el Basajaun de los bosques…

Los niños ríen y en las ventanas empieza a llover.

---

[*] «Josefa, no quiero ser indiscreta…».

[**] «¿Qué tal los hijos?».

[***] «Sé que el trabajo de Pedro no es fácil. Y tú aquí sola tanto tiempo… Si tenéis necesidad…, creo que podría ayudar en algo».

Es noche profunda en Gaztelu cuando caen las primeras gotas. En las traseras de la casa Arretxea ondulan las ropas colgadas. Al otro lado de la pequeña tapia que separa la finca del caserío vecino, también cuelga la ropa de Mercedes.

Una gota cae sobre una sábana. Después otra. Y otra.

En cuestión de segundos, empieza a llover sobre el pueblo de Gaztelu.

De la casa Arretxea sale Josefa. Camina descalza por la hierba húmeda. De la casa contigua sale Mercedes.

Llueve cada vez más fuerte. Las dos mujeres se empapan. Cuando retiran las sábanas, se pueden ver.

Mercedes recoge ropa de viejo. Josefa quita las prendas de sus hijos más mayores. Deja para el final un pequeño pijama, probablemente de José o de Asunción.

Las dos mujeres se observan bajo la noche lluviosa. La última prenda queda colgando entre ambas.

13

La sencillez de Watson

Pamplona, invierno de 1937

En el despacho del abogado Pedro Sagardía guarda un silencio abstraído. Sus ojos revelan los viejos recuerdos de la familia y el temor a no poder seguir creándolos.

Frente a él, Vicente se niega por completo a esa posibilidad, que sería atroz. Aun así, la inquietud es evidente en el despacho. Incluso Watson, acurrucado junto a la estufa, la percibe.

Vicente observa al carbonero, pensativo. Mide con tiento sus palabras.

—Hay…, hay algo que antes he evitado preguntarle —dice—. Ese colchón, el del incendio. Era de su vivienda, ¿verdad?

Pedro responde con firmeza.

—Sí. Lo era.

—¿Está usted seguro?

Pedro mira al abogado.

—Estoy seguro. Era nuestro colchón. Ahí dormían mis dos hijos pequeños. José y Asunción.

—¿Qué edad tenían?

Se hace un silencio en el que Pedro no contesta. Vicente descubre pronto su error.

—Se lo ruego. Discúlpeme. No pretendía…

—Ahora mismo él tendrá cuatro años. Ella casi tres.

El silencio vuelve sobre la mesa y se sitúa pesado como un yunque. A Pedro no parece importarle. Vicente no se siente cómodo en él. Los silencios suenan diferente en función de lo que sienta cada uno al escucharlos.

Vicente tiene la necesidad de inclinarse sobre la mesa.

—Señor Sagardía. Señor Sagardía, escúcheme.

Pedro alza el rostro.

—Vamos a encontrar a su familia. Se lo prometo. La gente que tenga que hablar vendrá aquí y hablará. Y si no, que la justicia de Dios los persiga hasta la muerte.

Ambos hombres se contemplan en un silencio largo, lleno de pasión y de incerteza.

—¿De verdad que no la quiere? —insiste Vicente, señalando la sopa.

—Ya me he tomado la mía. Esa es para usted.

—Yo no he recorrido cientos de kilómetros para venir aquí. Por el estado de su calzado, estoy seguro de que la mayor parte de ellos ha sido a pie. ¿Me equivoco?

Pedro observa largamente al abogado.

—Lleva horas sin comer —responde—. Tiene que tener tanta hambre como yo.

Vicente sonríe.

—Por suerte o desgracia, vaya usted a saber, tengo la capa grasienta de una foca. Y usted parece un perro famélico. Así que haga el favor.

Vicente desplaza la sopa hacia el carbonero, pero este la detiene.

—No he venido aquí en busca de caridad.

El abogado lo mira.

—Está bien —sentencia.

El carbonero se levanta.

—Creo que es hora de que me vaya.

Ofrece la mano a Vicente, que se la estrecha.

—¿Tiene donde quedarse?

Pedro no le responde.

—Gracias por su tiempo.

El carbonero se vuelve y lo deja solo en la estancia.

—¡Descanse! —grita Vicente.

Se cierra la puerta y vuelve el silencio al despacho. El abogado suspira y se deja caer en el sillón, la mirada perdida.

Entonces coge la sopa y alza la voz.

—¡Mi querido Watson!

El pequeño *yorkshire* se levanta de su sitio y corretea hasta los pies de su dueño. La sopa lo espera sobre el suelo. El pequeño perro empieza a lamerla feliz.

Vicente lo acaricia, sonriente.

—Bendita sencillez la de los perros.

Dos días después, Vicente llega a los juzgados de Pamplona envuelto en sudor y nervios. A pesar de sus treinta años de experiencia, con cientos de casos a sus espaldas, hay ocasiones en que estos le golpean como si fuera un aprendiz. Entonces le entran el insomnio y las inseguridades, piensa mil veces cada palabra, y cada prueba, y cada testimonio, y llega un instante en que duda hasta de si el sol saldrá por la mañana.

Sea como fuere, se presenta tarde a la cita con el juez, nervioso y con sus notas a cuestas. No sabe cómo es posible, pero siempre que algo le importa, llega tarde. Será porque teme llegar pronto y mostrar sus nervios. Será porque se queda repasando hasta el último minuto. Será porque simplemente teme llegar. En cualquier caso, es un sinsentido que él mismo admite y que, sin embargo, no tiene solución. A estas alturas, ya sabe con certeza que es un hombre de sinsentidos y que llegará tarde hasta el fin de sus días.

En la sala todo son maderas nobles y suelos marmolados. Reina esa atmósfera grave y antigua propia de los juzgados, donde uno tiende a sentirse intimidado por la sacralidad de la ley. El juez instructor y sus ayudantes aguardan a Vicente, que se sitúa torpe y deprisa, sin darse tiempo a coger aire antes de empezar a presentar el caso.

Habla del carbonero y requeté Pedro Sagardía. Habla de su familia, de Josefa y de seis de sus hijos. Relata cómo desaparecieron sin dejar rastro más de un año antes, en agosto de 1936. Habla de la detención injustificada por parte de la Guardia Civil, habla de la expulsión del pueblo, habla de la cabaña y de los restos del incendio.

—Por favor, letrado. Respire —dice el juez.

—Sí, su ilustrísima.

Vicente hace una pausa y respira. Pero enseguida continúa:

—Señoría, les aseguro que estamos ante un caso excepcional que no atiende a motivaciones políticas.

Vicente busca entre sus notas y les muestra un antiguo registro cartográfico de la zona. Señala el pueblo y el camino del monte que lleva a la cabaña.

—Vale la pena analizar la localización de la cabaña donde sabemos se refugiaron —continúa—. ¿Por qué tomaron el camino del monte en lugar del de las poblaciones más cercanas? Casi dos kilómetros de fuerte pendiente, para instalarse en una hondonada inhóspita, donde no existe nada para sobrevivir. ¿Por qué? ¿Por qué subieron a ese lugar?

Vicente hace un alto, mientras espera que sus palabras calen en el tribunal.

—Es evidente que no lo hicieron por voluntad propia. Los obligaron. Por esta razón solicito, como abogado de la acusación, la declaración de ocho vecinos de la localidad de Gaztelu, sospechosos de haber participado en este delito de coacción.

Vicente por fin toma aire de verdad. Se hace un silencio.

El juez estudia con gravedad al abogado. Su voz suena cansada y rutinaria.

—Denuncia por desaparición. Es la vigésimo segunda que me llega esta semana. Por no mencionar las que no me llegan, que son infinitamente más. Estamos en guerra, letrado. ¿Por qué me trae esto ahora?

—Insisto en que esto es diferente, su señoría. La desaparición súbita de toda una familia. Una mujer y sus seis hijos menores, en una pequeña localidad del norte. Seis niños, su señoría. Seis seres inocentes. Esto no es un acto de guerra, se lo aseguro.

—Es un caso complejo —dice el juez—. No sé si es conveniente enredarse en algo así, con la que está cayendo fuera.

—La Iglesia y la Guardia Civil podrían estar implicadas —añade un ayudante.

El juez suspira.

—Eso lo complica todo mucho más.

14

Silencio en las casas

Gaztelu, invierno de 1937

Hace más de un año que desapareció la familia Sagardía. Un año de silencio en Gaztelu.

En los campos reina el invierno y su tristeza desolada. Amanece y los terruños despiertan brillantes de escarcha y duros como la piedra. La regata de Txaruta baja helada. Hay en el pueblo una atmósfera frágil y hecha de cristal que está a punto de romperse.

Una silueta protegida bajo un capote entra en el pueblo. Cojea como si le faltara una pierna. La acompaña un perro.

El hombre se cruza con dos vecinos que salen al campo vestidos de faena.

—*Egun on* —saludan los vecinos.

—*Baita zuri ere* —saluda la silueta.

Una vez alejados, los vecinos murmuran:

—*Ikusi duzu? Aguazila da.**

El hombre se adentra en el pueblo, que está como abandonado. Las casas silenciosas parecen vacías, pero todas ocultan dentro ojos que ven y bocas que callan. Son más de cien almas que se asoman a las cortinas

---

* «¿Has visto? Es el alguacil».

para ver al alguacil pasar. Cada una con sus miedos y sus silencios, con sus secretos y sus historias, la mayoría de los cuales jamás se conocerán.

En una de las casas, un rostro asoma y se perfila ante la ventana. La mujer viste entera de luto, el negro le oprime el cuello y entre las sombras da la impresión de que no tiene cuerpo.

Mercedes observa cómo el alguacil se acerca a su casa. En las manos nerviosas de la mujer hay un rosario. Sus labios no dejan de murmurar un padre nuestro.

—*Aita gurea, zeruetan zaudena, santifika bedi zure izena, betor guregana zure erreinua…*

Suena la aldaba en el piso de abajo y Mercedes respinga.

Se levanta y acude aprisa hacia las escaleras. Sus rezos se aceleran.

—*Aita gurea, zeruetan zaudena, santifika bedi zure izena, betor guregana zure erreinua…*

Cuando abre la puerta, una tímida claridad brilla en el empedrado. Sus ojos acostumbrados a la oscuridad se deslumbran. En la luz asoma la silueta torcida del alguacil, junto a su viejo chucho, como representantes de la santa ley del hombre.

A Mercedes le falta el aliento, más por el miedo que por las prisas en abrir. Se hace la sorprendida.

—Don Julián, ¿cómo usted por Gaztelu?

El alguacil despliega una cédula y procede con seriedad.

—Mercedes, busco a su hermano.

—¿Mi hermano? Ya ha salido al campo. ¿Para qué lo busca?

—Tengo una citación del juez instructor de Pamplona.

—¿Una citación? ¿Por qué?

—Ya sabe por qué, Mercedes.

El alguacil le tiende la citación. Mercedes la sostiene, en silencio.

—Para el día 11 del corriente —añade el alguacil—. Désela de mi parte.

Mercedes se queda sin habla, con la citación entre las manos. Sin añadir más, el alguacil se vuelve y consulta las siguientes casas. Bidauztea, Larretoa, Komizkoborda… Tiene un trabajo desagradable esa mañana.

* * *

Al otro lado de la calle, tras los cristales de una ventana, Melchor observa cómo el alguacil abandona la casa de Mercedes y se aproxima a la suya. El hombre alegre y varonil de hace más de un año que piropeaba a Josefa ahora parece una sombra de sí mismo. Su galantería parece tan distante como las Américas. En su lugar hay un rostro sudoroso y golpeado por el insomnio y también por la vergüenza.

Asustado, Melchor corre la cortina y se pega a la pared.

Frente a él está su mujer, que lo mira entre lágrimas. Tras ella, silenciosos, sus cinco hijos, algunos con la edad suficiente para entender las lágrimas de la madre.

La familia es numerosa y humilde. Una pesada losa de silencios y secretos sobrevuela sus cabezas. Es como si el techo se fuera a caer de un momento a otro. Y eso genera una tensión insoportable, especialmente en el padre, que es el principal responsable de lo que está a punto de suceder.

Tocan a la aldaba del portón y el bebé empieza a llorar.

La iglesia está abarrotada. Reina un silencio sombrío. Los feligreses forman una masa informe y negra, donde destellan miradas graves y preocupadas. Muchas familias están directamente afectadas por lo que ha acontecido esta misma mañana.

Es un día de festividad religiosa en el pueblo. Como cada año, el *txistulari* ha ido tocando de casa en casa, anunciando que a las once acompañaría al alcalde y su séquito desde la casa consistorial hasta la iglesia. Un desfile oficial de ciento ochenta pasos que otros años era festivo y que ahora, con los jóvenes en la guerra y con la reciente visita del alguacil pesando en las conciencias de todos, ha parecido más una marcha hacia el patíbulo.

Ante el altar, bajo un tenue rayo de luz, el cura despliega su sermón:

—En un día tan especial como hoy, he decidido hablar de nuestro patrón, santo Domingo de Guzmán. Un referente para todos, una inspiración para encontrar la serenidad de espíritu y la gracia de Dios.

El cura sobrevuela sobre los feligreses con su mirada grave.

—Como ya sabéis, su amor por la pureza le hizo mantenerse virgen durante sus cincuenta y un años de vida.

Algunos de los presentes miran al cura y esperan que haga mención a lo que está sucediendo. Una denuncia recién llegada. La sombra de un posible proceso judicial. Lo que ha recibido el pueblo no es un pleito por contrabando o por una disputa menor. Es una acusación terrible. Un contradiós. Ocho hombres están directamente señalados y citados ante la temible justicia y en la mismísima capital.

Si algo se apelotona entre las bancadas, son silencios. Nadie se atreve a hablar. Lo que cada uno sabe o piensa queda bien enterrado en lo más profundo de su conciencia.

Pero el cura, como defensor de la estabilidad y del orden impuesto, sigue con la misma inercia de cada año:

—Si deseáis guardar vuestra virginidad, les dijo Domingo a sus hermanos, evitad las conversaciones tentadoras y vigilad vuestros corazones. A pesar de que nuestros jóvenes están en la guerra, al concluir la misa, haremos honor a la tradición y el séquito regresará a la Herriko Etxea, donde serviremos *salda* y una torta…

Al fondo de las bancadas, una vecina se levanta con gran escándalo. Es Teodora.

El cura se calla y se hace un silencio tenso en la iglesia. El rostro de Teodora está congestionado por la indignación. Mira al párroco.

Nadie mueve un dedo. Nadie dice nada. El silencio es perfecto entre los feligreses.

Teodora coge a sus hijos y a su marido. Avanzan con dificultad entre las bancadas. Caminan hacia la salida. El portón retumba cuando abandonan el templo.

Algunos vecinos empiezan a mirarse. Otros esconden el rostro. Hay dudas. Hay temor.

Una segunda familia, la de la señora Zubiri, también abandona el templo. Vuelve a sonar el portón. Se produce un nuevo silencio. El cura mira a su rebaño, algo aturdido.

Habla la inercia:

—Como decía…, al final de la eucaristía serviremos *salda* y una torta especial.

15

Viaje al mundo exterior

En las proximidades de Gaztelu, paralela a las aguas del río, hay una pista recta y larga que proviene de Santesteban. Una línea de árboles altos la jalonan. Tal y como anticipó el alguacil, el día 11 del mismo mes una nube de polvo empieza a elevarse sobre el valle, precedida por un rumor.

Ocho hombres esperan junto a la calzada. Alzan la vista cuando les llega el ronroneo del motor. Dos viejos automóviles se aproximan, trayendo consigo el remolino de polvo.

Apuran las últimas caladas de sus pitillos. Están nerviosos.

Ni Agustín ni Melchor han montado jamás en un coche ni han estado en Pamplona. A pesar de ser hombres y estar curtidos por la vida y la miseria, para muchos conocimientos y saberes aún son como niños. Se imaginan la ciudad y piensan en la ilustración de algún cuento o en la fotografía de algún periódico. Se imaginan el mar y no saben muy bien a qué atenerse.

Partículas de polvo envuelven a los hombres. Algunos se alejan como si estuvieran ante un toro gigante que muge y los va a embestir.

Los coches se detienen y quedan a la espera, sin apagar el motor. No sale nadie. Los hombres se miran entre sí y se aproximan, dubitativos.

Suena un trueno en la lejanía.

* * *

Dos horas después, los dos automóviles se aproximan a Pamplona. Para Melchor, el viaje ha sido tortuoso e infernal. El coche corría y corría y se balanceaba de lado a lado. A mitad de camino no ha tenido más remedio que pedir al chófer que pare para vomitar en la calzada. El episodio lo ha avergonzado y lo ha sumido en el silencio. En la rutina del campo y del pueblo es más fácil conservar la imagen que uno proyecta a los demás. Pero una vez en el mundo exterior todo cambia. El más seguro en la burbuja de Gaztelu puede convertirse fuera en el más torpe y desconfiado.

Cuando llegan a Pamplona, llueve con saña y los parabrisas chirrían enloquecidos. A Agustín la ciudad le da la impresión de ser un pueblo extremadamente grande. No quiere reconocer que le intimida y que le hace sentirse pequeño. Muchas calles están empedradas. Mira por la ventanilla y ve tantos rostros y tantos hombres y tantas mujeres a la vez que no tiene tiempo de asimilar nada.

Gaztelu está tan aislado entre valles y montañas que parece al margen de lo que sucede en el resto del país. Allí es como si no hubiera guerra. Si no hubiera sido por los jóvenes que formaron milicia y se alistaron en los requetés, no se habrían enterado de que en otros lugares del país se están matando cada día.

Por los comentarios del chófer, se conoce que en Pamplona andan con cierto miedo. Tanto en mayo como en noviembre, la aviación republicana bombardeó algunas zonas de la ciudad. Su objetivo debía ser el palacio de la Capitanía General, donde según el chófer reside el general Emilio Mola, el que inició el Alzamiento Nacional en julio del año anterior.

Jarrea frente a la entrada señorial a los juzgados de Pamplona. En la acera, la gente se apresura con sus paraguas. Los automóviles se detienen y los hombres salen.

Todo en la ciudad les parece inhóspito y gris. Demasiada piedra junta y nada de verde es para ellos como una visión antinatural. Agustín tiene la sensación de que están en el interior de una cantera descomunal donde a la gente le ha dado por juntarse.

Cuando entran en los juzgados, la lluvia se queda fuera y suena diferente. El vestíbulo es enorme y los impresiona una escalinata de alfombras rojas y suelos marmolados. Jamás habían estado en una construcción así. Ni siquiera contando la iglesia. Y eso que las iglesias son otra cosa, las iglesias son obra de Dios actuando a través de los hombres, y no cuentan como edificios.

El grupo se detiene y se arremolina nada más entrar, como si lo amenazara una jauría de lobos.

En el vestíbulo hay una tremenda agitación. Idas y venidas de zapatos lustrados y de tacones. Voces en castellano. Jerga legal e ininteligible. Letrados, abogados y secretarias. Miradas que los estudian de abajo arriba, desde los calzados humildes y los bombachos hasta las boinas mojadas por la lluvia.

El grupo de hombres *baserritarras* es el único detenido en el vestíbulo, el único que no va a ningún lado y que no sabe qué hacer. Por eso también llama la atención. A Agustín esta sensación lo incomoda. No le agrada sentirse intimidado. Cuando algo lo intimida se pone muy nervioso.

La gente sube la escalinata hacia una altura que a los hombres de campo les parece inaccesible. Entonces alguien los llama desde allí arriba. Es el abogado encargado de la defensa.

—¡Los de Gaztelu!

En el piso superior, en los pasillos interminables y laberínticos del juzgado, Pedro y Vicente aguardan la llegada de los acusados. Llueve con furia en los cristales.

—¿Se encuentra bien? —pregunta Vicente.

Pedro mira al abogado, que se afloja la corbata, nervioso y moviéndose como si tuviera una gran necesidad de ir al excusado.

—Me preocupa más que usted no se encuentre bien. Parece que le va a dar algo.

Vicente se da cuenta de su propio estado.

—No se preocupe. Ya estoy acostumbrado. Tal vez me vea tartamudear al principio. Sepa usted que lo importante no es la forma, sino el fondo.

—Ni que fuera usted el que tiene a la familia desaparecida.

—Líbreme Dios de ello.

—Pues espero que sea usted el que me libre a mí.

Vicente mira al carbonero y se afloja más la corbata.

—¡Virgen santa, qué sudores!

Al fondo, aparece el grupo de *baserritarras*, acompañados por una secretaria y por el abogado defensor. Cuando los ven llegar, Vicente se dirige a Pedro:

—Es mejor que no establezca contacto visual.

El abogado mira a Pedro, que establece contacto visual.

—No establezca contacto visual —insiste.

Pedro no deja de mirar a los hombres que llegan y que también le miran a él.

—Es mejor que…

Pedro vuelve la cabeza para seguir al grupo.

—Está bien —sentencia el abogado—. Está bien.

16

Verdades

En los juzgados la lluvia se recrudece y abofetea los cristales. Los techos de madera crujen como cuadernas y da la sensación de que el edificio navega bajo un temporal en el océano.

Las estufas calientan más para algunos que para otros. En un lado de las bancadas está Pedro, solitario. Aislados en la antesala están los acusados, que esperan su turno y parecen ahogarse bajo una atmósfera claustrofóbica. Algunos de ellos solo saben hablar euskera y necesitarán un traductor.

El juez declara abierta la sesión y el señor secretario lee en voz alta los escritos de acusación y defensa. Bajo el rugir ensordecedor de la tormenta, el juez hace llamar a Agustín.

El *baserritarra* entra en la sala y se sitúa muy próximo al juez. Una luz inquisitoria le hace parecer más delgado. Se ha afeitado por la mañana y está demacrado.

—Agustín Irigoyen Gamio. Se le informa de su derecho a no declarar contra sí mismo y a no confesarse culpable. Si va usted a declarar, responda a las preguntas del señor letrado de la acusación particular.

El juez señala a Vicente, que se levanta, hecho un manojo de nervios.

—Con la venia…

Vicente se aproxima al labrador y camina frente a él. En su cabeza bullen atolondradas las preguntas que casi se sabe de memoria. A pesar de los nervios, tiene tiempo para observar al acusado. Por los relatos de

Pedro se lo había imaginado de una forma y ahora al verle le parece más bien poca cosa. No sabría decir si es un hombre recrudecido por la vida o golpeado por ella.

Vicente respira hondo y pregunta:

—¿Es cierto que detuvieron a Pedro Sagardía sin permitirle ver antes a su mujer y a sus hijos?

Agustín responde con calma.

—Lo llevamos a la Guardia Civil de Santesteban porque se decía por el pueblo que era espía.

Vicente se seca sudor de la frente.

El *baserritarra* se muestra seguro, pero necesita tener las manos ocupadas y en movimiento, así que busca algo en los bolsillos.

—¿Y lo era? —pregunta Vicente.

—Desde siempre se ha sabido que el Sagardía es un *xelebre*.

—¿Un *xelebre*?

—Sí, un *xelebre*. Así llamamos a los que se burlan de la Iglesia y el rey.

Vicente se detiene un segundo, pensativo.

—Esa definición no se corresponde con la de espía.

Agustín se encoge de hombros, sin alterarse. De los bolsillos ha sacado un pitillo.

—Yo no sé de diccionarios.

—El caso es que no tenían pruebas y por eso lo soltaron. ¿No es así?

Agustín mira un segundo al abogado defensor, que niega.

—Eso es asunto de la Guardia Civil —responde—. No mío.

—¿Por qué obligaron a la familia a abandonar el pueblo?

Agustín se prende el cigarrillo y se toma su tiempo. Es evidente que pretende romper el ritmo de las preguntas.

—No los obligamos —responde—. Solo los invitamos a salir por indeseables.

—¿Indeseables? —pregunta Vicente—. ¿Por qué?

Agustín aspira y reflexiona con calma. Por un segundo alza la mirada y la dirige a Pedro.

—Robaban en los campos. Incluso alguna vez se llevaron gallinas y ovejas. Todo el mundo sabe que los Sagardía eran rateros.

Vicente se queda en silencio, aturdido. Esto sí que no se lo esperaba.

—¿Rateros?

—Así es, rateros —responde otro de los acusados más tarde—. Lo que no tenían en su puchero lo solían buscar en huerta ajena.

Vicente repasa sus notas, algo confuso. Opta por cambiar de dirección.

—¿Cómo actuó usted cuando el señor Pedro Sagardía bajó al pueblo tras el aviso de su mujer?

—Estaba de guardia. Hice lo que me ordenaron.

—¿Detener a Pedro por espía?

El acusado no lo duda ni un momento.

—Así es. Un *xelebre* conocido en la comarca. Se decía que andaba con la UGT. Y luego estaba lo que hacía esa mujer. Y sus hijos. Ya saben.

—Robaban patatas, gallinas y alguna vez hasta ovejas —responde otro de los acusados minutos después—. Y luego el marido era espía. No eran gente querida por el pueblo.

Vicente pregunta y los hombres responden versiones muy semejantes entre sí. A veces se vuelve hacia Pedro, que permanece impasible en las bancadas y no le transmite apenas nada con la mirada. Pedro es bastante parco y a eso el abogado ya está acostumbrado, pero en estas circunstancias agradecería una mínima expresión.

Y, mientras tanto, el juez instructor escucha en silencio y la lluvia sigue golpeando las ventanas.

Cuando llega el turno de Melchor, este muestra una postura más encogida e intimidada que los demás. Mira al abogado defensor como buscando una calma a la que atenerse. Vicente percibe todo esto y huele el miedo. El *baserritarra* ha ido empequeñeciéndose con el paso de las horas. El coche, el viaje, la ciudad hostil, la gravedad de los juzgados, el peso sagrado y antiquísimo de la ley que se respira.

Vicente pregunta una vez más:

—¿Qué pasó con la familia Sagardía?

Melchor se detiene unos segundos antes de contestar:

—Se hizo una junta y el pueblo decidió expulsarlos.

—Cuando dice el pueblo ¿se refiere a unanimidad entre los vecinos? ¿O fue decisión de sus representantes?

Melchor busca con tiento las palabras, como si le diera miedo decir las inadecuadas.

—Fue cosa de los representantes. Pero había muchos vecinos de acuerdo.

—Ha dicho que los expulsaron. Obligados. Eso es delito de coacción.

Esta vez, Melchor se apresura a responder:

—No, no pretendía…, me refería a que los invitamos a salir. Ya sabe. Lo han dicho los demás.

—Por rateros.

—Sí…, por rateros. Y por…, por sospechas de ser rojos.

Melchor titubea. Vicente da unos pasos hacia él. Conoce esos ojos de cordero asustado. Los ha visto muchas veces.

—Si los invitaron a salir y lo hicieron por su propia voluntad, ¿por qué tomaron el camino del monte y no el de las poblaciones más cercanas? ¿Por qué irse a una cabaña abandonada donde no había nada para subsistir?

Melchor mira al suelo. Vicente se aproxima más a él.

—¿Por qué baja la mirada?

Melchor la alza. Vicente lo mira.

El abogado defensor protesta:

—Su señoría, la acusación está muy cerca de mi cliente.

—¿No piensa responder a la pregunta? —insiste Vicente.

La voz de Melchor tiembla.

—No…, no sé por qué se fueron allí.

82

* * *

El juez ha solicitado un descanso. En los pasillos, Vicente repasa mentalmente lo sucedido. A su lado, Pedro está muy callado. Al abogado le parece que la cabeza del carbonero es un gran misterio. Lo compadece, y solo de pensar en lo que tiene dentro de sí le entran escalofríos. Sabe que soporta una angustia inmensa, pero jamás da muestras de ello. Tiene que ser terrible no tener la capacidad de mostrar lo que uno siente. El dolor, la incerteza, la desesperanza. Necesitan un desahogo en compañía. Una pequeña liberación en busca de alivio y de consuelo. Pero no. Pedro no parece capaz de ello.

Al menos hasta ahora, porque de pronto dice:

—Mienten.

El abogado lo mira, intentando calibrar lo que siente.

—Es lógico que se protejan, Pedro.

—Han jurado ante Dios y mienten.

—E imagino que como hombres temerosos del Señor lidiarán con un gran tormento. Algo que tal vez juegue en nuestro favor. Pero ahora esa no es la cuestión.

Para su sorpresa, Pedro alza la voz.

—¿Que no la es? ¡Esos individuos son…!

Pedro se queda callado, impotente. Algo de su interior ha destellado, pero solo un instante, como el rugido de un animal que defiende su madriguera y que vuelve al interior oscuro para proteger a sus crías.

—Pedro. Pedro, escúcheme.

El carbonero contempla la lluvia.

—Hay algo que necesito saber.

Vicente se aproxima a él, buscando con tiento las palabras.

—Eso que dicen de las raterías… ¿es verdad?

Pedro se vuelve y lo mira con sus ojos tristes.

—¿Verdad? ¿Qué es eso para usted? —pregunta.

17

Cansada alegría

Gaztelu, verano de 1936

Josefa abre los ojos, sola en la cama. Aún es de noche ahí fuera. Una brisa agradable se cuela por la ventana. Se desliza hacia el lado de Pedro, pero este está vacío. A pesar de que lleva un mes en las carboneras, el gesto es mecánico, como recogerse el pelo cuando le cae sobre la frente.

Josefa se levanta y se quita el camisón. Se lava en el aguamanil y se alisa el cabello ante un pequeño espejo. Como cada mañana, dedica unos minutos a acicalarse y a darse vida en los ojos y en el cabello. Sería muy triste iniciar el día y no sentir que lo hace dando lo mejor de sí.

Un súbito vahído la hace detenerse. La mirada se le nubla. Se sienta sobre la cama y aguarda unos segundos.

Enseguida se vuelve a levantar y termina de acicalarse.

Los últimos años, tal vez desde la llegada de los dos pequeños, se acuesta más tarde de lo habitual. Las tareas de la casa parecen multiplicarse y la empujan cada vez más hacia la noche. A veces las jornadas le parecen interminables y al amanecer despierta con la sensación de no haber cambiado de día. Esa es una extraña y lóbrega sensación que la asusta, como un peso que se agranda y que no termina nunca de aligerarse.

A pesar de todo, hay algo en el madrugar que le agrada profundamente. Tal vez sea el caminar con sigilo por la casa. Las maderas crujen. Los niños aún están dormidos. En este instante previo al amanecer, siente que durante un tiempo el día será solo para ella. Es una sensación especial que se repite cada mañana.

Muchas mañanas la acompaña Martina en estas tareas tempranas, pero la niña lleva días con aspecto cansado y hoy ha decidido dejarla en cama. Con la blusa remangada y el mandil en la cintura, Josefa se mueve a oscuras por el caserío. Podría guiarse con los ojos cerrados. Trae del cobertizo una brazada de pequeñas *abarras* con las que encender la lumbre. Limpia el polvo, vacía los orinales. Pone a calentar la leche. Prepara los cántaros para ir a la fuente antes de que se llene de mujeres.

Sale a la calle.

El frescor es agradable. Aún no ha amanecido y no se ve un alma. Una soledad azul la envuelve. Alza la vista y observa la luna. Los astros del cielo siempre dicen cosas. Piensa en hierbas y en plantas y en que será un buen día para preparar ungüentos de *ezpamobelarra*. Después repasa las tareas que le esperan. Los mayores irán a la cacería comunal de urracas, así que tendrán que desayunar fuerte. El pensamiento la lleva a fantasear con lo de cada mañana, con lo de siempre. Ojalá tuvieran tierras propias para trabajar. Ojalá tuvieran una cuadra y unos mulos en los que cargar las azadas y las varas. Ojalá tuvieran vacas y cerdos. Ojalá pudieran tener sus hijos una vida mejor que la suya. Ojalá pudieran situar Gaztelu en el mapa y descubrir que apenas es una aguja perdida en un pajar.

Josefa llega a la fuente absorta en estos pensamientos.

El agua cae hermosa y en un chorro fuerte. Empieza a llenar los cántaros. Espera paciente mientras mira hacia los montes, donde amanece.

Unos pasos se le acercan por la espalda. Alguien la observa.

Josefa se vuelve y descubre a Melchor, el vecino, que iba de camino al campo y al verla se ha detenido. La observa sonriente, en la penumbra azul, a solo unos metros.

No dice nada.

Están solos en la plaza de la fuente. El silencio es cristalino. Josefa mira impaciente los cántaros, que burbujean casi rebosantes.

—Melchor, por favor. No siga —dice Josefa.

—¿Por qué? ¿Acaso le incomoda?

La mujer mira la línea del agua, deseando que suba rápido, y no responde.

—Siempre la veo muy sola —insiste el hombre.

—Ya sabe que mi marido trabaja en los montes.

—Demasiado abandonada la tiene.

—Si tuviera un terruño como usted, vendría cada noche a casa. Usted es un afortunado que no sabe de lo que habla.

Los cántaros se llenan y Josefa se apresura a cargar con ellos. Sin despedirse del hombre, inicia la vuelta hacia su casa.

Melchor la contempla alejarse, sonriente.

—¡Usted también me incomoda a mí!

Poco después, en el silencio en penumbra de la casa Arretxea, una puerta chirría al abrirse con sigilo. Entra Josefa y esta queda medio cerrada. Se oyen susurros tiernos. Voces infantiles y somnolientas al despertarse.

A los más pequeños los viste y les lava la cara y les limpia las legañas. A veces se apoya en Martina porque aún necesitan que alguien los guíe continuamente. Desayunan todos juntos. Hunden trozos de pan duro en los tazones de la leche que la Zubiri les regaló en agradecimiento por la ayuda de Josefa. José mira su pedazo y después estudia el de Joaquín, el mayor de dieciséis años. Percibe la clara diferencia de tamaño.

—¿Por qué él tiene más?

Su madre le contesta:

—Porque tu hermano es más grande.

Joaquín lo piensa y entonces decide partir un trozo, pero Josefa lo detiene.

—Alivia el estómago, que hoy tenéis trabajo.

Martina ha sido la primera en terminar y contempla hambrienta cómo desayunan los demás. Es frágil y huesuda y parece un pajarillo. Su madre la observa con discreción. En su mirada ávida distingue algo que ya conoce y que desearía no fuera tantas veces una ley de vida: el hábito del hambre y una gravedad impropia de la infancia. Algo irreversible y penoso que como a otras niñas la acompañará toda la vida.

Tras el desayuno, los mayores marchan y los pequeños se quedan con la madre en la pequeña huerta en las traseras de la casa. Josefa se mueve afanosa por inercia, agachada sobre el suelo, en un ángulo recto en el que parece moverse con la misma facilidad que si estuviera de pie. José y Asunción ayudan arrancando malas hierbas. Pero también juegan y se las tiran.

Martina pregunta a su madre:

—¿Cuándo vendrán *aita* y José Martín?

—Pronto —responde Josefa—. Con los duros que traigan iremos al mercado de Santesteban.

No muy lejos, a las afueras del pueblo, en los maizales más metidos en el monte, Melchor trabaja los campos con sus hijos. Todos se afanan concentrados, el olor a hierba los envuelve. El padre, sin embargo, parece distraído. Se detiene un momento y mira a sus hijos dubitativo.

Les dice que se ausenta un momento porque le apremia el estómago. Camina hasta el final del terruño y se adentra en la espesura del bosque. Una vez comprobado que está solo y no le ven sus hijos, deja la azada y se retira la boina y el sudor. Apoya la mano en un árbol e introduce la otra en el pantalón.

Sus ojos miran la corteza. Su imaginación hierve.

18

El cerdo

Llega la noche a Gaztelu, los faroles se encienden y las campanas de la iglesia repiquetean. De los campos descienden los balidos de las ovejas y la voz de algún pastor. Se encienden lumbres y el olor a humo se extiende por las calles.

En el interior del caserío Arretxea, tras participar en la cacería comunal, Joaquín, Pedro y Antonio despluman varias urracas. También han traído una carga de hierba fresca que ha dejado en el hogar un agradable aroma a savia. Por estas fechas, les florecen unos pétalos con un sabor muy dulce en la lengua, pero hay que tener cuidado con las espigas.

Los tres hermanos ayudan a otros vecinos en las épocas de pastoreo y de siembra. A veces reconstruyen muros viejos y derribados por riadas. En los veranos, Joaquín se ha especializado en labores de altura: repara tejados y libera a los pajarillos atrapados entre las tejas. Los trabajos se suceden a cambio de huevos, berzas e incluso pequeñas piezas de caza.

Cuando cumpla diecisiete, Joaquín acompañará a su padre y a su hermano mayor a las carboneras. Por fin un trabajo serio, un trabajo de hombres, con el que llevar dinero a casa y, quién sabe, tal vez formar en el futuro su propia familia. Joaquín desea que llegue el día de dejar de mendigar pequeñas labores y lo lleven al monte a trabajar de verdad.

En la estancia, la radio está encendida. Tiene una luz amarillenta y es lo único de la casa que no existía en el anterior siglo. Junto a la ventana abierta al jardín, Josefa y Martina cosen abstraídas. El hilo se tensa hacia arriba, con destello de la aguja, y vuelve a bajar para dar la vuelta y subir de nuevo. Todo muy rápido y en movimientos ejecutados a la perfección. Encima de la mesa está Asun, que se yergue tambaleante y explora el cabello ondulado de su madre, intrigada, como si fuera algo de otro mundo.

En el suelo, se extiende el territorio fantástico de José. Lleva un rato arrastrándose por las maderas interminables para él. A veces ha encontrado una cabeza de clavo saliente y se ha hecho una herida. Esta noche, de momento, no es así.

Desde su punto de vista, todo parece enorme y misterioso, un mundo de gigantes.

—¡Soy un niño en el bosque y viene el lobo!

José se desliza, da vueltas y también gruñe:

—¡Ahora soy el lobo!

Se cuela bajo las faldillas de la mesa y encuentra los ojos fosforescentes del gato, que le mira como si reconociera a un semejante mientras se frota contra las piernas de Martina. Ambos, niño y gato, se estudian durante varios segundos, hasta que el primero se aburre y se arrastra bajo la mesa hasta el brasero, que ahora está apagado. En los meses de frío suele quedarse hipnotizado ante su resplandor como de lava. Su madre y su hermana suelen atarse cartones a las pantorrillas para no quemarse. Ahora las tienen al aire, en busca del frescor que se cuela por las ventanas.

José sentencia:

—Estoy escondido.

En el mundo de arriba, sobre la mesa, Asun sigue hurgando en el cabello de su madre. Josefa está tan acostumbrada a su hija que no es consciente de que la despeina. Ella solo está al hilo y a la aguja, igual que Martina. A veces pone el oído en lo que dice la radio. Pero ahora no. Ahora solo cose y cose, la visión a veces borrosa, y de pronto se da cuenta de que ha dejado de coser y de que tiene la cabeza hundida, quizá desde hace unos minutos.

Martina la llama:

—*Ama,* ¿te encuentras bien?

Josefa vuelve, algo aturdida.

—Solo es un vahído, hija.

Retoma el remiendo como si no hubiera sucedido nada. Entonces surge, bajo las faldillas, un susto de muerte.

—*Ama!*

La carita de José la mira desde abajo. Su hijo empieza a reír.

En el dormitorio duermen casi todos los hermanos. Joaquín permanece en el limbo que precede al sueño. Una parte de sí mismo sigue fuera, y otra, dentro de su cabeza. Últimamente tiene la impresión de que se pasa la noche entera en este territorio intermedio. Es como si necesitara para dormirse una relajación que no tiene. A partir de cierta hora, el estómago le ruge y no puede estar estirado y boca arriba, sino encogido, de lado y en cierta tensión.

Esa noche tampoco han tenido puchero para cenar. Se han conformado con unos hoyos de pan y aceite cubierto de azúcar. A los pequeños les fascina este bocado, pero no dura nada en el estómago. Dicen que se parece al chocolate, pero eso es por el dulce, porque en realidad no tiene nada que ver. En alguna Navidad, su padre les ha traído chocolate de Santesteban. Siempre viene acompañado de mucho pan, para que dure.

—El chocolate hay que comerlo muy despacio —les dice su madre—. Con mordiscos muy pequeños.

Joaquín piensa en el chocolate y se relame medio inconsciente. Tarda un rato en percatarse de que algo suena en la habitación. Joaquín escudriña la oscuridad. Las maderas del suelo suenan. Una sombra se mueve por la habitación. La sombra abre la puerta y desaparece por el pasillo.

Unos segundos después, Joaquín se levanta y también sale. Baja por las escaleras con sigilo y se detiene en el último escalón.

En la cocina hay una silueta recortada contra el farol de queroseno, arrodillada ante las hierbas frescas. Es Martina.

Joaquín se acerca. Su hermana coge los tallos e intenta quitarles los pétalos, que ha oído antes que son dulces. Lo hace sin saber y con desesperación. Las espigas le arañan los dedos.

Joaquín se inclina y la coge de las manos con ternura.

—Espera —le dice.

Ella se resiste a soltar la hierba.

—Te vas a lastimar.

Martina forcejea.

—¡Para!

Joaquín intenta detenerla.

—¡Para, he dicho!

Martina suelta la hierba y se queda sentada en el suelo, enfadada, los brazos cruzados, mirando el fajo de hierbas. Los arañazos le escuecen en las manos. Su voz suena fría.

—Ojalá tuviéramos un cerdo e hiciéramos con él lo que hicieron en casa del señor Arregui.

Martina se queda en silencio, envuelta en sombras. Joaquín la levanta de los brazos. Ella se deja hacer como si fuera una niña pequeña y como si necesitara urgentemente sentirse así. Joaquín la coge de la mano y la acompaña lentamente de vuelta a la habitación. Entran con sigilo para no despertar a los demás. Joaquín la acuesta y la abriga.

Los ojos de su hermana brillan. Hay algo en ellos que anhela protección. Es como si pidieran a gritos dormirse bajo el hechizo de un cuento.

Joaquín la besa en la frente y le susurra las palabras más bonitas y plenas de esperanza que es capaz de encontrar. Su hermana no dice nada y lo mira con seriedad. Él insiste y le susurra y la tranquiliza. Le cosquillea en la tripa. Le hace carantoñas. Lentamente, la pequeña empieza a ceder. Joaquín no se irá a la cama hasta que la haga sonreír y la deje con los ojos cerrados.

Cuando por fin se acuesta y mira al techo ya sabe con certeza que no va a dormir. Piensa en el cerdo del señor Arregui que ha mencionado su hermana. Hace unos días, Joaquín la llevó a que viera por primera vez la matanza de un cochino. Es algo natural que todos deben ver. La niña entró en la casa y cruzó hasta la porqueriza, donde había hombres y mujeres y también otros críos del pueblo. La lumbre estaba encendida, los cuchillos estaban alineados junto a las tinajas para la sangre y la caldera donde se derretiría la manteca.

Los hombres se remangaron y abrieron la porqueriza. En cuanto asomó la cabeza del cochino lo agarraron por la oreja y con un gancho lo amarraron mejor del morro. El animal tiraba hacia atrás con sus poderosas patas. Los hombres lo ataron por detrás con cuerdas. El pobre cerdo empezó a quedar inmovilizado.

Kurrinkaka, así los llaman. Los berridos del cerdo. Restallaron en el valle y les aguijonearon los oídos. Eran tan intensos y estremecedores que lejos de asustar hipnotizaban.

Martina vio cómo los chiquillos se excitaban y le tiraban del rabo y le pateaban al pobre marrano en la barriga. Había en ellos algo salvaje y ancestral. Le pegaban con saña. Los mayores los dejaron desahogarse de sus frustraciones y sus miedos.

Cuando los niños por fin terminaron, una de las mujeres buscó la yugular del cerdo y la marcó con una cruz. El señor Arregui cogió un cuchillo y se lo tendió a su hijo. Apenas tenía los años de Martina. La niña vio cómo su semejante se acercaba al gorrino y lo acuchillaba lentamente, ya que no sabía muy bien cómo hacerlo y los guarridos lo tenían fascinado.

La sangre le empapó las manos y los pies. El charco se extendió. La hemorragia era sobrecogedora. Una mujer se apresuró a recoger la sangre en un recipiente.

Después forraron el cuerpo con paja y le prendieron fuego. El olor a chamusquina y a cadáver lo impregnó todo. Las mujeres preparaban ya el arroz y el azúcar para las morcillas.

Joaquín recuerda todo esto en su cama. Los chillidos del cerdo no le dejan dormir.

Mira al techo, se da la vuelta. Suspira. Piensa que a él también le encantaría haber vapuleado al animal. Si lo tuviera ahora delante, lo patearía con furia.

Ya no puede más y se levanta. Comprueba que sus hermanos están dormidos. Abre la puerta y sale de la habitación.

Joaquín avanza entre las casas aún dormidas, protegiéndose de los pocos faroles que alumbran el pueblo. En un principio, se dice a sí mismo que deambula, pero sabe exactamente adónde va.

Se detiene ante la tapia y la observa.

De críos saltaban tapias y robaban de los manzanos y los perales. Alguna vez se aventuraron a entrar en alguna huerta. Eran chiquillerías que todo el mundo ha hecho alguna vez. Entonces parecía una aventura divertida y excitante.

Cuando se cuela en la casa del señor Arregui sabe con certeza adónde dirigirse. Cruza la finca y pronto vislumbra el cobertizo abierto en la penumbra azul. Necesita unos segundos para hacerse a la oscuridad. Los jamones, las morcillas, los lomos y las pancetas. Ya sabe dónde están.

Avanza unos pasos. No ve demasiado bien y se tropieza con el comedero. Trastabilla. Intenta mantener el equilibrio. Pero vuelve a tropezar y cae al suelo.

—Mierda.

Se reincorpora casi al instante. Mira alrededor. Ahora hay más ruido que antes.

Su pequeño accidente ha alborotado al gallinero. Nervioso, Joaquín no sabe cómo reaccionar ante las pequeñas aves. Las persigue en la oscuridad. Ellas saltan y corretean, cada vez más enloquecidas, alrededor del joven. Aletean y derriban cestas. Cae un saco de pienso al suelo. El escándalo rasga la quietud de la noche.

No tarda en encenderse una luz en la casa contigua.

Asoma la cabeza del vecino. Sus gritos despiertan al pueblo.

—¡Eh! ¡Eh!

Joaquín sale del cobertizo y corre a través de la finca.

—¡Eh! ¡Ladrón!

19

Culpable

El pueblo de Gaztelu presume de tener un *batzarre* independiente en su Herriko Etxea. Las juntas vecinales se celebran en el *ostatu,* que significa «alojamiento» en euskera. Muchas de las localidades del entorno tienen un *ostatu* que hace a la vez de ayuntamiento, de cárcel e incluso de taberna.

En pueblos como Gaztelu, tan próximos a la muga o frontera, la ley que se aplica es extraña. El contrabando está visto como algo habitual. Todos dicen que floreció hace un siglo, en la época de los bisabuelos, cuando vapulearon los fueros en Madrid y la frontera se desplazó del Ebro a los Pirineos. Desde entonces, los viajes y las incursiones clandestinos operan en las montañas que rodean Gaztelu. La muga no está más que a unas pocas horas. Todos tienen a algún conocido que se arriesga pasando mercancías. Todos saben de todos. Todos callan en un acuerdo tácito que es beneficioso para el pueblo. Los bosques se han plagado de historias sobre fugitivos y forasteros.

Los valles de la frontera, además de disponer de una ley particular, también tienen fama de ayudar al más necesitado. Tal vez se deba a los dineros ilícitos que deja el contrabando, que siempre saben mejor si se destinan en parte a una buena causa. O tal vez se deba simplemente a que la Iglesia lo pregona desde el altar.

A quienes no tengan se les ayudará, dice la Iglesia. A quien robe por necesidad se le perdonará y se le reconducirá por el buen camino del Señor. A la Iglesia también le beneficia el contrabando. La ley de la frontera es también la de la Iglesia.

Pero no siempre lo que se pregona es lo que finalmente se hace.

En la sala de juntas del *ostatu* hay una gravedad y un silencio que estremecen. La extraña ley de Gaztelu está a punto de aplicarse.

El padre don Justiniano está sentado en el centro. Entero de negro, presidiendo con su sombrero y su bastón. A su alrededor se reúnen los *baserritarras*, hombres curtidos y tostados por el sol, la mayoría analfabetos, sobre los que pesa el poder de decisión del pueblo.

Frente a ellos esperan madre e hijo, Josefa y Joaquín. El cura les habla entre susurros, sin levantar la mirada del suelo.

—El nuestro es un pueblo que ayuda al necesitado. ¿Por qué recurrir al hurto y perturbar el equilibrio de la comunidad? Si necesitáis, pedid y se os dará. Acudid a la Iglesia y la Iglesia os dará.

Don Justiniano sigue con la mirada clavada en el suelo, como si fuera invidente. Cuando habla apenas se le oye.

—Pues pedimos, padre —dice Joaquín.

Josefa mira a su hijo, sorprendida. El cura sonríe.

—No es la primera vez que incurres en el pecado de la ratería, ¿verdad, Joaquín?

El joven frunce el ceño.

—¿Qué?

—¿De verdad no lo recuerdas?

Joaquín abre los ojos, recordando, sin poder creer que haga alusión a aquello.

—¡Teníamos diez años!

—Hurtabais manzanas de los árboles. Arrancabais patatas de la tierra.

—Eran cosas de niños. No sabíamos…

—¿Lo ves? —dice el cura—. Admites tu culpa. Reincides en pecados del pasado y demuestras que no te has reconducido.

—Hay otros que también robaban. ¡No era yo solo!

—¡No acuses!

Un brote de cólera, sin alzar la mirada, las manos sobre el bastón. Pequeñas venitas se han hinchado en las comisuras de sus ojos. El cura parece tener el poder de acallar incluso al viento.

Todos le temen y le respetan. Los hombres que están tras él forman más bien un telón de fondo o un decorado. Saben que el cura es el versado y el estudiado. Se instruyó en un seminario y tiene acceso a los libros. Pero por encima de todo habla con Dios. Los hombres tienen claro que están allí para usar las manos y no la cabeza. Ni se plantean otra cosa.

El cura pronto vuelve a los susurros.

—Agradeced la benevolencia del señor Arregui, que no os denunciará. Podéis considerarlo la respuesta de Dios a vuestra petición.

—¿No nos ayudará? —pregunta Joaquín.

El cura no responde y da por resuelto el asunto.

—¿Por qué no me mira a los ojos, padre? —pregunta entonces Josefa.

El cura ríe con sarcasmo. La suya es la única risa de la junta.

Los hombres no se atreven a reír. Hay algo de inquietud en la sala. La mujer presente les impone y no saben explicar por qué. Tal vez sean sus ojos penetrantes. O su voz profunda. O su cabello suelto. O tal vez haya algo de ella que no les guste. Tal vez les moleste que, al contrario que ellos, sepa leer y escribir.

En la casa Arretxea, todos los hermanos están de pie, ante la mesa. Incluso Asun y José permanecen serios y cabizbajos, entendiendo que algo grave ha pasado.

Joaquín agacha la mirada y murmura:

—Lo siento, madre…

Josefa da unos pasos y se detiene ante él. Joaquín se asusta porque tiene los ojos vidriosos. Nunca ha visto llorar a su madre. Pero entonces algo lo impresiona. La mirada de su madre se traga cualquier atisbo de humedad y se queda completamente seca. Al joven le parece una succión mágica propia de los cuentos.

Entonces lo recibe. Un fuerte sopapo.

Le cruza la cara y siente el dolor en la mejilla. Su madre tiene fuerza y le ha pegado sin clemencia. Joaquín esconde el rostro, avergonzado.

No tarda en sentir los dedos de su madre en el mismo lugar de la mejilla donde le acaba de arrear. Joaquín se estremece. Su madre le acaricia y le alza el mentón.

Entonces surge la voz del pequeño.

—¿Cuándo viene *aita*? —pregunta José.

Es noche profunda cuando Josefa se acuesta. Hay días en los que la fatiga es tan profunda que le impide dormir. Su cuerpo cae en la cama y enseguida siente un alivio inmenso que, sin embargo, no dura. Pronto la cabeza empieza a girar y a enredarse en los laberínticos pensamientos de la noche. Las preocupaciones se convierten en seres monstruosos. Las nimiedades se agigantan.

¿Qué más puede hacer?, se pregunta. Por mucho que lo intente, no encuentra una solución. Siempre tuvo la esperanza de que hubiera una escapatoria. Pero a veces le parece que no la hay. A veces se acuesta pensando que no puede más. Su única esperanza es el retorno de Pedro con sus dineros de la montaña. Ahora mismo ella más no puede hacer. Así está hecha la vida.

La impotencia la inmoviliza en la cama. Se siente rígida, como si de pronto el aire fuera sólido y la apresara. No quiere pensar, pero piensa en que su vida tal vez tenga algo de encierro. Por mucho que busque los pequeños resquicios de libertad e intente ser ella misma. Por mucho que contemple a otras mujeres y las vea más tristes y sombrías. Por mucho que insista y que luche por preservar su naturaleza ante la homogeneidad que la rodea. No puede olvidarse de quién es ella. No. Eso nunca. Jamás.

La inmovilidad se rompe en mil pedazos con la llamada de la fisiología.

Algo le sube del estómago y la obliga a abalanzarse sobre el aguamanil. Vomita lo poco que tiene dentro.

20

El hombre aturdido

En las montañas de Eugui, los carboneros agotan los últimos incendios. Las labores se aproximan a su final. Un aire festivo se percibe entre los hombres curtidos y asilvestrados después de semanas en el monte.

Cuando finalizan estos periodos normalmente los embriaga algo de desconcierto. Es como si despertaran de un sueño. Vuelven a sus casas y aún no saben muy bien dónde están. Llevan encima una inercia bobalicona. La tontuna del carbonero es un misterio propio de los bosques. Algunos lo achacan al humo del carbón, que les embota las cabezas. Otros, a los murmullos de las lamias y las damas de los ríos, que se aproximan al campamento y les hablan mientras duermen. Otros, a que son muchos días trabajando sin descanso, parando solo para comer y para dormir. El cuerpo entra en un estado próximo a lo espiritual. Las horas pasan y el tiempo se percibe de un modo diferente.

Todos saben que la acumulación de años en las montañas cambia el talante de los hombres. Muchos no vuelven a ser los mismos.

En las carboneras, sin ser demasiado consciente de que las labores terminan, Pedro y su hijo mayor agujerean un montículo con insistencia. Últimos respiraderos en abrirse, últimas columnas de humo que suben hacia el cielo. Sus miradas permanecen absortas, casi en trance, los rostros tiznados y sudorosos.

Los humos los rodean y apenas oyen a su compañero.

—¡Sagardi! ¡Sagardi!

Pedro y José Martín siguen agujereando.

—¡Sagardi! *Jateko ordua!**

Pedro oye al compañero y aún le cuesta unos segundos detener su labor, como si no lo convenciera dejarla así. Cuando desciende, el compañero le dice:

—*Egun bat eta etxera!***

Ese mediodía, los hombres se sientan en rocas y troncos y dan buena cuenta del rancho. Hay en ellos una rudeza montuna. Un silencio tosco mientras comen. Dedos roñosos sobre las fiambreras. Rostros ennegrecidos. Miradas cansadas.

Al día siguiente volverán a sus casas, con sus mujeres y sus hijos.

En el balcón poblado de flores de la casa Arretxea, Martina espera. Hace unos minutos que han avisado de que los carboneros llegaban. Pronto se le ilumina el rostro:

—¡Es *aita*! ¡Y José Martín!

Martina entra en la casa y sus hermanos la siguen escaleras abajo. Se oye el tropel excitado y el portón al abrirse. Josefa se asoma al balcón y sonríe.

Las voces excitadas de los niños rodean a los recién llegados.

Esa noche, después de mucho tiempo, la familia al completo se reúne en torno a la mesa. La lumbre chisporrotea. Los niños están callados, mirando expectantes al padre y al hermano mayor, que se han lavado y se han afeitado y parecen dos hombres nuevos.

Pedro también los observa, con media sonrisa, en silencio. Todos esperan que diga algo. Seis pares de ojos llenos de ilusión, brillantes, hambrientos de historias y sobre todo hambrientos de un padre. Han

---

* «¡Hora de comer!».
** «¡Un día y para casa!».

pasado muchas semanas en su ausencia. En esta situación, es inevitable que los más pequeños idealicen la vida en las montañas. Una vida dura e inclemente que, sin embargo, es susceptible de ser disfrazada de romanticismo. Ahora mismo, su padre representa para ellos el misterio de lo desconocido. Su padre no solo es un carbonero, es también un marinero que cruza los mares más inabarcables, y un soldado que sobrevive a las más terribles batallas, y un aviador que sobrevuela los más inhóspitos continentes.

Su padre lo es todo.

Bajo las miradas atentas de sus hijos, Pedro piensa qué decir.

Se centra en Antonio.

—Cuánto has crecido.

Su hijo sonríe, orgulloso, esperando oír algo más. Pero Pedro no añade nada. Después mira a Martina.

—Y tú superarás en belleza a tu madre.

El padre se calla, esperando haber hecho suficiente. Se le ve con deseos de empezar a cenar, donde a lo mejor, entre bocado y bocado, le saldrán más palabras para sus hijos.

Pero los niños siguen mirándole. La sonrisa de Pedro ahora es un rictus. Por un instante agacha la cabeza, intimidado. Josefa lo rescata.

—Andad, niños, al plato. Tiene que venir vuestro padre para que se os olvide comer.

Los niños explotan.

—¿Es cierto que oís a las lamias por la noche? —pregunta Antonio.

—¡Cuéntanos una historia de lamias, *aita*! —grita Martina.

—¿De verdad hechizan a los hombres?

—¿De verdad tienen patas de cabra?

Se hace un silencio donde la atención recae sobre Pedro.

—Y también de gallo —responde.

Se queda callado. En sus hijos percibe cierta decepción.

—¿Por qué no nos cuentas una historia? —insiste Antonio—. ¡Háblanos de la sima que hay en el monte!

—¡Sí, *aita*! —exclama Martina—. ¡Háblanos de la sima!

—¿Qué es una sima? —pregunta José.

—¡Dicen que llega hasta el fondo de la tierra! —continúa Antonio.

—¡Hala! —se admira José.

Josefa mira a Pedro y espera que diga algo. Pero este parece con la lengua amarrada, inmovilizado por una gran tensión.

Josefa interviene:

—¿Qué os he dicho de esa sima?

Martina suspira, bajando la mirada al plato.

—Que no hay que acercarse o si no…

—Nos tragará —la secunda Joaquín.

Antonio está hambriento, pero insiste:

—Venga, *aita*, ¡cuéntanos una historia sobre la sima!

—Sí, *aita*. ¡Cuéntanos! —se anima José.

Un nuevo silencio. Al padre se le ocurre mirar a Joaquín.

—Con el año nuevo vendrás con nosotros. Tu hermano mayor ya está hecho a los montes.

Josefa mira seria a Joaquín.

—Tu hijo tiene algo que contarte.

Es noche cerrada. Son todo sombras en la estancia, salvo la isla de luz que genera la lumbre. Los niños se han retirado y solo quedan Josefa y Pedro, sentados al calor del fuego.

—Me disculparé ante el señor Arregui —dice Pedro.

—Ya lo hice yo —responde Josefa.

—Pero sabes que eso no sirve de nada. Tengo que ir.

Se hace un silencio ante la lumbre.

—¿Por qué te intimidan tanto? —pregunta Josefa.

—¿Quién me intimida?

Pedro sabe perfectamente a quiénes se refiere.

—No esperan demasiado. No tienes que darles nada del otro mundo.

Pedro se yergue en la silla. La mira molesto.

—Pero qué tonterías dices. ¿De qué me estás hablando?

Sin apartar la vista de la lumbre, Josefa suspira y cierra los ojos.

—Necesito dinero para los niños. Las abarcas de Martina no le sirven a la pequeña. Y no tengo hilo para remendar. Habrás traído suficiente, ¿no?

Pedro contempla con fatiga la lumbre.

—Lo de comprar un cerdo tendrá que esperar.

Se quedan en silencio, hipnotizados ante las llamas. El hábito de la decepción hace que Josefa la asuma con rapidez.

—Tal vez para el invierno —dice Pedro.

Los ojos de ella se evaden. Pedro observa la mirada de su mujer, intimidado por el universo que se oculta tras ella. Cuántas veces ha intentado adivinar lo que pasa por su cabeza. Cuánto misterio tras ese rostro. Su energía, su vitalidad, su visión luminosa del mundo. A veces la admira y a veces siente rabia por no ser como ella. ¿Qué estará pensando ahora? ¿Qué recuerdos la transportarán lejos de él mientras duermen juntos por las noches?

—¿Te decepciono? —pregunta Pedro.

Josefa no responde.

—Sé que estás llena de reproches. Sé que me guardas rencor.

Pedro espera la reacción de su mujer, que no llega.

—Pero no sirve de nada culparme.

—¿Te acuerdas de cómo tuvimos al mayor? —le pregunta entonces ella.

Pedro la mira sorprendido.

—¿A qué viene eso ahora?

—Mi padre nos desaprobaba porque no tenía edad. Así que te llevé al cobertizo. ¿Lo recuerdas?

La mirada de Josefa se evade, nostálgica. Pedro no comprende a qué viene el tema. Su voz se suaviza.

—Claro que me acuerdo.

—Te dije: «Ven. Ven conmigo. Vamos a arreglar esto entre los dos».

—Y todos vieron tu vientre en la boda —dice Pedro—. Así marca la gente. Matas un perro y serás mataperros toda la vida.

Josefa lo suelta. Dos palabras.

—Estoy embarazada.

Pedro la escucha y no aparta la vista de la lumbre. Se queda inmóvil y en silencio. Su cuerpo parece encogerse en la silla, como si su osamenta de pronto se derrumbara, incapaz de sostenerse por más tiempo.

Entonces suspira y se cubre el rostro.

Josefa lo observa. Pedro parece abatido en su silla. Entonces extiende la mano y sujeta la de ella. Ambos quedan unidos.

—Sé lo que piensas. Para qué tantas manos si no tenemos tierras.

—Sabes lo que pienso y aun así sonríes.

Josefa mira a la lumbre con ilusión.

—Siempre me imagino cómo serán.

21

Alivia las penas

Pedro se ha acostado en la oscuridad y se ha dormido al instante. Ni siquiera ha esperado a que Josefa se desvistiera para hacerle un gesto o decirle una palabra. A ella le ha parecido que había algo de brutalidad en su forma de caer. Un agotamiento supremo. Como si todo su ser tuviera la necesidad de apagarse y de irse muy lejos y de olvidarse de todo y por completo.

Han pasado las horas y él respira profundamente y ella mira al techo golpeada por el insomnio. A veces siente que se vuelve extraño e inaccesible. Algo parecido a cuando se conocían de vista y aún no se habían elegido, con la diferencia de que entonces estaba el encanto de lo misterioso, eso que algunos definen como amor. Ahora todo es diferente y también hay misterio, pero este es más triste. Aun así, Josefa sabe que tiene junto a ella a un buen hombre.

En la mayoría de los casos con eso es suficiente.

En la habitación contigua, la pequeña empieza a llorar.

Como si fuera un resorte, Josefa se levanta y camina hacia el pasillo. A su lado, Pedro no se mueve.

Está muy lejos.

A la mañana siguiente, él se levanta y se descubre solo en la cama. El día está avanzado, ha debido de dormir muchas horas.

Escucha agitación de chiquillería. El cuerpo le cruje cuando se asoma a la ventana y ve a sus hijos en la huerta. Permanece unos minutos absorto, viendo cómo ayudan a su madre y cómo juegan y cómo gritan.

Antes de bajar prende un cigarrillo y se vuelve a tumbar en la cama. El humo asciende al techo y se revuelve en formas que ya conoce y que le traen recuerdos. En esta habitación, piensa, se ha hecho toda una vida. Cuántas veces ha mirado a ese techo y cuántas veces ha visto esas formas. Conoce esa habitación tan bien como un preso conoce su celda.

Por la ventana abierta llegan los gritos de los niños. Distingue la voz de Martina, y la de José, y la de Asunción. Es asombroso ver cómo van cambiando. Qué movimiento, qué avance, qué dinamismo. Sus cuerpos crecen y sus voces se modulan. Sus ojos siguen siendo los mismos, pero lo miran diferente. Qué formidable misterio el de los ojos.

A Pedro le da vértigo percibir semejante cambio en sus hijos. Es un verdadero enigma el de la existencia, que parece avanzar y avanzar hasta que de pronto se detiene y empieza a dar vueltas en bucle. ¿En qué momento le sucedió eso a él? Esa sensación lo aplasta desde hace años y solo encuentra alivio al ver a sus hijos.

Pedro permanece en la cama y escucha las voces infantiles y llenas de vitalidad.

Una parte de su interior lo impulsa a correr hacia ellas y a zambullirse en sus coloridas vidas. Otra parte, sin embargo, lo mantiene inmovilizado en la cama, en su amarga soledad.

Con el segundo pitillo por fin decide bajar.

Cruza la cocina y se apoya en el umbral mientras fuma. La luz del sol se posa en su rostro. Entre las plantas de la huerta, Josefa se encorva, bregando con energía. Asunción está anudada a su espalda, adormilada sobre el vaivén de su madre. José sigue a Martina, su hermana mayor, que pese a su corta edad es como una segunda madre y le enseña los secretos de la huerta.

Pedro la observa con media sonrisa.

Josefa se acerca con un manojo de guindillas, afanosa. Los bracitos de Asunción le asoman inertes tras los hombros. Un dulce sueño la ha atrapado.

La mujer descubre en su marido un orgullo bobalicón.

—Martina es la más lista —dice él.

—Y, como precio, el estómago la apremia más —responde ella.

Josefa mira a su marido, que sigue abstraído en los niños mientras fuma.

—¿Se te han pegado las sábanas o qué? Si vas a estar ahí como un pasmarote, puedes barrer el zaguán, que falta le hace.

Las labores de Pedro distarán un mundo de las que ejerce en las carboneras. Siempre ha pensado que en su casa un hombre no tiene mucho para hacer.

La desgana le hace demorarse media mañana.

Josefa se asoma de vez en cuando para vigilarlo, con Asunción a cuestas. A veces piensa que ella lo intuye todo sobre él, como si fuera un libro abierto. Le entristece saber que ella ve lo que hay dentro de él. Le entristece que distinga ese gesto suyo de frustración cada vez que recuerda los tiempos florecientes de la juventud. Esa soberbia y ese coraje de tener veinte años y estar embriagado por una ignorancia feliz. La atracción de las mujeres. La certeza absoluta de que todo lo podía alcanzar. Todos ellos recuerdos irreales, mitificados y ensalzados desde la perspectiva de un hombre envejecido.

Pasarán los días y Pedro ordenará brazadas de sarmientos, reparará un peldaño de la escalera, engrasará los postigos de las ventanas, incluso limpiará los cristales. Todas tareas de casa, eso sí. Aunque habrá algunas que no hará. Lo de ir a por leche o ir a la fuente, para que lo vea todo el pueblo, eso Josefa no se lo ordenará hacer.

Y mientras tanto se fumará sus cigarrillos en la soledad del dormitorio. Y observará las formas ondulantes del humo, mil veces observadas y conocidas hasta la saciedad. Y recordará y paladeará viejos tiempos. Y al tercer o cuarto día, no sabe con claridad, no lo soportará más y se irá a la barra del *ostatu*.

Ya por el camino le parece que la noche tiene algo de aroma a libertad. El placer del aire puro, el olor a tomillo y a los pastos frescos que se humedecen con la noche. Será que el vino le está haciendo efecto antes de tomarlo.

Por la mañana tenía las intenciones y ha salido para avisar a Miguel, amigo suyo desde la niñez, que ahora le espera en la entrada de la taberna.

Los dos primeros vasos se los toman casi sin sentarse. Después cogen acomodo porque no tienen prisa por volver a casa.

Su amigo es de los pocos que aún pregonan sus ideas políticas en el valle. Corren tiempos peligrosos para hacerlo. Así que Pedro lo obliga a hablar en susurros, que sin embargo a veces se vuelven demasiado altos.

—Tengo barruntos, Pedro —dice su amigo—. Si no es por Madrid, aquí nos vuelan la cabeza.

—Anda, no jodas.

—Te lo digo yo. En este valle hay demasiado tufo a monarquía. Como en Madrid le den la vuelta a la tortilla verás.

—¿La tortilla? Qué tortilla dices tú. ¿Con cebolla o sin cebolla?

El amigo no le ríe la gracia.

—Que sí, Pedro, que sí. Que corren rumores de un alzamiento. A los generales les van las coronas y tienen al Ejército con ellos.

Pedro empieza a sentirse incómodo.

—Anda, calla la boca. Que hay muchos oídos por aquí.

El otro insiste, alentado por el vino.

—Tú votas a derechas porque aquí lo hacemos todos. Pero el tuyo es un corazón rojo como el tomate.

Pedro se apura.

—Miguel…

El otro sigue con su chanza.

—¿Dónde están esos alardes de la juventud? Aún recuerdo cuando nos reíamos de los tronos y los altares.

—Esos tiempos pasaron.

—Decías que había dignidad en el hurto siempre que equilibrara las cosas. Solo te faltaba decirlo en ruso.

Pedro mira alrededor, temiendo que los escuchen.

—¿Te crees que estoy para esas tonterías?

—No son tonterías.

—Hace mucho que no pierdo fuerzas en eso. En casa andamos justos y bastante tengo ya.

Miguel mira largamente a Pedro, que bebe silencioso, contemplando el vino con amargura.

—Ya sabes que yo… algo puedo ayudar —murmura Miguel.

—Eso díselo a la Josefa, que es la que manda.

—¿Qué tal la vuelta a casa? —pregunta Miguel—. ¿Los niños bien?

Absorto en su vaso, Pedro tarda en responder.

—Están muy crecidos. Cada vez que vuelvo parecen otros.

—A ver si vas a ser tú el que parece otro. Cada vez que vuelves estás más avinagrado.

Pedro bebe y pide más al tabernero.

—Es lo que tiene el monte.

—Anda, no te quejes —dice Miguel, que también pone el vaso para que se lo llenen.

—¿Quejarme? —pregunta Pedro.

—Si amas el monte más que a tu mujer. No me jodas.

—El monte es una miseria.

—Pero es lo único que sabes hacer. Y por eso lo amas.

Pedro apura su vaso y pide más brebaje.

—Hay muchos otros como yo.

A unos pocos metros, otros hombres beben.

Entre ellos está Agustín, con los oídos puestos en lo que habla la pareja de amigos.

22

La mujer santa

Es de noche y su cuerpo se funde con las sombras. Mercedes da de comer sopa de ajo a su padre senil. La tarea requiere concentración para que no se derrame nada. Su padre apenas abre la boca o lo hace a destiempo o no lo suficiente para que entre la cuchara. Mercedes le limpia continuamente la barbilla.

La relación entre padre e hija es un misterio que queda entre las sombras de la casa. Esa misma tarde, ella cosía junto a la ventana y miraba hacia la casa Arretxea, donde corrían los niños de la Josefa, cuando su padre ha empezado a gritar:

—¡Envidia!

Incrédula, Mercedes ha dejado de coser. Su padre ha vuelto a alzar la voz y ha golpeado con el anillo el posamanos, excitado, como si lo divirtiera haber tenido un pensamiento ingenioso.

—¡Envidia! ¡Envidia! ¡Envidia!

Sin alterarse, Mercedes ha dejado su labor y se ha levantado. Se ha alisado el delantal y se ha tomado su tiempo. Lo ha hecho todo con mesura y frialdad. Se ha vuelto y se ha acercado a su padre, que la observaba con sus cataratas.

Mercedes lo ha contemplado de pie, durante largos segundos. Su mirada se ha ensombrecido. Por un momento ha parecido que algo en ella estaba a punto de estallar.

Pero no. Lo que ha hecho es sonreír. Ha mirado al anciano y le ha alisado el cabello.

—Se ha despeinado, padre.

Después han pasado las horas y cada uno ha estado a lo suyo, él mirando la lumbre, ella remendando y preparando la cena. Cuando lo ha sujetado de las lumbares para acercarlo a la mesa, él ha gritado:

—¡Ay! ¡Ay! ¡Ay!

Porque ella le pellizcaba donde más le duele.

Ahora están absortos uno al lado del otro y ella le da de comer con la mayor de las paciencias. Sentir que se entrega al cuidado de su padre la hace sentir bien y en equilibrio espiritual. Es algo que necesita tener, la conciencia tranquila. La presencia de Dios en paz con ella. Cuando enviudó pensó hasta en meterse monja. Pero su padre se lo impidió.

«Vas de santa —le dijo—. Pero yo sé que tu devoción y tu afán de sacrificio solo tienen sentido cuando te ven los demás. ¿Qué piensas hacer encerrada en un convento de clausura? Allí no habrá testigos y te darás cuenta de que todo es una actuación. Descubrirás quién eres en realidad».

Humillaciones así eran habituales en la boca de su padre. Mercedes había soportado mucho y durante muchos años, pero con aquello no pudo. Acababa de morir su esposo, sin tiempo para darle hijos, y en parte era culpa de su padre, que tanto los había hecho esperar. La rabia la carcomía.

En un principio tuvo el impulso de escaparse de casa y huir al amparo de las monjas. Incluso llegó a hacer la maleta y a caminar hasta las afueras del pueblo. Y allí pasó una noche entera, bajo un cielo raso de invierno, creyendo que reflexionaba sobre su futuro, aunque en realidad fue incapaz de pensar en nada debido al frío.

Volvió a su casa y su padre no dijo nada. Con los años, Mercedes se ha convencido de que por entonces ya chocheaba y que lo mal que la trataba era debido a su falta de cordura. No estaba bien, se dice. Y ella se sacrificó, dejando de lado su fe y su devoción por Dios, para entregarse al cuidado de su padre, ya que le había dado la vida y no había nada mayor que eso. Además, era la única hija. Todos los hijos salvo Agustín habían hecho vida en otros pueblos.

Su forma de servir a Dios fue a través de su padre.

Mercedes piensa en todo esto mientras le da de comer. El silencio es paciente entre hija y padre. Pero no dura mucho. Alguien abre el portón de abajo y unos pasos crujen en las escaleras.

Agustín entra en la estancia y busca algo de comer en el puchero.

—He visto a Sagardi.

Es escuchar el nombre y Mercedes queda quieta.

—¿Al marido?

—A quién va a ser. Estaba bebiendo con ese amigo suyo, el de la UGT. Hoy vuelve a casa cocido y más de izquierdas, ya verás.

Mercedes lo escucha con la cuchara en alto, a medio camino.

—Pensaba que ya no andaba en esas. Qué en secreto lo lleva.

23

La soledad de ella

Pedro entra en su casa a oscuras. Habitualmente tiene dominio sobre lo que bebe, o eso le suele parecer a él. No es como otros, que beben como si pretendieran matarse. Aun así, ahora mismo no sabe si todo está en orden a su alrededor o las sombras le dan vueltas. Solo quiere subir las escaleras y caer rendido en el jergón.

Se percata de que la lumbre chisporrotea, ya casi en brasas. Su tenue luz baña un hermoso perfil sobre una silla.

Es el de Josefa, que dice:

—Prefiero tu olor a forraje y a sudor que el olor a vino.

Pedro no quiere entrar en jarana.

—Uno tiene que desahogarse —responde, con intención de irse a dormir.

—¿Con el dinero para un cochino que quitaría el hambre de tus hijos?

—Miguel ha invitado más —replica—. Dice que en Madrid pintan bastos.

—Y a nosotros qué. En Gaztelu la vida seguirá igual reine un borbón, un anarquista o el mismísimo Julio César.

—Hay gente a la que le importa —dice Pedro.

—Eso es porque se sienten desgraciados y creen que el baile de tronos les arreglará las cosas. O porque quieren enfrentamiento.

—A nosotros nos debería importar, Josefa.

La mujer mira con sorpresa al marido.

—¿Importar? ¿Por qué?

—Ya sabes lo que algunos me han considerado siempre.

—Pero todo eso que decías era de boquilla. Tú nunca has hecho nada.

—He ayudado en cosas de la muga.

—¿Y eso qué tiene que ver?

—Lo que se hace de noche y a escondidas siempre ha sido de izquierdas y de pobres.

—Pues bien de duros que da la muga a muchos de aquí. En el contrabando anda metida hasta la Iglesia.

Se hace un silencio en torno a la lumbre.

—A mí también me gustaría desahogarme, ¿sabes? —dice Josefa—. Pero aquí estoy. En esta casa. Con los niños.

Pedro permanece inmóvil, en la oscuridad, fuera del círculo de luz que arroja la lumbre.

—Voy a volver al monte —dice.

—¿Qué?

—En Eugui empiezan de nuevo la semana que viene.

Josefa no puede creer lo que oye, aunque en el fondo sepa que es irremediable.

—¿Nos vas a dejar solos otra vez? —pregunta.

—No podemos... Necesitamos el dinero. Sabes que tengo que irme.

La mujer alza la voz:

—¡Ya sé que tienes que irte! ¡Pero no huyas!

Pedro da unos pasos hacia ella. Se mantiene en la oscuridad.

—¿Huir?

Se miran, sin adivinarse los ojos. Josefa se muestra dolida.

—Ya no te reconozco, Pedro. Estás... lleno de frialdad. Solo sacas algo con esa brusca necesidad de hacer el amor. Igual que todos. Sois como animales.

Se hace un silencio en el que crepitan las brasas. Pedro es una sombra entre sombras.

—Y luego te quedas ahí callado —continúa Josefa—, aislado del mundo. Y sé lo que piensas. Sé que sueñas con tierras y con vacas e incluso con cruzar los océanos hacia esas otras vidas de las que hablan.

—Quién no sueña con eso. Tú también sueñas con eso.

—Vienes aquí y solo piensas en volver a irte —insiste Josefa.

—¡Y me voy y solo pienso en volver aquí! —grita Pedro.

—Porque eres un infeliz. Y porque te arrepientes.

—Eso es. ¡Eso es!

—Te arrepientes de haberte casado. Te arrepientes de tener hijos y de tener esta vida de miseria. Pero qué alternativa tenías, ¿eh?

Pedro surge de las sombras.

—¡No los reconozco!

Golpea con fuerza en el brazo del sillón. Josefa abre los ojos y contempla su mano estampada, muy cerca de la suya.

Pedro respira agitado, iluminado por la lumbre, a un palmo de ella.

Josefa alza la cabeza y lo desafía.

—¿Ahora vas a pegarme? ¿Te vas a convertir en otro borracho más del pueblo que pega a su mujer?

Pedro mira a Josefa durante largos segundos. Entonces agacha la cabeza. Se le quiebra la voz.

—Ya no sé cómo acercarme a ellos… Son mis hijos y no…

Josefa lo contempla con un atisbo de compasión. Al principio, aún airada, no sabe muy bien qué hacer. Después se le ablanda el corazón y acaricia el rostro de su marido. Se lo acerca al pecho.

Ambos quedan recortados por la luz. Él postrado. Ella sentada.

—Sé que los quieres —sentencia.

El silencio se hace en la casa Arretxea. Pronto se apaga la tenue luz de la hoguera. De las sombras de una tapia cercana, surge Mercedes.

Vuelve a casa con sigilo. Su andar es rápido.

Desde el umbral de otra casa que da a la calle, alguien la observa. Es Melchor, que fuma en silencio.

* * *

114

Siempre sucede de la misma forma. El día de su marcha madrugan tanto como Josefa y desayunan en silencio, casi a oscuras, con la mirada perdida y triste de alguien que parece haber sido llamado a filas. Ella les sirve mientras desempeña las tareas de todas las mañanas. Todo sucede como si quisieran ocultarlo. Como si el marcharse tuviera algo de secreto y de vergüenza.

Cuando los niños despierten, ellos ya no estarán.

La despedida con ella será escueta y algo amarga. Cuando se den la espalda y empiecen a alejarse, los dos sentirán la misma tristeza. Qué absurdo ese empeño de no mostrar lo que uno siente, pensará ella mientras los ve irse. Entonces esperará a que él haga lo de siempre.

Volverse para mirarla. Su muestra de que la quiere.

Esa misma mañana, Josefa se junta con su amiga Teodora en el lavadero. Cestas llenas de ropa sucia. Manos rojas e irritadas por el jabón. Burbujeos. Formaciones como de humo en el agua. Los dos pequeños que juegan cerca.

—Si ya te digo yo que les quita la savia el monte —dice Teodora.

Josefa deja de fregar. Hay algo que le ha rondado la cabeza durante la mañana.

—En el pueblo no hay más que sombras que miran con tristeza desde la ventana —comenta.

Teodora suspira, con resignación.

—Qué más da lo que hagan otras.

—Si abres la ventana y pones flores te señalan.

—Porque somos como ovejas. Si una se sale del camino, la marcan. Pero eso es porque sienten frustración de no saber salirse ellos también.

Ambas mujeres lavan en silencio, reflexivas.

—Me da miedo esa frustración —murmura Josefa.

—Querida…, la vida consiste en mantenerla a raya. Que no sangren demasiado sus heridas.

—La sangre corre por este pueblo y no la sabemos ver. Yo misma…, yo misma sangro más de lo que me gustaría.

Teodora deja de lavar y contempla a su amiga con tristeza.

—Ay, mi buena amiga…

Entonces la abraza.

—Pues sangremos juntas.

Al día siguiente, más puntual que el gallo, Josefa se levanta cuando aún es de noche. Con la misma dedicación íntima de cada día, se acicala ante el espejo y sale con lo mejor de sí misma al mundo.

Los cántaros de cobre repiquetean en las calles vacías cuando camina hacia la fuente. El chorro sonoro la hipnotiza mientras espera. Alza el rostro y pierde la mirada en el cielo. No quiere ver nada más. Ni un árbol, ni una casa. Solo cielo.

Podría no estar sobre la tierra y sí volando hacia las estrellas.

Sus oídos perciben la presencia. Unos pasos en la plaza.

En la penumbra, a solo unos metros, está él. La contempla fascinado, sonriente.

Sin pretenderlo, por alguna misteriosa reacción instintiva, Josefa esboza una breve sonrisa.

—Mire que es terco como una mula.

El otro la observa.

—Su belleza parece venida de los bosques. A algunos eso les da miedo. Pero a mí no.

Ella sonríe ante el cumplido, pero no entra al juego. Carga con los cántaros llenos y se va.

Camina por la calle desierta y bañada en azul. No se atreve a mirar, pero sabe que Melchor la sigue a unos diez metros de distancia. Puede sentirlo en los poros de la piel, a lo largo de toda la espalda. Se estremecen bajo el vestido como si fueran receptivos a alguna extraña señal invisible que él le envía.

Por detrás, él observa el vaivén de sus caderas. Su cuerpo balanceándose por el peso, en perfecto equilibrio. Las muñecas tensas como nudos marineros, sujetando los cántaros. El agua que se desborda en pequeños charcos.

Ella mira de vez en cuando de reojo. Lo ve y no dice nada.

Al final se para.

Se vuelve.

—Melchor. Ya vale.

Él camina hacia ella y cubre los diez metros sin dudar. Se detiene a un palmo de Josefa. La proximidad es violenta y ella da un paso atrás.

—Por favor —suplica.

Melchor la sujeta del brazo con firmeza y la lleva hasta una esquina en sombras. La acorrala contra la pared. Su cuerpo se aproxima mucho al de ella. La tutea.

—Bebo los vientos por ti, desde siempre.

Sin dejar de mirarla, coge los cántaros de sus manos tensas y los posa suavemente en el suelo.

—Tú también sientes algo —insiste—. Lo veo en tus ojos. Tus ojos hablan.

Por un instante, Josefa siente que su voz titubea. Por confusión, por miedo.

—Todos pensamos cosas así alguna vez. Pero, Melchor…, eso no quiere decir nada.

Él la acalla con un beso. Josefa siente unos labios y un aliento extraños. Ni agradables ni desagradables. Solo extraños.

No. No puede ser.

Vuelca un cántaro. El agua se derrama.

—¡Para! ¡Para! —grita.

Se libera. Pero él la amarra.

—Por qué vivir reprimidos. Qué sentido tiene.

Él insiste. Forcejean. Las manos de él son grandes. La agarran fuerte y la lastiman en la piel. Josefa se defiende y lo abofetea con rabia. Melchor se detiene y se lleva la mano al pómulo, aturdido.

En sus ojos hay más humillación que furia. El rechazo lo aguijonea. Josefa lo ve venir y suplica con terror.

—Melchor… Melchor, te lo pido por favor.

Él la sujeta. Josefa se resiste. Pero la fuerza de él ahora es mucho mayor. Ahora lo impulsa una rabia animal que no se puede detener. La vuelve y la maniata. Josefa oye el atropello del cinturón.

—¡No!

Melchor insiste, pero sus manos se mueven nerviosas, como asustadas. Por un instante, tras ella, el hombre parece mostrar dudas. Se detiene un momento, Josefa huele el vértigo y la intimidación.

Así que le patea en la rodilla.

Él grita y se dobla de dolor. Josefa se escabulle. Encogido, Melchor la ve correr. Y entonces se percata de lo que ha hecho.

—¡Lo siento!

Josefa corre por la calle.

—Lo siento mucho, de verdad…, Josefa. ¡Josefa!

Ella desaparece y a él lo golpea la desgracia. Se lleva las manos a la cabeza.

—Dios mío…

Josefa entra en casa y sube con atropello las escaleras. Se encierra en la habitación. Las manos le tiemblan cuando las mete en el aguamanil.

En el espejo, el rastro de un llanto del que no ha sido consciente. Entonces se mira la oreja. Rápidamente, desliza la mano por el lóbulo, sin encontrar nada.

Ha perdido el pendiente.

Se mira al espejo y se contiene. No voy a llorar, se dice. No, otra vez. Pero las lágrimas asoman y ella no puede hacer nada ante ellas.

Entonces chirría la puerta a sus espaldas.

Suena la voz del pequeño, que la requiere.

—*Ama?*

24

El diluvio de Dios

Pamplona, invierno de 1937

Más de un año después, la lluvia azota los juzgados de Pamplona. Los techos retumban como si los golpeara la ira de Dios. El rumor eléctrico de las bombillas se entrecorta y amenaza con abandonarlos a la más completa oscuridad. Todos sienten la descomunal fuerza del cielo. Es como si les cayera encima y de golpe un océano entero.

En la sala todos los presentes miran hacia arriba. El juez instructor, el fiscal, los abogados, el escribiente, los declarantes, el denunciante. Acaban de volver tras el descanso y se sienten encerrados en una caja que navega a la deriva. Tras los cristales cae el agua sin descanso y es imposible ver nada. Ya no existe la calle ni el exterior. Están encerrados. Por la cabeza de todos, especialmente por la de los ocho *baserritarras* llamados a declarar, corre el mismo temor.

Esto es un aviso. No de la justicia hecha por el hombre. Ni de la verdad buscada por el hombre. Sino de algo que está muy por encima.

Los ocho hombres temen la ira de Dios. Porque él está en todos y en todo. Así lo han creído siempre y lo creerán hasta la tumba.

Tras una primera ronda, el abogado Vicente San Julián ha solicitado una nueva declaración de los acusados.

—Dicen que vieron a la madre con uno de sus hijos —dice Agustín—. Iban por la vía del Bidasoa, hacia el Baztán.

119

—¿Está usted seguro de eso? —pregunta el abogado.

Agustín se lía otro pitillo, con aires de despreocupación.

—Es lo que se dice por el pueblo.

—Y según usted ¿en qué fechas fueron vistos?

—Según yo no. Según los que los vieron.

Agustín permanece en su cigarrillo, como si este lo protegiera de estar desnudo en cuanto a gestos y miradas.

—Fue por el mes de octubre —continúa—. Mucho después de que se incendiara la cabaña.

—Y esa información ¿quién la dice exactamente?

—La gente. El pueblo en general.

—¿No puede ofrecernos un nombre?

Agustín se encoge de hombros, como si el asunto no fuera con él.

—Una vez que se hace el rumor, ya sabe. Deja de haber nombres.

Durante un instante apenas perceptible, el declarante alza la vista hacia las bancadas. Allí, el hombre solitario escucha. Impasible. Inmóvil.

Nadie entiende cómo lo soporta.

El siguiente *baserritarra* menciona rumores de naturaleza similar.

—En Legasa los vieron por dos veces. Un mes después de quemarse esa choza.

—¿Hacia dónde iban?

—Dicen que camino de Elizondo.

—¿Y quién lo dice exactamente?

—La gente. No sé.

—¿Cómo que no sabe? Sabrá o no sabrá. La gente dice, pero la gente tiene rostros y también tiene nombres.

—Yo lo oí de un vecino que tiene primos en Legasa. O tal vez lo dijo mi mujer. De verdad que no lo sé, señor.

Vicente suspira.

—Cruzaron la muga —dice otro de los *baserritarras* más tarde—. Muchos han buscado refugio en Francia. Ahora a saber dónde andarán.

—¿La muga? Es el primero que nos aporta esa información.

—Tiene sentido. Muchos han huido al otro lado de los Pirineos.

—¿Y por qué iban a huir Josefa y sus hijos? Dígame. ¿Qué razón tenían para huir?

—Razón ninguna. Solo digo que, al ser expulsados por indeseables, a algún lado tenían que ir. A mí me parece con sentido, señor. Siguieron el camino de otros fugitivos y refugiados republicanos.

Vicente vuelve a suspirar.

Cuando llega el turno de Melchor, Vicente ya sabe que está ante el eslabón más débil. El *baserritarra* entra en la sala cuando el anterior la deja. La espera dentro de una habitación minúscula, sin ventanas, mientras los demás declaran ahí fuera, no ha de ser fácil si uno es débil de cabeza. O si oculta una verdad que le pesa en la conciencia. De eso Vicente es consciente.

La tensión en Melchor es palpable y le ha volcado encima una carga que hace que parezca mucho más viejo.

El *baserritarra* toma asiento y Vicente no espera. Se aproxima al declarante sin miramientos. Tras una extenuante jornada de interrogatorios, el abogado parece haber dejado atrás nervios y sudores.

En las bancadas, Pedro se sorprende cuando lo ve ir a la carga.

—¿Se encuentra bien? —comienza—. Le veo a usted sumamente nervioso.

El pobre *baserritarra* alza el rostro, que da pena.

—¿Nervioso?

—Sí, nervioso. Veo que está sudando por los nervios. Y tiene la expresión de no haber dormido durante días. ¿Quizá el viaje le ha resultado demasiado largo?

Melchor aparta la vista.

—He estado enfermo.

—¿Enfermo? Tal vez sea el temor lo que le hace sudar. Tal vez le aterrorice entrar en esta sala. Sí, eso es. El terror también es una enfermedad. Y ahora mismo usted está muy asustado. Tan asustado que es incapaz de controlar el temblor de las piernas.

Vicente las señala. Melchor traga saliva.

El abogado defensor protesta:

—Su señoría, la acusación está muy cerca de mi cliente.

El juez solicita a Vicente que tome distancia. Este apenas lo hace.

—Solo tiene que decir la verdad —continúa el abogado—. Es así de simple. Hasta un niño sabe hacerlo.

Melchor clava la vista en la ventana, que no deja de llorar. Vicente se apoya ante él y le susurra:

—Le recuerdo que está bajo juramento.

—Sí, señor...

—Le recuerdo que si falta a la verdad, Dios lo castigará con dureza.

—Sí, señor...

—¡Su señoría! —protesta el abogado defensor.

—Usted es hombre de campo y lo sabe —continúa Vicente—. Dios le castigará sin piedad. Dios le atormentará durante el resto de su existencia.

La voz de Vicente se vuelve bíblica.

—¿Y sabe usted lo que le pasará entonces? Se convertirá en una sombra de lo que es. Se convertirá en un ser errante y golpeado por el arrepentimiento. Su persona estará tan desfigurada que ni siquiera su mujer le reconocerá.

El juez interviene.

—¡Letrado, por favor!

Vicente respira. Melchor apenas puede mantener la compostura. Se le humedecen los ojos. Le tiembla la boca.

—Así que le haré la misma pregunta —insiste Vicente—. ¿Ha visto usted a la familia tras su marcha del pueblo?

—No..., señor.

—¿Ha oído algo acerca de su paradero?

—No... Digo sí. Los vieron camino de Elizondo. En octubre.

—¿Quién los vio?

—No..., no lo sé. No..., no sé quién los vio.

—¿Quién le ha contado eso?

—Supongo..., supongo que mi mujer. O tal vez en el campo. La verdad es que no sé dónde lo oí primero.

Vicente está tan inclinado que casi roza a Melchor. Ya no es él mismo. Ahora es una fiera al acecho de su presa.

—Míreme —insiste.

El hombre se mantiene rígido, el rostro vuelto para evitar al letrado.

—Míreme a la cara y respóndame.

Melchor le mira. Sus rostros muy próximos. Sus ojos grandes y desnudos.

—Dígame qué pasó con esa familia —insiste Vicente—. Usted lo sabe. Sus ojos me lo están diciendo.

Una lágrima asoma al rostro de Melchor.

—Los…, los expulsamos del pueblo. Y yo ya no supe…, ya no supe nunca más de ellos.

Es de noche y nadie puede ver nada en el cielo que tanto ha descargado. Ahora es un manto negro e imponente que cubre la ciudad y a sus habitantes. ¿Qué se esconde ahí arriba? ¿Qué terrible grandeza los observa desde el cielo?

El aire es gélido. En la acera frente a los juzgados, Pedro se protege bajo su tabardo. Está pálido, aterido por la baja temperatura. No parece el mismo que ha entrado. Hay algo en él que se ha ido. Tal vez ha envejecido varios años y se le ha encogido el cuerpo. Tal vez ha perdido un buen pellizco de vitalidad.

Junto a él, Vicente fuma pensativo, tras haberse vaciado en la sala.

Los dos hombres han tenido una jornada larga y ahora parecen abatidos. Vicente ofrece un cigarrillo al carbonero, que lo acepta y deja que se lo prenda.

Mientras tanto, la gente pasa por la acera, deseosa de volver a casa. Todo en la calle se mueve salvo ellos y los árboles, que están tristes y sin hojas.

—No me esperaba eso de usted —dice Pedro con voz rota, mientras expulsa el humo.

—¿A qué se refiere?

—Le he visto feroz.

Los dos hombres fuman y miran al frente, al otro lado de la calle.

—No se engañe —dice el abogado—. Suelo ser más ardilla que zorro. Pero a veces algo se me revuelve por dentro.

El carbonero aspira el humo y guarda silencio.

—Gracias —dice.

El abogado no sabe muy bien cómo responder. Fuma con ansiedad. Mira de reojo al carbonero. Después vuelve a mirar al frente.

—No se desanime. ¿Me oye? Su mujer y sus hijos tienen que estar en algún lado.

Pedro guarda silencio. Pasan varios automóviles por la calzada hasta que por fin responde.

—Saben dónde están —murmura—. Esos hombres lo saben y no dicen nada.

Vicente no lo puede evitar. Por naturaleza, él es dado a los afectos, pero la frialdad del carbonero le echa para atrás. Qué diantres, se dice cuando le apoya a Pedro una mano sobre el hombro.

—Son hombres y les saldrán grietas. Estos procesos son largos y acaban pesando en la conciencia. Hágame caso, Pedro. Me da lo mismo esta maldita guerra y la justicia que tengamos cuando termine. Los hombres son hombres siempre. Igual de frágiles. Le aseguro que alguno de ellos caerá.

Pedro se mantiene inmóvil, apretando la mandíbula.

—¿Se encuentra bien? —pregunta Vicente.

Pedro asiente, pero no convence al abogado.

—¿Tiene dónde quedarse?

Pedro tira el cigarrillo.

—Gracias por la ayuda que me presta, don Vicente.

La voz del carbonero suena sincera. Todo lo que dice parece embutido en una sencilla verdad.

Sin añadir nada más, el carbonero decide una dirección y empieza a caminar.

El abogado lo ve distanciarse, calle abajo.

25

El campo francés

Han pasado meses desde que se iniciara el proceso con la primera sesión. Los juicios tienen algo desesperante: sus ritmos parecen geológicos en lugar de humanos. Más que para las personas, parecen hechos para los ciclos de las montañas y los ríos. A veces da la sensación de que un juicio jamás va a terminar.

Al fondo del despacho, que es como un túnel poblado de libros y tratados de leyes, se perfila la silueta encorvada del abogado, asediada por columnas de pleitos y sumarios. Inclina el cuello y se encorva sobre los textos. La suya es una estructura vertebral muy dada en los estudiosos y que se asemeja mucho a la de una tortuga. Sigue con el dedo índice la letra minúscula. Los anteojos le asoman al abismo de la nariz. Frunce el ceño y suelta frases sin sentido: «Podría ser una opción», «Estábamos retenidos», «¡Ajá!».

Los pensamientos de Vicente hablan mientras él suspira y se libera el cuello de la camisa. Le entran sudores cada dos por tres. Apaga la estufa y deja caer la mano para que su querido Watson se la relama.

A estas alturas, es una evidencia que el caso Sagardía le ha quitado el sueño. En su casa lo saben muy bien. Cuando vuelve para cenar lo hace con dos comportamientos opuestos: o bien no cesa de hablar sobre el proceso de su investigación, acaparando la conversación a la mesa, o bien se sumerge en un silencio absorto al que su familia ya está acostumbrada.

El abogado lo tiene enredado en el pensamiento. Una mujer y seis de sus hijos. Esfumados de la faz de la tierra sin dejar rastro alguno. A pesar de las sacas y las represalias que han sacudido el país, a pesar de los miles de denuncias por desaparición que se presentan en los juzgados, hay algo en esta que sacude las entrañas. Hay algo diferente. Algo turbador.

A estas alturas de su vida, con todo lo leído y escuchado durante años, Vicente ya sabe con certeza que la guerra en este país tiene algo de gozo para muchos. Bandos, facciones, odios, envidias y rencores. Muchísima ignorancia y muchísima incultura. La historia del siglo XIX, con tres guerras carlistas que en realidad fueron civiles, donde se mataron entre vecinos y compatriotas, es un perfecto aviso de lo que ahora está sucediendo. Llega un golpe militar, un alzamiento o una declaración de guerra, y la impunidad se extiende. La mala sangre hecha durante años, bien en las ciudades, bien en los pueblos, tiene la excusa perfecta para soltar los instintos tanto tiempo contenidos.

—Estás conmigo o contra mí —dicen algunos.

—Ahora te vas a enterar, cabrón —dicen otros.

Las personas se gustan y no se gustan, piensa Vicente, y a veces no saben explicar por qué. Y así pasan los años casi indistinguibles entre sí, hasta que de pronto, un día, sin previo aviso, la civilización se rompe. Y entonces te piden que señales. Y, sin verlo venir, tú señalas. Miras a ese alguien que no te gusta y lo señalas.

Qué tristeza pensar esto de la gente.

La guerra se alarga y no parece cerca de concluir. Los nacionales han tomado el norte y ahora se hacen fuertes en Aragón. Muy a su pesar, Vicente piensa que hay algo que el bando nacional ha comprendido y que los republicanos no. La importancia de un bando único, de un líder, que dirija la terrible matanza. Cuando las cosas se tuercen es mejor comprimir la diversidad de voces en una sola. A veces simplemente hay que actuar. Y eso es lo que el bando nacional está haciendo con el que ya apodan como el caudillo de la nueva España.

Lo que más teme Vicente es que la guerra se estanque en las trincheras. El general Franco parece estar actuando con una calma perversa, sin prisas por terminar la guerra, sin importarle lo más mínimo las muertes propias y ajenas, seguro de que a la larga la situación le favorecerá.

A los juzgados llegan casos que se entierran y que si alguien rescatara darían una muestra atroz de lo que en realidad está sucediendo en el país. Eso Vicente lo sabe muy bien. Bajo el templo de la ley se está construyendo un cementerio de silencio y de terror. Historias ocultas, crímenes olvidados, que entre todos plasman el retrato de una nación sumida en la locura.

Por cosas que le llegan, Vicente sospecha que la represión en las zonas nacionales está siendo durísima. La pena de muerte se instaura para huelguistas y opositores. El control civil, educativo y cultural vuelve a las manos del clero. Los que eran maestros en la República están siendo expedientados, encarcelados y fusilados. Miles de personas están huyendo y tratando de cruzar los Pirineos. Vicente se pregunta si este será el caso de la familia Sagardía. La proximidad de Gaztelu a la frontera lo convierte en una posibilidad nada desdeñable.

Se ha informado y ha solicitado diversas indagaciones. Han llegado a sus oídos noticias sobre los campos de internamiento que se están erigiendo en el sur de Francia. Sabe que medio millón de refugiados buscan sobrevivir allí, en barracones levantados a toda prisa, casi a la intemperie, sin agua potable ni medidas de higiene.

Y en estos asuntos reflexiona el abogado sobre la mesa, donde también lo asedian las declaraciones de los ocho vecinos de Gaztelu, que tiene anotadas y subrayadas hasta la saciedad.

Se oye la puerta y entra la secretaria, proveniente de la calle. Vicente parece apurado y alza la voz para llamarla.

—¡Leticia!

La joven le responde desde la otra estancia:

—¿Sí, señor?

—¡Necesitamos una orden del juez para que la Guardia Civil investigue los puestos fronterizos!

—Sí, señor.

Leticia ha entrado al despacho. Aún está con la bufanda y el abrigo. Tiene un sobre entre las manos. Vicente la mira.

—¿Qué sucede?

—Ha llegado de Francia la información que solicitó.

Al escuchar esto, Vicente se levanta como un resorte. Leticia le tiende el sobre. El abogado lo abre con nerviosismo y lee.

Al concluir, alza el rostro y mira a su secretaria.

—Dios santo. Tal vez sea posible.

Cinco minutos después, Leticia llama al número de una tahona que al parecer está en los bajos del lugar donde se aloja Pedro Sagardía. A los treinta minutos, la secretaria recibe la llamada del carbonero y a la hora este se presenta en el despacho. Todo se resuelve con rapidez.

Al abogado, sin embargo, la espera se le hace eterna. Cientos de idas y venidas alrededor de su escritorio, decenas de frases y palabras sin sentido. Una buena dosis de sudor en axilas y lumbares. Su querido Watson, tumbado junto a la estufa, lo observa tranquilo.

La secretaria recibe a Pedro y lo conduce hasta el despacho.

—¡Pedro! —grita Vicente.

El carbonero se detiene y espera de pie ante el abogado, que de pronto se da cuenta.

—¡Ah, sí! Siéntese.

Pedro se sienta, pero Vicente no se decide. Hace amago de tomar asiento y después se levanta como si no lo convenciera la opción. Se enciende un cigarrillo y da varios pasos y al final se queda frente a la ventana.

—No sé si lo sabe, pero en Francia hay localidades que acogen a refugiados de guerra.

Pedro escucha en silencio. El abogado lo mira un momento y continúa.

—Nos ha llegado cierta información de un campo de refugiados en Aquitania. Parece ser que por allí se dejó ver una familia numerosa. Concretamente una mujer y seis muchachos que hablaban en vascuence.

128

El abogado calla. Pedro permanece en silencio, los ojos brillantes, esperando.

—He conseguido que el juez dicte una orden. Las autoridades francesas van a investigar.

A pesar de su estoicismo, Pedro parece aturdido por la nueva. No sabe muy bien qué decir.

—¿Es una información fiable? —pregunta el carbonero.

—Más que la oída en los juzgados. Eso se lo aseguro.

Pedro mira al abogado, que le sostiene la mirada. Por ambas mentes discurre el mismo pensamiento: tal vez el rumor se esté volviendo real por su deseo desesperado de que lo sea. Pedro dice:

—Podrían ser ellos.

—Podrían. Aun así, no quiero que se haga demasiadas ilusiones. Al menos todavía.

—Es lo único que tenemos.

—Así es —responde Vicente—. Pero debemos esperar.

Algo en Pedro ha cambiado. Ahora parece nervioso y expectante, como si la información recibida hubiera avivado una llama que estaba apagada en su interior.

—¿Y cuándo podremos saber algo? —pregunta.

—Me temo que este tipo de diligencias suelen demorarse. En el sur de Francia están desbordados. No será fácil dar con ellos.

Pedro asiente y se queda pensativo.

—Iré allí.

—Eso es una locura.

—¿Por qué?

—Porque sería como buscar una aguja en un pajar. Además, no tenemos constancia de que continúen en ese campo.

—Tengo conocidos que trabajan en la muga.

—Sé que está enfermo, Pedro. Usted no tiene la salud como para eso.

—Me da igual mi salud.

—Su lugar está aquí. En este juicio. Usted es el denunciante y si se va no podré sostener la causa. Y, lo que es peor, esos hombres quedarán impunes. Irse solo a Francia es una empresa absurda. Arroja por la borda todo el trabajo realizado.

—¿Y si de verdad ellos están allí?

—En ese caso, las autoridades con la competencia y los medios para ello los encontrarán. Pero no usted por su propia cuenta.

—Y luego está el asunto de su permiso militar —continúa el abogado—. Si se va ahora, cometerá un delito de deserción. No podré protegerlo a la vuelta. En cuanto pose un pie aquí, lo detendrán bajo pena de muerte.

Pedro no parece amilanado por la posibilidad.

—Usted no lo entiende. Me da igual morir en el intento. Daría mi vida por ellos.

—Aún tiene a su hijo José Martín, luchando en el frente.

—No necesito que me lo recuerde. Soy yo el que tiene a su hijo jugándose la vida.

Se hace un silencio. Vicente intenta convencerlo.

—Se lo pido por favor. No haga una tontería.

El abogado se sienta al escritorio y le muestra un documento.

—Ahora necesito que nos centremos. Lea esto, por favor.

Pedro estudia el texto. Sus ojos se mueven con lentitud, deteniéndose en cada frase. Vicente aguarda con paciencia.

—Hay muchas palabras que no entiendo —dice el carbonero—. Se olvida usted de que no estudié Derecho.

—Hemos solicitado la declaración del párroco de Gaztelu. Pero le advierto que pasará un tiempo antes de que el juez lo apruebe.

Tras la mención al sacerdote, la mirada de Pedro se endurece.

—El padre don Justiniano… —murmura.

26

Silencio en la iglesia

La iglesia de Gaztelu es alta y estrecha. Los foráneos la ven alzarse a lo lejos y piensan en un bastión medieval de piedra lúgubre. Las ventanas son como saeteras y en invierno apenas entra la luz. En la sacristía huele a incienso y las sombras imperan. Allí el párroco pierde sus horas entre la meditación y el estudio.

El padre don Justiniano tiene tanto hábito de rezar que mientras lo hace piensa en otras cosas. A veces no sabe si han sido quince o veinte avemarías. En los inicios del seminario, cuando era joven y temeroso de Dios, le preocupaba no pensar ni sentir el rezo. Cuando se le iba la cabeza y se percataba, volvía a empezar la letanía, pero esta vez concentrado en ella. Hace muchos años que se cansó y cogió el vicio de orar como si estuviera haciendo algo banal.

Además ahora corren tiempos difíciles que le exigen pensar continuamente. Y que él piense es de vital importancia para el pueblo. Él ha de pensar por el pueblo. Por tanto, esta responsabilidad disculpa en cierto modo su pequeño vicio.

A cargo de su iglesia hay más de cien feligreses que necesitan orientación. La vida los aboca a los campos y no tienen tiempo para detenerse a pensar y para comprender las dificultades y los misterios que esta les presenta. No tienen estudios. No tienen visión del mundo. Muchos son unos pobres ignorantes. Otros están perdidos. Bastante tienen con pensar en si el cielo traerá agua, o si esa nube vendrá con piedra, o si la próxima noche habrá cielo raso y caerá una helada negra.

Y luego están las supersticiones campesinas, que son cosa del demonio, y que como pastor él ha de mantener lejos del rebaño. Alrededor de Gaztelu hay mucho bosque y mucha montaña y mucho territorio desconocido y propicio a las leyendas y a los mitos. Es un enclave expuesto y complicado que requiere por su parte un gran sacrificio. Y eso es lo que hace, sacrificarse, por el bien de la comunidad.

En la penumbra de la sacristía, el cura empieza a sentir cierto desasosiego. La iglesia parece muy triste, piensa de pronto. Así que sale a la nave principal y enciende los cirios del altar y se santigua ante el sagrario. Las llamas le reconfortan.

Después se inclina ante el fastuoso retablo y observa la figura de santo Domingo de Guzmán. No quiere pensar, pero piensa que últimamente la iglesia está más triste de lo habitual.

Y se mantiene así durante unos segundos, pensando y pensando, hasta que unos pasos resuenan en el gran espacio.

Don Justiniano se vuelve y encuentra al alguacil, que se santigua y se detiene al otro lado de la nave, muy lejos de él, sin acercarse.

—Don Julián. ¿Cómo usted por aquí? —dice el cura.

Su voz resuena. El alguacil parece incómodo.

—Padre…, he venido…

El hombre guarda silencio. Busca las palabras y murmura:

—Esta es una situación a la que no estoy acostumbrado. Me resulta confuso tener que entregarle esto.

El párroco lo ve venir. Hace ya semanas que empezó a creer posible que se diera esta situación. Incluso ha sido azotado por el insomnio en varias noches, algo inaudito en su intachable rutina del dormir. A pesar de todo, lo pregunta:

—¿De qué se trata?

El alguacil por fin lo suelta:

—Tengo una citación para usted. Del juzgado.

El cura alza la mano, solemne.

—Déjela en la bancada.

—De acuerdo, padre.

El alguacil vuelve a santiguarse, con la intención de irse.

—Ya no viene a confesarse —le dice el cura.

—Ahora me viene mejor la parroquia de Santesteban, padre.

—Muchos dicen eso ahora. Y yo no entiendo por qué.

Se hace un silencio en el que el alguacil no contesta. Aguarda impaciente a que el cura le dé la bendición.

—Vaya con Dios, don Julián.

—Gracias, padre.

El visitante abandona el templo con apremio. Se cierra el portón y vuelve el silencio.

En los últimos tiempos hay mucho silencio en la iglesia y en el pueblo. Es un silencio inquietante, como un manto helado que envuelve las casas, en el que uno siente la necesidad de preguntar el porqué de esta incómoda quietud.

El cura se vuelve y desde el altar observa las bancadas vacías. Hubo un tiempo en que no sentía este condenado silencio. Todo parecía más luminoso. Los asuntos eran nimios y la rueda de la existencia giraba con su chirrido adormecedor.

Recuerda el último día en que habló con él. ¿Por qué piensa en esto ahora? No debería engañarse a sí mismo. Sabe bien por qué piensa ahora en él.

Últimamente lo hace mucho.

Y eso le retrotrae en el tiempo.

27

El libro prohibido

Gaztelu, verano de 1936

El sol penetra exuberante por los vitrales de la iglesia. En las bancadas, cabizbajos, hay una decena de mozos de Gaztelu. Entre ellos se encuentra Antonio, uno de los hijos de Josefa y Pedro, que pronto se confirmará.

El cura permanece ante el altar y su figura se eleva como un cuervo altivo. Algunos de los jóvenes del pueblo están convencidos de que el cura habla con el Señor y de que oye su voz como ellos pueden oír la de su madre o la de su padre. Igual de nítida y de real.

En el altar hay un libro abierto. Es uno de esos tomos oscuros y deleznables que trae el contrabando en la frontera. Uno de esos textos que el cura dice han sido escritos en el bosque, por las criaturas deformes y monstruosas que sirven al demonio. Está escrito en francés y es antiguo, del siglo anterior. En la página abierta puede verse el grabado de una mujer semidesnuda con patas de cabra.

El enojo del cura no puede ser mayor. Su voz retumba entre los muros y se alza sobre los mozos.

—La decepción me impedirá conciliar el sueño durante noches. No podré dormir porque pensaré en vosotros. En vuestras conciencias envenenadas de lujuria y paganismo.

Los jóvenes sienten cómo la ira de Dios penetra por sus oídos y amarra sus corazones.

—Habéis agitado las aguas mansas de este pueblo —continúa el párroco—. Habéis adorado a la imagen satánica y, lo que es peor, os habéis tocado en las regiones prohibidas, allá donde los nervios son más puros y sagrados. Solo Dios sabe el daño que esta obra habrá producido en vuestras conciencias y en vuestros corazones. Tal vez sea un daño irreparable. Eso aún no lo sé.

El silencio cae sobre los chicos. Los más débiles no pueden soportarlo y empiezan a llorar.

—¡Por Cristo Nuestro Señor! —sentencia el cura—. Solo de pensar en lo que habéis hecho me estremezco.

Ninguno de los jóvenes osa moverse. El cura los mira con dureza.

—Estos días reflexionaré sobre vuestro penitencia, que será ejemplar. Ojalá encuentre la forma de sanaros. Ahora podéis marcharos.

El cura se sitúa ante el altar y espera. Uno a uno, los mozos pasan y le besan el anillo, que está frío y sabe a metal. Algunos lo bañan con sus lágrimas.

Antonio es él último y apenas roza el metal con los labios. El cura acerca su mano y le sostiene el mentón.

—Antonio, ¿has sido tú el incitador?

La voz del joven suena convencida:

—No, padre. Le juro por Dios que yo no he sido.

—Cuida tus juramentos, chico. Dime, ¿quién ha sido?

Antonio permanece en silencio.

—Sé que no responderás —dice el cura—. Lo agradecería, pero sé que no lo harás.

En lugar de soltarle, le eleva más el mentón.

—Aunque hay algo que sí me dirás. Por tu bien que me lo dirás, Antonio. Es algo sobre tu madre. Quiero saber si tu madre reza oraciones extrañas.

El chico frunce el ceño, algo asustado.

—¿Extrañas?

135

—Quiero saber si reza a otras deidades. Si invoca a seres antiguos. Si llama a la luna o al sol para ahuyentar el pedrisco o evitar inundaciones. ¿Hace eso tu madre, Antonio?

—Mi madre no invoca a seres antiguos.

—¿Estás seguro?

Amarrado por el rostro, pensando de pronto en que sería muy difícil que el cura se equivocara, ya que le habla Dios y Este lo ve todo, Antonio empieza a mostrar dudas.

—Mi madre…, mi madre va a la iglesia como las demás.

—No siempre —dice el cura.

El chico se defiende.

—Cumplimos con la costumbre de hacerle dos regalos, padre. Nunca le hemos fallado. Uno de lana y otro de maíz. Cada año.

—Lo hacéis más por tradición que por devoción.

Antonio afianza la mirada, convencido de lo que siente.

—Yo no, padre.

El cura contempla al chico con afecto. Entonces le suelta el mentón y le hace una carantoña en la mejilla.

—Sé que tú no, Antonio. Tú eres un buen hijo del Señor.

Esa misma noche, el cura toma asiento a la mesa de la sacristía, bajo la temblorosa luz de un farol de queroseno. Las sombras lo rodean. Una tenue luz azulada entra por el vitral. Es muy tarde y todo el pueblo está dormido. Gaztelu siempre despierta antes del amanecer. Al no trabajar las tierras, el padre don Justiniano no se apremia tanto en madrugar.

Pero no es esta la razón de que no duerma. Ahora mismo está azotado por el insomnio, siente los nervios tensos como una cuerda y a punto de romperse. Hay algo prohibido y peligroso en permanecer a estas horas fuera del sueño. La soledad nocturna es territorio que no controla el Señor. Surgen las sombras y los peores miedos. Es el momento en el que el demonio actúa.

Eso lo sabe muy bien el cura y por eso está nervioso.

Sobre la mesa está el libro prohibido. Sus hojas palpitan candentes bajo la luz del farol. En el seminario estudiaron francés por la proximidad de la región con el país galo. Las palabras del libro no le son ajenas. Procura no tocar las páginas. El libro está a una cierta distancia.

El cura lee algunas palabras: «Brujas y aquelarres, inquisición, mujeres del demonio, hogueras».

Pasa una página y contempla el grabado de la mujer semidesnuda. Al pie de la ilustración lee: «De extrema belleza, la lamia despierta la lujuria en todo hombre que ose mirarla a los ojos».

La llama oscila en el farol. El cura contempla la imagen de la mujer, que lo hipnotiza y le hace perder la noción del tiempo. Esa mirada, ese gesto intrigante, esa posición sugestiva del cuerpo. Hay algo en el párroco que deseaba desde hace mucho sentir esta debilidad y esta grieta del alma. Qué sentimiento más sorprendente y, sin embargo, tan verdadero, se dice de pronto.

Lo invade una alegría con sabor a libertad. Esta excitación le es ajena y lo aturde por momentos. Es una excitación que le hace sentirse tan vulnerable como un niño. Es aquí cuando le viene el enfado. Enfado contra sí mismo y contra la rectitud y la contención que ha mantenido durante años. Cuánta angustia y cuánto sufrimiento has padecido, Justiniano. La cantidad de cosas que no has hecho. La cantidad de experiencias que te has negado a vivir. Las cosas de este mundo que no has tocado, que no has olido, que no has sentido… Y ahora mírate. Mira cómo te sientes, tan ridículo y desorientado como un niño. Ignorante. Desconfiado. Perdido. ¿Por qué sientes este enojo infantil contra ti mismo? ¿Por qué este arrepentimiento?

El padre Justiniano escucha su propia voz. En las sombras de la sacristía.

—¿Por qué?

Su mano está sobre el grabado de la mujer. Lo acaricia y entonces se percata. No. Se dice. No puede ser. Pero ¿qué me está pasando?

Aparta la mano, como si le ardiera.

—Dios mío...

Cierra el libro de golpe y se levanta, casi cayendo de bruces, como si hubiera tenido de pronto una visión terrible.

—Dios misericordioso. Virgen santa.

Se acaba de dar cuenta. Mira el libro con terror. ¿Qué atroz embrujo estaba pasándole por la cabeza? No era consciente. No... Las cosas que ha sentido. Los pensamientos fluían y no era él. No, desde luego que no era él. No se reconocía.

Lo que hablaba en su cabeza era otro ser. Era otra voz. Era la voz del demonio. El demonio le miraba a través de esa mujer monstruosa. El demonio ha raptado su mente y le ha hablado.

—Dios misericordioso.

Y su mano..., ¿cómo ha llegado su mano ahí?

El cura sale de la sacristía y enciende los cirios. Después corre al retablo y se arrodilla, temeroso de la noche y de las sombras que le rodean.

Esta vez sí, reza a Dios. Con todo su ser.

28

Confesión

Durante el día, el padre don Justiniano arrastra la desazón y el cansancio como si fueran los grilletes de un condenado. Responde a sus obligaciones en la parroquia con la inercia de llevar décadas con ellas, día sí y día también, siempre de la misma forma y en el mismo lugar y con las mismas personas.

Qué terrible sueño tuvo por la noche. Al despertar tenía la certeza de que había sido real. Pero algo en él deseaba que no fuera así. Con el paso de las horas, este deseo se ha hecho fuerte y ha raptado su memoria, sin que él se diera cuenta o mientras miraba intencionadamente hacia otro lado. A medida que desempeñaba sus tareas, el padre don Justiniano ha ido convenciéndose de que todo había sido una pesadilla, un producto de su imaginación.

Al mediodía ya se lo cree de verdad. Para la noche, la conciencia se le habrá calmado lo suficiente y podrá dormir.

Apoyada la cabeza junto a la rejilla del confesionario, con apatía rutinaria, el cura espera. Un feligrés se sienta al otro lado. Le llega la voz de Melchor.

—Ave María Purísima —dice el labrador.

—Sin pecado concebida.

—En el nombre del Padre y del Hijo y del Espíritu Santo.

—El Señor esté en tu corazón para que te puedas arrepentir y confesar humildemente tus pecados. Cuéntame, Melchor.

Al otro lado de la rejilla, el hombre parece avergonzado. Su voz tiembla.

—Padre... Padre, he pecado. Es una falta grave y me está atormentando.

Al escuchar tanto arrepentimiento, el cura muestra interés.

—¿De qué se trata?

—Es... es esa mujer. La de Sagardi. Hay algo en ella que...

Melchor calla. El cura escucha con atención, tenso.

—¿Qué pasa con ella? —pregunta.

Tras un largo silencio, Melchor por fin lo vomita de golpe.

—No pude impedirlo, padre. Pensé... pensé que tenía su aprobación. Ella me sonreía con esos ojos. Sé que cometía el pecado del adulterio. Pero era algo real. Lo sentía real. Hay veces que uno no lo puede evitar. No sé...

El cura escucha con terror en los ojos.

—No sé cómo pudo pasar —continúa Melchor—. No... Dios... Se me fue de las manos. Perdí el control. La agarré con fuerza, empecé..., intenté..., ella estaba de espaldas, yo la tenía agarrada. Estaba..., estaba quitándome... Ella me golpeó y me hizo daño y entonces se zafó. Cuando la vi correr me di cuenta. Es como si algo me hubiera poseído y de pronto volviera a ser yo. Lo vi con claridad. Vi..., vi lo que había estado a punto de hacer. Le grité que me perdonara, pero ella ya no me oía. Quise morirme allí mismo, padre. De verdad que lo hubiera hecho de poder. Y ahora miro a mi mujer, y a mis hijos, y pienso en lo que hice y...

—¡Basta! —grita don Justiniano.

Melchor calla y lo mira asustado tras la rejilla. El cura tiene la mirada en trance y respira como si se ahogara.

29

Solo no podrás

En las montañas que rodean el valle, los jirones de niebla están enredados en los arboles. Todo parece detenido. Un silencio sepulcral flota en los campos. Hay una calma natural que a ojos de un forastero resultaría inquietante.

En las tierras, el labrador trabaja solitario.

Es Agustín, que se entrega a la azada con desesperación. Hay algo salvaje en su forma de golpear la tierra. Cualquiera diría que por sus venas corre una sangre que está hecha de gasolina.

La silueta de una mujer se adentra en los campos.

Es su hermana Mercedes, que trae consigo una fiambrera. Cuando lo alcanza, se queda unos segundos detenida, observando a su hermano.

—Te has dejado el almuerzo.

Agustín no deja de trabajar, la espalda doblada, la mirada fija.

Al ver que no responde, su hermana le deja el almuerzo en la tapia, a la sombra del árbol, donde tiene la boina, la blusa y un pequeño talego.

De él asoma su *TBO*.

Mercedes lo ve. Entonces dice:

—Solo no podrás entender nada de lo que pone ahí. No sé por qué te empeñas tanto.

Al ver que su hermano no reacciona, Mercedes suspira y lo deja solo en su tierra. Agustín trabaja hasta que siente a su hermana en la lejanía.

141

Entonces se detiene y clava la mirada en la tierra. Las palabras de Mercedes resuenan en sus oídos.

Solo no podrás. No podrás.

Ese mismo mediodía, Agustín hace algo insólito en él. Deja su labor en las tierras y no lo hace para tomarse un almuerzo rápido, sino para volver al pueblo y subir por los senderos que serpentean por las faldas de las montañas.

Asciende medio centenar de metros y se detiene.

Se prende un cigarrillo y observa lo que hay un poco más arriba.

El camino sube hacia la escuela. La pequeña construcción se ubica en las pendientes. Su situación es la más alta del pueblo.

Es la hora y de ahí arriba pronto empiezan a salir niños de entre siete y quince años, tras concluir sus clases. En el pueblo no son demasiados los que acuden a la escuela, la mayoría la dejan cuando aún son extremadamente jóvenes porque las labores en el campo apremian.

Este pequeño grupo baja por el camino y pasa junto a Agustín, hablando de sus cosas.

En la entrada de la escuela, sujetando la puerta, el maestro Esparza los despide.

Agustín espera a que ya no queden más niños por salir. Entonces tira el pitillo y asciende por la pendiente.

El maestro lo ve subir, pero piensa que se dirige al monte. Va a entrar cuando el labrador lo detiene.

—Maestro Esparza, aguarde un momento.

30

Hablan ellas

En la casa de Mercedes, varias mujeres cosen alrededor de la mesa. Sus manos danzan con la aguja y el hilo en una perfección sincronizada y llena de automatismos.

Mientras tanto hablan y cotorrean. En la radio suena la voz de Imperio Argentina.

—¿Qué dice tu marido sobre la sesión del ayuntamiento?

—Qué va a decir. Leña y helechales. No hablan de nada más.

Las mujeres alternan chanzas y comentarios con silencios abstraídos. La música las lleva. A veces tararean. Sus momentos juntas siempre son para realizar tareas. Las amenizan con la socialización. Eso de hablar por hablar no está bien visto y además es de tontas. Qué estupidez perder el tiempo hablando sin más cuando se pueden hacer otras labores a la vez. Matar dos pájaros de un tiro, como quien dice.

En Gaztelu no se verá jamás a dos mujeres hablando sin hacer nada, salvo en el caso de un encuentro casual por la calle, el cual no suele dilatarse en exceso. Para hablar seriamente hay que estar en el lavadero, o junto al puchero, o con la aguja del remiendo entre el índice y el pulgar.

—Al hermano del Zubiri lo han pillado en la muga con veinte cabezas de ganado —comenta una de las mujeres.

Mercedes pregunta sin alzar la vista de la labor.

—¿El que zurra a la mujer?

—Bueno, en realidad los dos hermanos zurran. Se conoce que es cosa de la sangre. Lo que pasa es que tienen suerte porque no les han tocado gritonas.

Las mujeres hacen sus comentarios de corrido y como quien no quiere la cosa. A veces hablan de tonterías y otras veces no. Pero siempre da la sensación de que son cosas sin importancia. Pueden decirse palabras gravísimas con la vista puesta en el cosido.

Mercedes se levanta porque su padre exige algo.

—Agua. Agua.

El anciano tiene los labios secos. Mercedes coge un vaso de agua y le alivia la boca. Cuando vuelve al corrillo lo retoma donde lo dejó. Las mujeres no levantan la cabeza de sus zurcidos.

—Pues la Josefa bien que lo es —dice de pronto Mercedes.

—¿Qué es la Josefa?

—Pues qué va a ser, gritona. Pero en su caso para enfrentarse.

—¿Esos también?

—¿Esos? Cada vez que el Sagardi baja del monte. El otro día le levantó la mano.

—¡Qué me dices!

—Pues lo oyó medio pueblo —continúa Mercedes—. Menuda tuvieron. Él renegando de los hijos y todo.

—No creo que lo dijera en serio. Esos críos han salido al padre.

Mercedes no deja de coser.

—Vete tú a saber con la Josefa.

Las mujeres saben de lo que habla, porque el sambenito de Josefa ya viene de años, pero aun así preguntan:

—¿Por qué lo dices?

—Si ya sabéis. Se casó preñada y además habiendo forzado al Sagardía. Él tenía otros planes para la vida, pero bien que la Josefa lo amarró con su sonrisa y sus besos.

—¿Otros planes? ¿Cuáles pueden ser aparte de casarse y tener hijos?

—Ya sabéis cómo de idealista era el Sagardía de joven —dice Mercedes—. Y me consta que sigue siéndolo.

Las mujeres no dicen nada porque ya saben.

—Para mí que lo de Josefa son habladurías —dice una.

—Que no, mujer —dice otra—. Que yo estaba en la iglesia y vi la tripa.

—No digo lo de preñada, sino lo de que forzó a Pedro. Eso es una zorrería inventada que de tanto repetirla se ha hecho verdad. Las cosas de cama son confusas hasta para los propios amantes. Así que como para saber nosotras.

—Ya está la Dolores aguando la fiesta.

—Ay, la Dolores, que nos trae dolor.

—Más bien no nos deja quitarlo.

Las mujeres ríen, incluida la Dolores, que añade:

—Yo solo os paro los pies. Que os veo muy dadas a hacer mitos. Sobre todo esta.

Dolores señala a Mercedes sin apenas darle importancia.

Pero ella sí se la da. Deja el zurcido.

—Esta de aquí es la que te ha invitado a su casa —dice, tajante.

Se levanta airada. Camina hacia la ventana.

—Mercedes, por favor —dice Dolores—. No te pongas así.

La anfitriona deja vagar la mirada por la ventana.

—Yo no hago mitos de nada. Esa mujer lleva algo turbio dentro. Os lo digo yo, que la veo cada día, aquí, desde la ventana.

El rostro de Mercedes se refleja en el cristal, sobre el paisaje de fuera, sobre la huerta y la casa de los Sagardía.

—Demasiado tiempo estás ahí pegada a tu reflejo, Mercedes —dice Dolores—. A lo mejor ves en la Josefa a tus fantasmas.

Mercedes se vuelve, enojada.

—¿Mis fantasmas?

Las mujeres la contemplan preocupadas.

—Cada vez sales menos de casa. Ya casi ni se te ve. Y eso nos preocupa.

—Que os preocupe lo que pasa dentro de esa casa.

31

Hablan ellos

En la taberna de la Herriko Etxea, los hombres hablan de otra forma. Apoyados en la barra, fuman y beben el vino tinto que les sirve Ramón, el cantinero. Al contrario que las mujeres, ellos tienen su propio espacio para socializar. Durante el día, cada uno está esclavizado en su terruño. Por la noche, llega el desahogo y los dineros se van en tabaco y bebida y en apuestas de bueyes o de partidos de pelota. Algunos hasta han perdido la casa en una buena bravata.

Lo último es de tontos, pero lo demás está justificado. Su trabajo es extenuante tanto física como mentalmente. Las mujeres tienen que cuidar de los hijos y mantener lo doméstico, pero están en la comodidad de la casa y no a la intemperie y con la crudeza de la azada. La propia naturaleza del hombre le hace capaz de soportar esfuerzos que una mujer no podría. Así organizó Dios el mundo y así han de asumirlo. No hay nada de malo en ello. Esta es una enseñanza que a todos se les graba en la cabeza cuando son niños y que les estructura la realidad. Lo contrario no sería natural y ni siquiera se lo plantean.

Pero han de pagar su precio. Un hombre puede romperse en mil pedazos si al terminar la jornada no se cuida.

Y hay diferentes formas de hacerlo.

Un hombre puede aliviar su instinto carnal liberándose dentro de su mujer. Es importante hacerlo en cuanto se tiene necesidad, porque retener el impulso a la larga puede traer depresiones. La mujer ha de

146

estar al corriente y facilitar las cosas. Otra opción para el hombre es ir a la Herriko Etxea y adormecer los males de cara a la noche. Hay hombres que encuentran otras formas de mantener el equilibrio. Algunos simplemente se fuman un cigarro en casa o hablan con su mujer y con sus hijos o leen o miran la lumbre hipnotizados. Pero no es el caso de quienes hablan en la taberna de Gaztelu.

Sin embargo, en los tiempos que corren, la mayor parte de los temas son tristes y se refieren al trabajo del día a día. Su existencia tampoco les ofrece más variedad de pensamientos que rumiar en sus cabezas.

—El maíz apunta bien y lo mismo se adelanta.

—Los semilleros de las hortalizas también van a germinar antes de tiempo.

—Pues mis nuevas son negras. Los cuervos me están jodiendo los sembrados. Escarban la tierra y me comen la simiente.

—Ponles un cuervo muerto colgado bocabajo y ya verás como ni se acercan.

Casi todas las noches cuentan con la ilustre presencia del párroco y del guardia civil Zabala, que se acerca a beber a Gaztelu porque se rumorea que en Santesteban no es muy querido. Agustín y Melchor también suelen formar parte de la conversación.

—Agustín —dice uno de los hombres—, mi mujer te ha visto hablando con el maestro. Yo le he dicho que era imposible. Que para que te vean con un juntaletras antes tiene que caerse el cielo.

Los hombres ríen, salvo el comandante Zabala, que mira en silencio a Agustín.

El labrador esboza una sonrisa desfigurada.

—Ahora en serio —insiste el hombre—. ¿Es cierto lo que me ha dicho?

—Tu mujer sabe dónde me meto porque casi siempre lo hago dentro de tu cama —responde Agustín.

Los hombres vuelven a reír. Pero pronto callan todos porque alguien entra en la taberna.

Es Miguel, el amigo izquierdista de Pedro Sagardía.

El hombre se va a un rincón con otro amigo. Desde la barra lo ven pasar.

—Ha entrado el rojo —dice uno.

Agustín contempla a Miguel sin tapujos, esperando encontrar su mirada.

Al contrario que en la casa de Mercedes, en la taberna se miran y se dicen las cosas a la cara, que habitualmente está congestionada por el vino.

—Ya está el comunista soltando sus lenistadas —dice Agustín.

—Pues suele venir, pero a otras horas. Sobre todo con el Sagardía.

—¿Sagardía? —pregunta Zabala—. Pensaba que sus lenistadas pasaron a mejor vida.

—¿El Sagardía? De los callados. En las carboneras debe de andar con tratos de la muga. Pero nada de billetes estampillados. Dicen que hasta ayudó a pasar a un anarquista fugitivo en tiempos del rey Alfonso —dice uno.

El comandante Zabala mira al que ha hablado, sorprendido de la información.

—No sabía eso yo del Sagardía… —comenta.

—Eso son habladurías —dice otro—. Para mí que el Sagardía ya solo le da al carbón.

—Una cosa es pasar fusiles y documentos —dice tajante Zabala—, y otra es andar en redes de evasión.

—Pues el otro día le debió de arrear a la Josefa. Y ella le plantó cara y todo. Imagínate, con siete hijos en casa.

Agustín apura el vaso y pide más.

—Mercedes dice que cree que no son suyos.

El tabernero les sirve una nueva ronda.

—Joder con la *sorgiña* —dice Zabala—. Seguro que le tiene echado un conjuro al Sagardi.

—Para que no se abra la bragueta más que para mear.

Los hombres ríen con escándalo, sobre todo Agustín, para atraer la mirada del izquierdista desde el otro extremo del bar.

El cura bebe y permanece en silencio. Él siempre bebe con mesura. A pequeños sorbos, sin captar la atención demasiado, de forma que no se le distinga cuando está bebido. Cosas del saber y de la elegancia eclesiástica, dicen los hombres.

Melchor tampoco ríe ni levanta la cabeza del vino. Zabala aspira con placer un señor faria. La presencia del sargento es corpulenta e inspira respeto. Muchos lo comparan con un oso inteligente. Pocos son los que le llevan la contraria.

—¿Ha vuelto a repetir sus fechorías el hijo? —pregunta.

—Que sepamos no. Pero andan con penurias en casa.

—Coño, con penurias andamos todos —replica el guardia civil—. Pero no robamos. A los rateros hay que darles un buen correctivo. ¿O no, padre?

El párroco bebe, silencioso y abstraído.

—El mal está en todas partes y a veces adquiere formas inesperadas.

—Amén a eso —dice el guardia civil—. Yo trabajo con el mal, pero a mi forma.

—De algún modo hay que sacar la verdad al mentiroso —dice Agustín—. A caricias no va a ser.

—No os dejéis engañar por lo que parece bello —añade el cura—. El mal es listo y nos engaña.

Siempre que habla el párroco todos callan al instante. Don Justiniano habla y Melchor siente que lo hace para él. Se refugia en su vaso casi vacío.

Ahora Agustín ha olvidado su necesidad de jarana y mira con inquietud al párroco.

—Padre, ¿es verdad lo de ese libro? —pregunta—. Dicen que se lo requisó a los mozos y que estos lo habían encontrado junto a la sima.

—El libro está bajo mi custodia y me veré obligado a quemarlo.

—Qué atrocidad —dice un hombre—. Tenga cuidado al tocar esa obra del demonio, padre.

—Yo no sé si me enamoraría de una lamia —comenta Agustín—. Más después de ver sus patas de gallo. Se me revuelve el estómago solo de pensarlo.

—No subestimes el poder del mal —dice otro *baserritarra*—. No he oído de nadie que salga indemne tras encontrarse con una criatura así.

Agustín bebe y piensa en qué se sentirá cuando una lamia te mira a los ojos.

—Padre, ¿cree usted que el mal habita en nuestro pueblo? —pregunta.

La pregunta es grave, pero todos saben que Agustín no es muy dado a hablar con sutilezas.

—Hace muchos años, muy cerca de aquí, la Santísima Inquisición abrió un proceso contra unas brujas en Zugarramurdi. Tal vez hayáis oído hablar sobre lo que sucedió. Corría el año del Señor de 1610.

Los hombres guardan silencio, temerosos. Agustín busca refugio en su vaso.

—Dicen que fue terrible —murmura Zabala.

—En Gaztelu también nos vimos salpicados —añade el cura.

—¿También hubo brujería aquí? —pregunta Agustín con inquietud.

El cura manosea absorto su vaso de vino.

—El inquisidor Salazar vino al pueblo e hizo confesar a ciento diecinueve vecinos. Cincuenta de ellos afirmaron conocer la existencia de un aquelarre. Aquí, en los bosques, muy cerca de nuestras casas. Había implicadas varias mujeres. Incluso niñas y ancianas. Habían estado bailando sin parar ante la hoguera del demonio.

—¡Dios Santo! —dice uno de los hombres.

El cura continúa, sin vacilar.

—Todo aquel que las miraba también empezaba a bailar. Y así se pasaban día y noche. Sin comer, sin dormir y sin parar de bailar. Estaban poseídas. De no haber intervenido la Iglesia, habrían bailado hasta morir.

El párroco mira a los hombres. Todos permanecen callados. Cabizbajos. Bebiendo para aliviar la angustia.

Agustín parece asustado y con la necesidad de hablar sobre sus dudas y temores.

—De niño vi a una chica dar tres vueltas a la iglesia —murmura—. Era de noche y había luna llena.

—Dicen que quien hace eso se vuelve bruja —comenta uno de los hombres.

—También te haces bruja si te pica una víbora a medianoche —comenta otro.

Agustín parece absorto en su recuerdo.

—No pude ver bien a la chica —continúa—. No sé quién era. Pero estoy seguro de que era del pueblo.

El silencio amarra a los hombres a la soledad de sus vinos. Agustín mira inquieto al párroco y entonces le pregunta:

—Padre..., el otro día, después de que el Sagardi robara a Arregui, en la junta..., me fijé en que usted no miraba a Josefa a los ojos. ¿Por qué no lo hacía? ¿Acaso es malo hacerlo?

Melchor alza el rostro por primera vez y mira al párroco, esperando su respuesta.

32

Luces y sombras en la noche

En las alturas del monte, en plena pendiente, la escuela de Gazte-lu domina todo el valle. Una tenue luz bailotea en las ventanas. Dentro, la clase está vacía y casi en penumbra. Solo se mantiene viva la llama temblorosa de un quinqué.

Agustín aguarda sentado en un pupitre pequeño para él.

El maestro Esparza lo observa desde la pizarra, junto a la luz del quinqué. Ambos parecen actuar en la clandestinidad.

—Gracias por acceder a enseñarme de noche —dice Agustín.

El maestro habla con voz segura:

—Los médicos vacunan contra la viruela. Yo lo hago contra la estupidez y la barbarie. Cualquier hora es buena para hacerlo.

—No quiero que me vean —murmura el labrador.

—Eso que dice es muy triste, Agustín.

El maestro estudia detenidamente a su alumno, que se encoge de hombros y desvía la mirada.

—¿Qué libros le gustaría leer? —pregunta Esparza.

—Me gustan las historias que hablan sobre héroes y sobre batallas. Tengo esto.

Agustín saca su revista juvenil con ilustraciones e historietas bélicas.

—¿Le gustaría ir a la guerra y ser un héroe como los de esa revista? —pregunta.

Agustín sostiene entre las manos el ejemplar, abstraído.

—Mi padre está enfermo. Mi hermana cuida de él. Si me voy a la guerra, no habrá nadie que trabaje nuestras tierras.

El maestro asiente, junto a la luz del quinqué.

—¿Qué quiere con todo esto?

Agustín alza el rostro, desde las sombras.

—Quiero quitarme la niebla que llevo dentro.

Mucho más abajo, en una de las casas del pueblo, otra tenue luz está encendida. En el dormitorio de los Irigoyen, Melchor esta tumbado en la cama, con la mirada clavada en el techo.

Su mujer balancea la cuna, donde se duerme el bebé.

—Necesito ir al baño. Vigila que se duerma.

La mujer lo deja solo con el bebé. Melchor está tan abstraído que ni siquiera la ha escuchado.

Entonces el bebé empieza a llorar. Melchor ni se inmuta.

El bebé sigue llorando, cada vez más y más. Para cuando vuelve la mujer, el bebé berrea sin parar, fuera de sí.

La mujer lo socorre y lo intenta calmar. Mira a Melchor, que vuelve en sí, aturdido, como si se hubiera ido muy lejos.

—Pero ¿es que no lo oyes?

Melchor balbucea, inútil.

—Lo siento…

—Dios mío, Melchor. No puedes seguir así. No sé lo que te pasa, pero no puedes seguir así…

La mujer balancea al bebé, que llora con insistencia. Melchor se lleva las manos a la cabeza. Pero ¿qué le está pasando?

La iglesia del pueblo es gris, medieval. Su torre se erige hacia los cielos y se ve desde la distancia. Sin embargo, no es el edificio que más alto llega. La escuela, una construcción residual que antaño fue refugio de vacas y que se reacondicionó para la enseñanza durante la República, se enclava en lo alto de las faldas y sus vistas se extienden mucho más lejos.

Esta noche, en la escuela hay luz porque el maestro enseña a Agustín. La iglesia, sin embargo, está a oscuras. El retablo, los cirios, las imágenes de los santos aguardan al día sumidos en el misterio y el silencio.

Pero pronto deja de ser así, cuando la luz de una hoguera se enciende en la sacristía.

Los anteojos del cura brillan ante la luz.

Las llamas devoran el libro prohibido.

33

El hombre bajo la sotana

Pamplona, invierno de 1938

Todos en Gaztelu dan por hecho que el cura ha leído y ha visto medio mundo. De la misma forma que un niño no se plantea si el mitológico Olentzero existe, los adultos tampoco piensan en cuánto sabe el párroco en realidad. Él simplemente sabe porque al hablar con Dios, de alguna forma, toda la sabiduría del universo se le transfiere.

La sotana negra también inspira deferencia en los juzgados. Es algo que no cambia, ya esté en la choza más humilde y con la gente más ignorante, o ante el juez más poderoso del país. Es una de las consecuencias más gozosas que tiene ser sacerdote. La deferencia allá por donde pasas.

A estas alturas, don Justiniano sabe muy bien cómo comportarse, cómo transmitir su aura de serenidad y preeminencia, aunque el lugar y las gentes le resulten totalmente ajenas.

La verdad es que apenas visitó ciudades en su juventud. Eso de ver mundo se limitó mayormente a los muros del seminario. Pero es que lo de explorar lugares y conocer gentes diversas está sobrevalorado. Pocos lo saben mejor que él, que disecciona el espíritu y el alma humanos y sabe que bajo las ropas y las diferentes lenguas se esconden en realidad las mismas flaquezas.

En el vestíbulo de los juzgados hay vaivén de tacones y zapatos. Los pasos impolutos y negros del sacerdote se detienen a los pies de la fastuosa escalinata.

Don Justiniano empieza a ascender.

A medida que lo hace, percibe una presencia que lo observa desde arriba.

Es Pedro Sagardía.

El cura pasa junto a él y le saluda en apenas un murmullo. El otro permanece en silencio. Su cabeza se vuelve para verlo pasar.

Saludarle es lo menos que debe hacer. Pedro Sagardía es un miembro más de su rebaño. Un hombre débil y profundamente equivocado, pero un hombre al fin y al cabo.

El problema es que a don Justiniano no le gustan las personas en las que no parece ejercer ningún tipo de influencia. En los ojos de Pedro nunca ha visto respeto, ni admiración, ni simpatía ni miedo. Simplemente ha encontrado una indiferencia pasmosa. Como si mirara a una piedra.

Y con ese tipo de cosas, don Justiniano no puede. Por mucho que su lugar esté por encima del error humano, él también tiene sus pequeñas debilidades.

Es de carne y hueso. La perfección solo existe para Dios.

En la sala de declaraciones, el sacerdote se retira con parsimonia el sombrero de teja. Por alguna misteriosa razón, su presencia clerical encaja con la gravedad antigua y señorial del juzgado. La sotana negra, el alzacuello, la mirada altiva y serena. Hay algo en todo ello que les va bien a los frisos de maderas nobles. Es como si el sacerdote fuera también un miembro del tribunal.

Se inicia el proceso y don Justiniano hace como los demás.

—Lo juro por Dios Nuestro Señor.

El juez procede rutinario.

—Responda a las preguntas del señor letrado de la acusación particular.

Vicente se levanta. Por fin tiene al párroco ante sí. El tiempo de espera se le ha hecho eterno.

—Con la venia.

El letrado se aproxima al cura, pensando en cómo tendrá estructurada la conciencia este sacerdote, ya que se encuentra bajo juramento y a buen seguro que le va a mentir.

—Imagino que, como confesor de todo el pueblo, es imposible que usted no conozca la verdad —dice.

El cura lo mira pasear con cierta suficiencia. Todo en él indica relajación.

—Podría acogerme al secreto de confesión. Pero por el bien de la verdad y la justicia, no lo haré.

—Se lo agradezco, padre. Si no le incomoda, iré directo al fondo del asunto.

—Por favor.

—Dígame, ¿por qué expulsaron a la familia Sagardía?

El sacerdote se detiene un instante, eligiendo bien las palabras, como si buscara la mejor forma de hacerles llegar la gran verdad del Señor.

Sin embargo, lo que sale de él es de lo más mundano.

—El vecindario los consideraba indeseables. Supongo que ya sabrán de sus continuas raterías en las huertas. Por no hablar de hurtos de aves de corral y también ganado menor.

En la bancada, Pedro alza la voz, indignado.

—¿Ganado menor?

El juez llama la atención al denunciante.

—Señor Sagardía, por favor.

El cura continúa sin inmutarse:

—Así que, con tales antecedentes, se reunieron en la sala del concejo los representantes del Ayuntamiento de Gaztelu. La junta tomó la decisión por unanimidad. El alcalde los expulsó a petición de todo el pueblo.

—¿A petición suya también? —pregunta Vicente.

—Yo escucho al pueblo y procuro orientarle.

—En ese caso, seguro que le han llegado rumores sobre lo que sucedió en la cabaña.

—Ah, sí. He oído lo del incendio. Nunca he creído tales habladurías.

Vicente se aproxima al sacerdote y contempla sus ojos, como si pudiera leer algo en ellos. De cerca y bajo la luz descubre una mirada fría y calculadora.

—Dicen que obligaron a la familia a retirarse allí tras la expulsión. Y que la cabaña se incendió la noche del 30 de agosto de 1936.

—Sí, eso es lo que dicen.

—Después, no se los volvió a ver.

—Siento decirle que todo eso son rumores infundados.

—Tenemos constancia de los restos de un incendio donde antes estaba la cabaña. Son pruebas físicas e incontestables.

—No niego lo del incendio. Me refiero al rumor de que se llevó a la familia allí. A estas alturas, sé de buena tinta cómo se engendran los rumores en los pueblos. Hasta una trivialidad puede convertirse con el tiempo en una historia monstruosa.

—No me diga, padre.

—Sí, lo he visto mil veces. Uno repite una historia y cada vez la adorna más, sin darse cuenta. Y sucede lo de siempre: que la memoria se alía con la imaginación para dotar a las cosas de una dimensión legendaria. ¿Y saben por qué? Para evitar que caigamos en el tedio. No hay mayor temor que el de caer en el tedio y sentir cómo nos morimos antes de tiempo.

Vicente estudia al cura mientras asimila lo que acaba de escuchar. Qué gran maestro para enredar con la palabra, piensa el abogado. Si se descuida, acaba arrodillado ante los encantos dialécticos de este sacerdote.

—¿Por qué asegura que estamos ante un rumor? —pregunta.

—Porque nadie los obligó a retirarse allí. Por tanto, yo me lo pregunto: ¿qué razón tendrían para subir a ese lugar?

—¿Está usted seguro de lo que dice?

El cura lo mira con indignación.

—Estoy seguro.

—Ha jurado por Dios.

Los ojos del cura se encienden.

—¿Cómo se atreve?

—Es mi obligación recordárselo. Con todo mi humilde respeto hacia su ilustrísima.

El abogado lo trata como a un obispo. El sarcasmo enoja al sacerdote, que mastica como puede la humillación.

El juez interviene:

—Letrado, por favor. Trate al sacerdote con el respeto debido.

El cura remarca sus palabras:

—Nadie los obligó a retirarse allí.

—Está bien.

El cura va más allá.

—Además, sé a buena fe que en Legasa vieron a la madre con sus hijos. Meses después de que los expulsaran.

—Sí. Otros interrogados ya han…

El sacerdote le interrumpe, autoritario:

—Y no solo eso. En diciembre de 1936, vieron en Elizondo al señor Pedro Sagardía, que al parecer no daba muestra ninguna de sufrimiento por la desaparición de su familia.

Pedro se levanta, indignado. El autocontrol que mostró con los *baserritarras* parece desmoronarse con el cura.

—¿¡Qué!? —grita.

El juez interviene:

—Por favor, siéntese.

—Al contrario —continúa don Justiniano—. Se mostraba jovial. Alegre. Disfrutando de una buena juerga. Como si se hubiera librado de un gran peso.

—¡Eso es mentira! —grita Pedro.

El cura hace como si no existiera.

—Supongo que ya sabrán que al inicio de la guerra disponía de bastante dinero. Seguramente obtenido por espía. Todos saben que simpatizaba con la UGT y que andaba en la muga con redes de evasión.

—¡Eso es mentira!

El juez:

—Señor Sagardía, ¡haga el favor de sentarse!

—¡Es mentira!

Pedro intenta salir de la bancada, pero unos guardias lo retienen. Vicente lo observa todo con impotencia.

La sotana negra le ha ganado la partida.

34

El retorno del soldado

En el despacho del abogado Vicente San Julián hay fatiga e indignación. Pedro da mil vueltas, airado, respirando con dificultad, tosiendo cada vez que se le amontonan las palabras. Las mentiras del cura han despertado en él una tensión que a Vicente le parecía milagroso pudiera contener.

—¡Estaba en el frente! —exclama el carbonero—. ¡En diciembre estaba en el frente!

Vicente procura calmarle:

—Lo sé, Pedro. Lo sé. Y podemos demostrarlo ante el juez.

—¡Tenemos que mostrar que miente! Si miente en eso, lo hace en todo lo demás.

Pedro tose por la exaltación. Vicente intenta hacerlo entrar en razón.

—Pedro, Pedro, escúcheme.

—¡Qué!

—Hablamos de un sacerdote. No podemos…

—¿Qué es lo que no podemos?

—En el sistema judicial actual un sacerdote goza de ciertos favores. Ya lo sabe. Eso no lo podemos cambiar.

—Ese hombre no representa a Dios.

Pedro respira con dificultad. Está delgado y pálido. Vicente lo mira con preocupación.

—No tiene buen aspecto. Debería descansar.

—¿Descansar? Ese es un lujo que no me puedo permitir.

—Hay algo que debo preguntarle, Pedro. —El abogado valora sus siguientes palabras—. Todos hablan de su condición de... *xelebre.* Y siento decirle que, ante tanta insistencia, me he visto en la obligación de investigarle. Al parecer, usted sostenía en el pasado y abiertamente una posición un tanto heterodoxa sobre asuntos delicados como la religión y la política.

El carbonero mira con fijeza al abogado.

—Por muy discreto que usted sea, don Vicente, en el fondo es tan republicano como cualquiera de esos cadáveres que aparecen en las cunetas.

Vicente abre los ojos, sorprendido.

—Esas cosas se sienten —añade el carbonero—. Pero qué más da. Qué más da lo que piense usted o lo que piense yo. Ni siquiera sé lo que pienso ya en realidad. La verdad es que me importa un pimiento.

El abogado parece aturdido.

—Usted me aseguró que no entendía de política —dice.

—Una cosa es lo que hiciera hace veinte años. Pero en el ahora la política me la trae al pairo.

El abogado niega con la cabeza.

—Se equivoca, Pedro. El sambenito le cuelga a uno incluso cuando ya está muerto y no puede hacer nada.

Se hace un silencio. El carbonero sopesa lo que acaba de escuchar.

—¿Qué pretende decir?

—Digo que sus posturas juveniles le acompañarán de por vida. En su tesitura actual, este es un hecho relevante. Por eso le pedí sinceridad desde el principio.

El carbonero piensa en las palabras de Vicente. Un temor que llevaba dentro y al que no quería hacer frente ha despertado en su interior.

—¿Cree que mi familia...?

—No lo sé. Pero están siendo miles las sacas y las represalias contra individuos como usted.

Pedro alza la voz.

—¡Pero una cosa soy yo, y otra, mi familia!

Pedro mira a Vicente con los ojos encendidos, el aliento fatigado. Y así pasan los segundos, hasta que ya no puede más y hunde la mirada. Por momentos parece encogerse, cada vez más pequeño.

—¿Por qué se alistó con los requetés? —pregunta el abogado.

—¿Qué?

—Disparó a personas de su misma ideología. Mató a personas que piensan como usted.

—¿De verdad cree usted que importa desde dónde dispara uno? Cuando empieza a morir gente, ya no importa lo que se diga o lo que se piense. Yo fui a la guerra para que no me mataran en mi propia casa. Para que no mataran a mi hijo. —Pedro empieza a toser—. Luchar con los requetés significaba sobrevivir…

Sus pulmones agonizan. Vicente lo mira preocupado.

—Tiene que cuidarse, Pedro.

—No insista en eso, por favor.

—¿Sabe? Aún no ha probado el estofado de mi mujer. Es magnífico.

—Mi mujer también era magnífica. No he visto jamás a nadie como mi mujer. Pero yo miraba hacia otro lado.

—Ande, Pedro. No se me derrumbe ahora. Véngase esta noche a casa.

Pedro cae en el asiento. Un gran peso hunde sus hombros.

—Les fallé. Nunca supe estar ahí.

Se hace un silencio. Vicente mira al carbonero y se conmueve.

—Fui débil —continúa este—. Usted no lo sabe, pero soy un hombre débil.

—No he visto a nadie que soporte el dolor como usted, Pedro.

—Y qué importa ya.

El abogado se aproxima al carbonero, que está abatido.

—Pedro. Pedro, míreme. Le prometo que encontraremos a su familia. Pronto llegarán noticias de Francia.

Pedro le sostiene la mirada. Bajo las ropas parece consumido, como si hubiera perdido parte de su osamenta, o como si ya no tuviera un corazón que le palpitase dentro. Vicente encuentra a un hombre desvalido y completamente superado.

—¿De verdad cree que estarán allí? —pregunta el carbonero.

—Más nos vale creerlo, ¿no cree?

Ambos se miran hasta que de pronto los interrumpe la voz de la secretaria.

—Señor Sagardía.

En el umbral del despacho está Leticia, que vuelve la cabeza hacia alguien que entra.

Pedro no da crédito a lo que ve. Lo más inesperado se formaliza allí mismo, ante sus ojos.

José Martín viste el uniforme y la boina roja de requeté. El máuser al hombro y en el pecho la protección sagrada del Corazón de Jesús.

Pedro lo mira en silencio, golpeado por la sorpresa.

Ante sí ya no hay un joven, sino el rostro demacrado de un adulto que retorna de la guerra. Pero la mirada no engaña. Bajo esa piel tostada y bajo ese uniforme polvoriento se encuentra su hijo.

Entonces reacciona y da unos pasos hacia él.

—Hijo mío…

Se abrazan. El padre comprueba que esté de una pieza.

—¿Cómo no me has avisado?

—Era una sorpresa. El señor San Julián nos ha ayudado.

Vicente sonríe al verlos.

—No se si habrá suficiente estofado…

La residencia del abogado no plasma su naturaleza anárquica. Hay orden y limpieza. Hay frisos y muebles y cuberterías y alfombras y lámparas que indican un estatus social acomodado y bien administrado. Parece imposible que sea la cabeza de Vicente la que se encuentre detrás de tan organizada vivienda.

Y así lo ha dejado entrever al presentarles a su mujer:

—Les presento a la cordura de esta casa. Si la tierra deja de girar, les aseguro que ella se encargará de que siga girando aquí.

La mujer se llama Mari Nieves y es de ademanes modestos, como su esposo. No parece dada a los excesos y se la ve con el don del equilibrio. Al verlos juntos, Pedro piensa que representan el sueño de mucha gente. Tal vez el suyo también, si alguna vez se atrevió a admitir que lo tenía. Ni el uno ni el otro dan la impresión de un origen muy aburguesado. Es como si el bienestar les hubiera llegado sin buscarlo directamente, a través de la dedicación plena de Vicente a su trabajo.

Mari Nieves ha preparado un estofado que ha revitalizado a los invitados, especialmente al joven venido del frente. La conversación ha sido agradable con los padres y los hijos, que los han acogido con familiaridad, como si ya los conocieran. Se nota que Vicente les ha hablado de ellos.

Al finalizar, sobre la mesa han quedado los restos de la cena. La familia se ha retirado con alguna excusa, dejando un momento de intimidad para padre e hijo.

Durante varios minutos solo ha habido silencio entre ellos.

Pedro lo mira como si hacerlo fuera un regalo.

—Aún no me lo creo.

José Martín tiene la mirada perdida en algún punto entre platos y cubiertos. La fatiga crónica lo ha dejado vacío.

—Tras la ofensiva de Aragón conceden más permisos en el tercio —menciona—. El señor San Julián envió documentación del juicio y eso me ayudó.

—No me había dicho nada.

—Quería darte una alegría.

Pedro sonríe levemente, después su expresión se torna más oscura.

—Me dijeron que sufristeis por Somosierra —comenta.

—Los rojos se hicieron fuertes. Pero qué más da. Madrid está a punto de caer. La guerra se acaba.

Las palabras entre ambos son escuetas. José Martín mira a su padre.

—Hay algo que no he terminado de entender.

—¿Qué no entiendes?

—Siempre he sabido que votarías a izquierdas de no ser porque serías de los únicos en el pueblo. Y sin embargo, acabaste luchando contra ellos, contra los que piensan igual que tú. Y yo he hecho lo mismo.

—Qué más da contra quién luchemos, hijo.

Se hace un silencio entre ambos. Pedro quiere decir algo, pero no sabe muy bien cómo hacerlo.

—Me alegro de que estés aquí —dice entonces.

José Martín fuerza la sonrisa. Muchas cosas han tenido que cambiar en él, piensa Pedro. Ojalá no se le hayan ido las buenas.

—¿Tú no te alegras? —pregunta entonces.

José Martín tarda en responder.

—Padre, esa familia de Francia…, ¿de verdad crees que son ellos?

Pedro centra sus manos en una miga de pan, que prensa y moldea sin parar.

—Tengo que creerlo.

El hijo guarda silencio. El padre piensa en lo mucho que habrá sufrido en el frente, sin saber de su madre y sus hermanos, tal vez oyendo rumores de todo tipo, masticándolos por la noche, muerto de frío y de miedo en su trinchera, mientras el enemigo trepa hacia él.

El padre va a decir algo para aliviar a su hijo. Pero no sabe el qué.

Lo angustia mucho no saber qué decir.

Entonces José Martín lo rescata.

—A veces oigo a *ama* por las noches. Me susurra cosas.

El joven tiene la mirada perdida. A partir de ahora, y tal vez de por vida, habituará a tenerla así.

Qué lástima que empiece tan pronto, piensa Pedro.

—Cuando escucho a *ama* yo no estoy despierto —continúa el hijo—, pero tampoco estoy dormido. Me siento bien. Estoy…

tranquilo. Es..., es como si volviera a ser un niño. Como si estuviera en casa, como si nada pudiera salir mal. No tengo por qué abrir los ojos. Todo está bien ahí fuera.

Durante un instante, José Martín guarda silencio.

—Pero entonces los abro. Siempre los abro...

35

Ráfagas y susurros

Gaztelu, principios de 1939

Por la noche, los sonidos en Gaztelu no desaparecen. Si uno permanece atento, percibirá que las casas jamás guardan silencio. Cuando sus habitantes dejan de hablar y de moverse, cuando todos se retiran a dormir, un nuevo mundo despierta en la oscuridad. Pequeños sonidos que se vuelven cada vez más perceptibles. Un oído muy hábil es capaz de escucharlos, como si se acoplara a una nueva onda radiofónica.

Esos sonidos son las casas, que hablan.

Las maderas se retuercen y se dilatan y emiten sus crujidos. La carcoma mordisquea las vigas. Las tejas gotean. El viento gime fantástico por las rendijas y las chimeneas. Techos y paredes gruñen como si fueran las tripas de un barco.

Ante semejante despliegue de sonidos, es fácil que la imaginación añada los suyos. Pero quién sabe.

Esta noche, el viento trae consigo un murmullo que parece venir del bosque y de las montañas. Una ráfaga sutil y ancestral procedente de los primeros tiempos, cuando los humanos aún habitaban en cavernas.

Una voz de mujer.

En la hoguera de la casa, las ascuas aún palpitan. En la cuadra, cuerdas y aperos de labranza están colgados de una viga.

La ráfaga se cuela por las ventanas y acaricia las paredes. Asciende por las escaleras, tantea las puertas, busca hueco por las rendijas. Los murmullos de la mujer entran en la habitación y revolotean sobre la cama. Cada vez son más frenéticos, más envolventes.

La voz se vuelve insistente y busca colonizar al hombre penetrando en su cabeza.

Encuentra el canal auditivo. Lo cosquillea, lo araña, intenta hacer sangre.

—¡Aaaaaah!

Melchor despierta sin aire. El corazón le golpea en el pecho. Los sudores le cubren como una segunda piel. Tarda unos segundos en orientarse.

Está en su dormitorio, en la cama.

Su mujer está dormida. El bebé también.

Entonces susurra en la oscuridad, desesperado.

—Esto es demasiado. Es demasiado.

Se lleva las manos a la cabeza. Lleva tanto tiempo de insomnio que a veces no sabe si está dormido o está despierto. ¿Cuánto ha pasado ya? ¿Dos años? Es una tortura. Una tortura. La cabeza no le descansa ni un segundo. Cuando amaga con perder la consciencia, de pronto despierta envuelto en pesadillas y sudores, creyendo que se muere allí mismo.

Durante el día, se mueve en una inercia totalmente desprovista de lucidez. Nunca está mirando ni está hablando de verdad. Lo hace todo a medias, como si tuviera la conciencia muy pequeñita y muy encerrada en lo más profundo de la cabeza y experimentara todo desde una gran distancia.

El mundo está muy lejos y él está hundido en un limbo de miseria. Qué atroz no poder descansar ni un segundo del propio flujo de pensamiento. A veces piensa en si será una sombra para sus hijos. En si ellos lo percibirán.

Melchor siente una gran angustia y se levanta de la cama. Es como si sus pulmones se cerraran. Sale de la habitación y baja con gran apremio las escaleras.

Necesita aire fresco.

Fuera, sus manos temblorosas tratan de encender un cigarrillo. Da caladas con ansias.

—Esto pasará —se dice—. Tengo que aguantar.

El viento parece calmado. Cuando termina el pitillo, que es muy pronto, lo lanza y entra de nuevo.

Y entonces la ve.

Está a un palmo de distancia, dentro de la casa.

Aterrado, Melchor da unos pasos hacia atrás. Trastabilla con el escalón de la puerta y cae al suelo con estruendo.

Josefa sigue ahí. Mirándole. Inmóvil. Desde el interior de la casa.

—No eres real... —murmura Melchor.

Ella no se mueve, pero lo mira con sus grandes ojos. Tiene la piel pálida. El cuerpo presenta el volumen y la textura de la realidad. Las faldas del vestido se ondulan levemente. No parece una visión desvaída ni fantasiosa propia de las alucinaciones.

—¡No eres real!

Melchor la intenta espantar con los gritos.

—¡No! ¡No lo eres!

Melchor se levanta y cierra la puerta de la casa. Queda fuera, da unos pasos hacia atrás. No sabe si ella sigue al otro lado. Tal vez pueda traspasar la hoja. O tal vez esté esperando a que él entre. Si aguarda hasta el amanecer bajará su familia y seguro que para entonces ya no estará.

Es imposible. Son alucinaciones. Todo está en su cabeza.

—Esto pasará. Tengo que aguantar. Tengo que aguantar...

Es por la mañana y un sol radiante despunta sobre el pueblo. La familia ha ido despertando, primero la mujer, después los hijos. Ninguno ha experimentado nada fuera de lo común. El mayor de los hijos es el primero en salir de la casa para dirigirse a la cuadra. Busca la azada y los avíos para el campo. Abre la puerta y entonces lo ve.

El cuerpo ya no oscila. Cuelga de la viga como un elemento vertical y estático, donde antes estaban los aperos de labranza.

36

Telegrama

Pamplona, principios de 1939

En el despacho del abogado Vicente San Julián sucede lo de siempre. Un asedio de su ingente tarea. En lugar de catapultas y flechas con llama, al abogado lo sitian libros y columnas de papel.

Y así continúa el abogado con la inercia de su vida, consultando leyes y tomando notas. Murmurando y divagando para sí. Aflojándose el cuello y recolocándose los anteojos, recibiendo imprevistos ataques de sudores, con su querido Watson merodeando alrededor.

Tras la declaración del párroco, se ha instalado en Vicente la sensación de que el proceso judicial se estanca. La Causa 167, como está registrada, toma derroteros peligrosos. Si no se produce un giro inesperado, el sumario podría pasar a la Audiencia, con sobreseimiento. Lo que significaría el inicio de un posible cierre definitivo.

A estas alturas, su única esperanza es que las autoridades francesas encuentren a la familia en el campo de refugiados o en algún otro lugar de Aquitania. Pero es que tanto silencio lo inquieta. Si se refugiaron allí, ¿por qué no han contactado ya? Tal vez no sea sencillo hacerlo. Con miles de familias en la misma situación, dicen que acceder a una vía de comunicación es tarea casi imposible.

Vicente piensa que en el pueblo de Gaztelu deberían abrirse grietas. Demasiado silencio anida entre esas casas. Sus habitantes tienen que saber. Tuvieron que ver y oír cosas. Nadie desaparece de la noche a la mañana, sin dejar rastro tras de sí. Y menos una mujer embarazada con seis hijos menores. Si huyeron tuvo que ser por la noche y a través de las montañas, pero eso no impide que alguien se diera cuenta.

Vicente piensa mucho en la madre. Se la imagina embarazada, cargando con los pequeños, ayudada por los mayores, a través de sendas tortuosas, atravesando cumbres, evitando ser vistos. En los embarazos de Mari Nieves, Vicente se dio cuenta del proceso físico y mental por el que pasó. No fue fácil, sobre todo al principio. Náuseas, vómitos, cambios de humor, problemas de espalda, la necesidad imperiosa de dormir y el impedimento cuando la barriga se hizo grande. ¿Cómo pudo soportarlo aquella madre?

Si los expulsaron a la cabaña y después huyeron es porque sabían que irían a por ellos. Una amenaza mayor debía presentir aquella mujer. Pero ¿por qué? ¿Por qué atentar contra una madre indefensa y sus seis hijos pequeños? No tiene sentido. Es algo contra natura.

Vicente busca razones que lo expliquen y solo atisba las más sombrías e inconcebibles. Entonces se dice que es imposible. Esos hombres no pueden haber hecho algo así.

Por eso cree en la posibilidad de que huyeran a través de la frontera. No sabe si comete un error al aferrarse a esa idea como si fuera un bote salvavidas. La implicación emocional trae consigo ceguera profesional. Eso lo sabe muy bien. No debería descartar otras opciones que también son posibles. Opciones en las que no quiere pensar.

Vicente valora estas cuestiones mientras estudia la posibilidad de llamar a otros vecinos a declarar, para lo que necesita la aprobación del juez. Tiene varias líneas de investigación abiertas.

En estas anda cuando Leticia irrumpe a grandes pasos.

Deposita un telegrama sobre su mesa. Vicente alza la vista.

—¿Noticias de Francia?

—No, señor. De Gaztelu.

* * *

Esa misma mañana, a la hora del almuerzo, los zapatos lustrados de Vicente avanzan con decisión por los suelos marmolados del juzgado.

El destino: el despacho del juez instructor de la Causa 167.

Es tal la urgencia del abogado que se le olvida llamar a la puerta. En la antesala, la secretaria se queda con la palabra en la boca.

El juez está en su escritorio, encorvado ante una sopa, con una servilleta de babero. No parece importarle mucho la irrupción del letrado, porque apenas levanta la cabeza, demasiado entregado a su tarea de llenar el buche.

Vicente sostiene el telegrama en alto. Respira agitado.

—¿No sabe llamar? —pregunta entonces el juez.

—Disculpe, su ilustrísima.

El juez moja pan en la sopa. Se le humedece la barba.

—Difícil que ahora le parezca ilustre. Ya puede ser bueno lo que me trae.

Vicente se toma un tiempo para responder.

—Uno de los declarantes se ha colgado. Lo encontró su hijo ayer por la mañana.

El juez deja la sopa y se recuesta en la silla, las manos sobre el cinturón, barrigudo.

—No fastidie.

—Me temo que le fastidio, su ilustrísima. Ese hombre ha cedido a la presión. Juró ante Dios decir la verdad y no lo hizo.

—Vaya novedad, letrado. Que alguien jure y luego mienta.

—*Euskaldun fededun,* señor. El hombre vasco es en extremo creyente. Más si proviene de esos valles. Siempre tuve la esperanza de que alguno de ellos se rompiera.

—Esa es una esperanza un tanto retorcida, letrado.

—Compréndame usted la expresión.

—Se la comprendo. Pero me está complicando el almuerzo y me entran ganas de devolvérsela.

—Pues siento decirle que hay algo más.

—Virgen santa —suspira el juez, que se limpia con el babero.

Vicente hace una pausa, con el aire a la espera de salir de los pulmones.

El juez lo apremia.

—La sopa se me enfría, letrado.

Vicente por fin estalla. Es tal su emoción que necesita rodearla de su merecida aura.

—El ahorcado ha dejado una lista con varios nombres. Los que estaban de guardia la noche en la que la cabaña se incendió. Que también fue la noche en que se vio por última vez a la familia.

—Imagino que coincidirán con los interrogados.

—Así es. Pero hay un hombre al que no hemos interrogado. Y que llama especialmente la atención. Es un guardia civil, señor.

El juez rumia, pensativo. No le gusta lo que acaba de oír.

—Un guardia civil…

Vicente lo exige con firmeza. Ambos saben de quién se trata.

—Ese hombre tiene que declarar, señor.

37

El oso cerebral

Santesteban, principios de 1939

En la localidad de Santesteban, muy cerca de Gaztelu, el día amanece cristalino invernal. Se respira un aire puro con olor a leña. El puesto de la Guardia Civil tiene anexa una morada discreta de cuya chimenea emana humo.

En el interior de la casa se despierta el sargento Zabala, a quien en su día premiaron con la Cruz de Beneficencia por sus arriesgados servicios en el puesto de Aoiz. Pocos entienden cómo le destinaron después a un puesto tan remoto y perdido entre montañas. La primera vez que llegó a Santesteban le pareció haberse adentrado en un interminable laberinto de valles. Perdió la cuenta de los puertos y las regatas que cruzó. La llanura navarra había quedado tan sumamente atrás que pensó no sería capaz de volver nunca.

Su fama de inclemencia le precedía. No se la tuvo que ganar, simplemente la mantuvo y la extendió. Algunos consideran la severidad física el defecto de una conciencia vil. A veces incluso lo llaman crueldad. Pero nada más lejos de la realidad. Una actitud feroz es cualidad intrínseca del trabajo policial. Los que se muestren en contra será porque jamás han conocido la anarquía que podría desatarse en el mundo si no fuera por hombres como él. Quien lo llame cruel será porque no ha conocido el caos.

Él simplemente corta las malas hierbas antes de que arraiguen.

Zabala permanece en la cama con los ojos abiertos. Le da pereza levantarse. Hace ya años que le abandonó el nervio que tuvo siempre. Es como si el cuerpo le pesara más: huesos de plomo en lugar de madera de saúco. Qué difícil es a veces iniciar el día.

Piensa el comandante que ahora tal vez no sea tan impetuoso, pero sí más cerebral y economizador de los esfuerzos. Ya no pega a la ligera, ya no lanza mil golpes frenéticos como un salvaje descerebrado. Ahora elige el golpe, un solo golpe, en el momento exacto y con toda la reserva puesta en él.

Pero que a nadie lo engañen estos términos. Muchos piensan que su labor es asunto físico y tosco, que cuando se encierra con un arrestado es cosa de las manos y las piernas. Algo que desde luego no lo es. Para lo que él hace se necesita una intuición psicológica de primer orden. Hay que ser sagaz y hay que entender la naturaleza humana a niveles profundos. Hay que saber cómo miente un hombre y de qué formas puede desmoronarse. Para Zabala, la mente ajena es como las piezas de un coche para un mecánico.

Zabala gruñe de dolor cuando se levanta de la cama y se queda sentado en el borde. Todo el pelo del cráneo se le fue al cuerpo. Corpulento, somnoliento, la mirada perdida por unos segundos, parece un gran oso en horas bajas.

En la mesilla hay una citación judicial. El comandante la mira de reojo.

Al fin se levanta con un gran suspiro. La espalda le cruje.

Se pone los pantalones y camina hasta el orinal con la intención de vaciar. Se dibuja en su rostro una mueca de dolor. La orina tarda en salir. Zabala se mira ahí abajo mientras se oye el burbujeo, que es flojo y hasta poco varonil. Algo que cuando empezó lo avergonzaba, pero a lo que ahora ya se ha acostumbrado. Otra no le queda.

Mientras desahoga su necesidad, en la cama se levanta su acompañante nocturna. Surge bajo la luz la espalda desnuda de una mujer, que al contrario que el comandante se yergue y se empieza a vestir con cierto apremio.

El comandante se abrocha el pantalón y camina hacia ella. El tirante del sostén es detenido por su mano grande y tosca. Hay intención de ternura en Zabala, que susurra:

—Espera.

La mujer le aparta de un manotazo.

—Quita, anda.

Reanuda su vestir deprisa y con cierto descuido, como si la vida y los años le hubieran quitado las fuerzas para acicalarse con esmero.

—¿No te quedas hoy? —pregunta Zabala.

La mujer lo mira, seca, fría, con la blusa a medio poner. El comandante aguarda con cierta expectación.

—Me debes lo de anoche —dice entonces ella.

Termina de vestirse y se levanta. Se dispone a salir. Zabala la detiene.

—Podría mantenerte aquí. Sacarte de ese zulo tuberculoso donde vives.

—En ese zulo tuberculoso vivo con mis hijos. ¿Vas a criarlos tú también?

Zabala suspira por enésima vez. No sabe si tiene energías para replicar y para insistir. Parece que este decaimiento ya no se le va a quitar y eso es una jodienda.

Mientras piensa en todo ello, la mujer se va y se queda solo en su pequeña morada.

Minutos después, el comandante sale al amanecer y se prende un cigarrillo. A pesar del frío, aún permanece en camiseta interior, velloso en los hombros y en las espaldas, con los tirantes colgando del pantalón.

El puesto se ubica en lo alto de una loma y desde allí se aprecia la localidad de Santesteban. Remolinos de humo suben al cielo desde las casas que combaten al invierno.

Zabala suspira. Entonces descubre que hay alguien a su lado. Está apoyado en la fachada, también fumándose un cigarrillo.

—¿Cuándo declaras? —pregunta Agustín.

El comandante exhala humo.

—Mañana.

Ambos hombres fuman bajo el frío de la mañana. Zabala contempla de reojo al labrador. Agustín es uno de esos hombres que sin saberlo llevan toda la vida esperando una guerra. Y cuando por fin llega se encuentran con que no pueden participar en ella. Sus hermanos partieron a otras vidas y lo dejaron solo al frente de las tierras familiares. Agustín no pudo alistarse como requeté porque su hermana y su padre se habrían quedado sin nada que echar al puchero.

—Te acompañaré a la ciudad —dice.

—¿Y las tierras?

—Que les den a las tierras. Estoy todo el día encadenado a ellas. Por un día no se van a perder.

Zabala asiente. Los dos hombres fuman frente al sol del amanecer.

—Ahora que ha caído Madrid se respirará otro aire en las ciudades —comenta Agustín.

El labrador parece con ganas de acudir a Pamplona. Se conoce que le agrada lo de viajar en coche y ver esas gentes urbanitas, como si de esa forma él también lo fuera. No es esta una actitud extraña en él, piensa el comandante. Agustín siempre le ha parecido un niño metido en el cuerpo de un pobre hombre. A veces incluso siente lástima por él. Ya sabe lo que muchos murmuran por ahí. Que es un desmadrado un tanto falto de inteligencia al que pegaron demasiadas veces en la infancia, hasta el punto de que jamás le permitieron conocerla.

Zabala sabe que eso vuelve a un hombre peligroso e imprevisible. Ser ignorante y ser reprimido son materiales con los que podría fabricarse una bomba. Pero sabe que hay algo en Agustín que lucha desesperadamente contra eso. Y por esa razón le conserva a su lado.

Para las guardias con fusil máuser al hombro siempre está dispuesto. En las detenciones desea estar. Los interrogatorios le fascinan. Zabala le deja hacer tal vez por lástima, por aquello de que la guerra se le ha escapado de las manos.

La existencia no es cosa fácil y con los años uno va amontonando frustraciones y mala sangre. Los días son tediosos y existe esa sensación de que van carentes de sucesos. No es que haya deseos de matar a otros porque sí. No, eso jamás. Eso es cosa de asesinos y de enfermos mentales. Lo de desear una guerra es otro asunto muy distinto, mucho más humano y por lo tanto más normal. La guerra es algo instintivo que el hombre necesita por naturaleza. Es una estimulación fascinante. Es un sufrimiento que se desea. Uniformes, armas, campamentos, frentes, marchas y contramarchas. Ofensivas y contraofensivas. Noticias de otros frentes. Avances del enemigo. El miedo atroz cuando lo ves venir. El rostro de quien pretende matarte. El sabor de la sangre. El olor de la muerte. El enorme alivio tras sobrevivir.

Zabala piensa que una existencia sin conocer una guerra es una verdadera lástima. Y tampoco es que haya que forzarla. La guerra es un gran invento del mundo animal para reinstaurar el equilibrio de las cosas. Razones para la guerra siempre habrá, puesto que la física del universo determina que en todo momento hay alguien descontento.

38

Que os jodan

Al día siguiente, quince minutos antes de la hora citada, Zabala y Agustín entran en los juzgados. El labrador camina con cierto orgullo, cómodo con el hecho de ser visto acompañando al de uniforme.

Al igual que un sacerdote portador de la palabra de Dios, un agente de la ley acostumbra a ver a su paso respeto y deferencia. Con los años, y tal vez sin saberlo, el hábito de ver esa reacción en los demás ha provocado en Zabala la certeza de que es una persona elevada sobre la media. Al fin y al cabo, Zabala es aquel que precede al juez, el que opera en primera línea, el que realiza su labor en el fango. El suyo es un desgaste mayúsculo tanto física como mentalmente. Su decaimiento actual a buen seguro que se debe a ese gran esfuerzo, a toda esa morralla que ha hecho y ha visto durante su vida. Son heridas de guerra, se dice para sí. Controlar una región y tener el poder de decidir sobre lo que está mal y lo que está bien no es asunto baladí y erosiona el alma hasta lo más hondo.

Y, por todas estas razones, el comandante exige el respeto que merece. Lo más sagrado de su existencia es la honra. Por la honra, él es capaz de matar a cualquiera.

Y de este modo entra Zabala en los juzgados, que es el santuario de la ley que él ha dispuesto y desdispuesto en su jurisdicción. Mira a estos letrados que van y vienen, aprisa con sus papeles, la cabeza revolucionada con artículos y leyes, y piensa que estos del bien y del mal no saben nada. Qué van a saber si están siempre encerrados en sus

180

estufados despachos. No saben lo que se cuece ahí fuera. No conocen la selva, que es donde se aplican sus normas y sus decretos. No conocen la amplia y diversa variedad de fauna y flora humanas con la que Zabala ha lidiado durante años. Cómo van a aplicar estos la ley si no han mirado jamás a los ojos de un asesino a solas en una celda.

Y ahora le llaman a él para darle una lección sobre cómo hacer las cosas. Zabala mira a los picapleitos y piensa: que os jodan.

A él no le van a soplar lo más mínimo.

Zabala y Agustín ascienden las escaleras y entonces lo ven, ahí arriba, esperándolos.

Pedro Sagardía permanece inmóvil como una estatua griega, pero sin el esplendor de los ateneos.

Qué desmejorado está, piensa Zabala.

Él los ve pasar sin decir nada, sus ojos fríos e inexpresivos.

En la sala de declaraciones, el guardia civil toma asiento con su apática corpulencia. No es que su rostro sonría, pero sí se le ve camino de hacerlo, como si estuviera por encima de las circunstancias y toda esta pantomima judicial le trajera sin cuidado.

Vicente hace una ultimísima consulta a sus anotaciones, antes de que el juez declare la sesión abierta y se proceda a los juramentos. Entonces, el abogado se lanza sobre Zabala con todo su arsenal.

—Sargento Zabala, comandante del puesto de la Guardia Civil en Santesteban. Usted recibió la orden de investigar el paradero de la familia Sagardía. Pero no está aquí por eso.

El comandante estira su gran panza y se afloja el pantalón.

—Sé muy bien por qué estoy aquí.

—Las últimas palabras de un hombre antes de quitarse la vida le señalan directamente.

Zabala suspira, como si le cansara hablar del asunto.

—Melchor tenía la cabeza comida por las alucinaciones. Tuvimos una disputa vecinal hace años y me tenía ganas.

—Ya… ¿Se da cuenta, comandante, de que el suicidio de un hombre implicado en este proceso refleja que la presión ejercida por el juicio finalmente ha podido con él? Ese hombre se ha suicidado porque algo terrible pesaba sobre su conciencia —continúa—. Y, por su nota, es posible que ese peso lo compartiera con usted y con los otros siete acusados.

Zabala no parece alterarse.

—Insisto en que Melchor no andaba bien de la cabeza. No intente entender a un desequilibrado. Se lo digo por experiencia. Al contrario que usted, yo llevo años tratando con gente rota por la vida, como es el caso de Melchor. Usted sabrá mucho de leyes escritas, pero le aseguro que de hombres no sabe más que yo.

El letrado se centra en conservar la compostura. No puede amilanarse ante el guardia. Intenta evadir sus miedos concentrándose en él. Lo estudia y se percata de que ha dicho todo eso sin mirarlo a la cara. Sus ojos miran al frente, a nada en particular.

El abogado vuelve a la carga.

—En su informe aseguró haberse entrevistado con Juana Josefa Sagardía Goñi antes de que la expulsaran.

—Así es. Y me manifestó que estaba muerta de hambre y completamente abandonada por su marido. —Zabala desvía la mirada hacia las bancadas, donde están Pedro y José Martín. Después añade—: La Josefa tenía una hija enferma. Parecía desesperada.

Pedro permanece inmóvil, los ojos muy abiertos, escuchando. Vicente lanza un fugaz vistazo al carbonero, algo preocupado. Después se hace con una nota que eleva para que la vea el juez.

—También dijo, y cito palabras textuales, que «Juana Josefa era de vida irregular, ladrona de gallinas y frutos del campo, a lo que recurría debido sin duda al completo abandono por parte de su marido, por lo que se encontraba en la miseria y obligaba también a que lo hiciesen sus hijos mayores, para de esa forma poder comer». —Vicente termina de leer la nota y mira al comandante—: Son palabras duras las que le dedica.

El comandante asiente sin vacilar.

—Era la realidad y así lo hice constar en el informe de la investigación.

Pedro mira al comandante, quieto, como una estatua. A su lado, José Martín aprieta la mandíbula.

Vicente se apoya en su mesa y recurre a otra nota.

—También anotó que un vecino de Santesteban vio a Juana Josefa en las cercanías de Pamplona. ¿Lo recuerda?

Zabala hace como que piensa.

—No estoy seguro.

—Le refrescaré la memoria. Informe registrado en octubre de 1937. Su testigo dijo no recordar la fecha exacta en que vio a Juana Josefa, pero sí afirmó que, al verla, mentalmente hizo este juicio: «Dónde andará esta fulana». —El abogado observa unos segundos al comandante, para continuar—: Y en este mismo informe usted añade: «Pues él también la conocía, al igual que la mayoría, por su conducta nada recomendable».

Se hace un silencio en la sala.

—¿A qué conducta se refiere?

—Ha leído «fulana». Imagínelo.

—Lo que consta en su informe contiene acusaciones muy severas. Alguien de su talla profesional, con la seriedad que exige su cargo, no debería emplear estos términos de... —Vicente remarca las palabras— índole tan personal. Es como si tuviera algo particular contra esa mujer.

El comandante quita hierro al asunto, sin despeinarse demasiado.

—Yo contra esa mujer no tenía nada.

—Ha dicho «tenía». En pasado. ¿Por qué?

—No sé lo que he dicho.

—Sabe que si ha empleado el término «tenía» es porque actualmente ya no tiene nada en contra de esa mujer. Es un lapsus que nos revela lo que hay en su cabeza. Parece ser que se le ha escapado a ese filtro que tiene en la lengua para ocultar la verdad. Usted, como experto interrogador, debería saber perfectamente cómo funcionan tales estratagemas.

—Pues me retracto y digo que yo contra esa mujer no tengo nada.

Vicente se dirige al juez:

—Que conste en acta la incongruencia del acusado.

El juez lo aprueba. Zabala parece haberse molestado ante la presión del abogado.

—Insisto en que yo no tengo nada en contra de esa mujer. Al contrario que Melchor, que por algo está donde está.

—Explíquese.

—Todos saben que la Juana Josefa es de buen ver. Y no me extrañaría que Melchor se colgase por eso mismo.

—¿Cómo dice? —pregunta Vicente.

El comandante mira al abogado. Ahora ya no muestra tanta indiferencia y se le ve con ganas de hacer daño.

—Digo que la Josefa le tenía comida la cabeza. Y si se descuida, hasta los pantalones. El pobre no dormía por las noches y perdió la razón.

—¿Qué pretende decir?

—Pues que dejó de ser quien era. Ni siquiera su mujer lo reconocía ya.

—¿Y usted tuvo acceso a esa información tan personal?

—A mis oídos llegan toda clase de informaciones, letrado. El pobre Melchor andaba febril. Estaba ausente. Tenía la mirada ida. Es como si…

Se hace un silencio. El comandante calla.

—¿Como si…?

—Como si alguien lo hubiera embrujado.

Vicente se queda un tanto descolocado.

—Eso…, eso no consta en su informe.

—Eran supersticiones. No lo consideré riguroso y no lo registré en el informe.

El abogado no sabe cómo reaccionar. El comandante continúa:

—Pero es lo que se decía. Y que no lo registrara en el informe no significa que no me lo tome en serio. Cuando el pueblo habla, por algo lo hace. Siempre existe una razón para ello. En los pueblos se acaba sabiendo todo. Y si no, pregúntenle al propio Sagardía. —El comandante mira a Pedro y añade—: Todos saben que cuando él bebía repudiaba a sus hijos. Muchos le escucharon en el bar decir que no eran suyos. O no es así, ¿eh, Sagardi?

Se hace un silencio atroz en la sala. Comandante y carbonero se sostienen la mirada.

—Y bien que le pegabas a tu mujer por eso —continúa Zabala—. Que tengo mil ojos y me llega todo. Lo sabes.

A tomar vientos, piensa el comandante. Ahora le van a escuchar. Una sutil sonrisa aparece en su rostro, dedicada al carbonero. Ambos saben la intimidad que compartieron en la celda del puesto. Zabala le enseñó las diferentes formas que puede tener el dolor, que son muchas.

Pedro se levanta con gran estruendo. Nada en su rostro ha cambiado. Pero está de pie y mira con fijeza a Zabala.

El juez interviene:

—¡Señor Sagardía!

Pedro no responde al juez.

—¡Señor Sagardía! ¡Haga el favor de sentarse!

Zabala sonríe de placer, recostado en su silla. Ya le han tocado los cojones bastante. Ahora va a ser perro como solo él sabe.

—Tengan cuidado —afirma—. Este individuo ha estado en el frente y ha matado a hombres con sus propias manos. Hombres rojos como él. Si ha matado a los de su propia ideología, no me extrañaría que ahora se tirara sobre mí e intentara hacer lo mismo.

No es Pedro, sino José Martín el que se lanza sobre él.

Zabala desea que lo alcance.

Pero antes dos guardias lo inmovilizan.

39

Trasero de paja

En los pasillos marmolados del juzgado, apoyado en un friso finamente ornamentado, Zabala fuma un puro. A su lado, Agustín permanece con las piernas separadas y la cabeza contra la pared, la mirada perdida, como si estuviera narcotizado.

El comandante exhala humo, mientras piensa en lo que ha sucedido en la sala. Al final le han encendido. No le gusta que lo enciendan. Prefiere decidir él mismo cuándo apretar y cuándo no hacerlo.

Serán cabrones. Ese abogado tartaja y chupatintas está metiendo las narices donde no debe.

Unos pasos decididos resuenan sobre el embaldosado y se detienen a la altura del comandante. Es el abogado Vicente San Julián, que parece sumamente enojado y de tanta agitación hasta tiene dificultad para hablar.

—Usted…, usted…

Vicente no termina de arrancar. Acompasa la respiración y opta por otra vía.

—Sabe… ¿Sabe que llevo meses investigándole? —suelta al fin.

Zabala no altera su postura. Da una larga calada, tomándose su tiempo.

—No me diga.

—Sí, le digo.

—Está bien saberlo. Pero es en balde. No tengo nada que ocultar.

—Pues a mí me parece que sí lo tiene.

Zabala mira de reojo al abogado, durante un instante fugaz.

—A mí no venga a tocarme los cojones, letrado.

Vicente lo mira fijamente y entonces le sale todo como la seda:

—Sé de su amigo Ramón Taberna. Un izquierdista conocido en su jurisdicción. He ido a su casa y he hablado con su hija. Me ha dicho que usted solía visitarlo. Comían castañas juntos. También me ha dicho que usted lo salvó de que lo fusilaran cuando empezó la guerra. Le están muy agradecidos.

Zabala mira al abogado, ahora con atención. El humo sale de su boca y le nubla los ojos. Por primera vez, un atisbo de debilidad en su conducta parsimoniosa.

—Y también sé que su hermano, Benito Zabala, es de filiación comunista y extremista convencido. Y que anduvo con los rojos en el frente vasco.

El comandante abre los ojos.

—Cuidado con lo que dice.

Vicente no se amilana. La injusticia le carcome las entrañas.

—Usted tiene el trasero de paja, comandante. Usted apesta a república y por eso está acojonado.

—Cállese, letrado.

—Usted tiene miedo. Detrás de su imponente fachada se esconde un corderito asustado que evita a toda costa que le den candela sus vecinos. No tuvo que ser fácil camuflarse recién iniciada la guerra en una comarca sin rojos a los que perseguir.

El comandante se olvida del puro.

—He dicho que se calle.

—Imagino el toque de queda y las guardias sin sentido. El frente demasiado lejos y proclamas del Movimiento que incitaban a limpiar los pueblos de indeseables. Supongo que no fue difícil señalar a los Sagardía.

Zabala ha dejado su postura y ahora se yergue sobre el abogado. Los ojos encendidos. Respirando fuerte. Conteniéndose.

Vicente no se acobarda.

—Me importa una mierda lo que usted sea. Le va a caer encima todo el peso de la ley.

Zabala lo mira deseando hacer con él lo que con muchos otros. Entonces dice:

—Es usted un ingenuo.

40

Maldita calma

Gaztelu, verano de 1936

En los primeros meses de la guerra, Gaztelu dormita en una falsa paz.

Un tenue resplandor de amanecer surge tras las montañas. Por los senderos de las pendientes, desde donde se avista el valle entero, dos siluetas hacen guardia con los fusiles al hombro.

Un niño se les acerca con algo de comida.

—Gracias, hijo —dice uno de los guardias.

El niño baja por el sendero que lleva al pueblo con la intención de volver a casa.

Cuando pasa ante la escuela, le parece distinguir una luz.

Se acerca a la ventana y mira.

El interior casi está en penumbra. Apenas dos luces trémulas iluminan la clase: una en la pizarra y otra en el pupitre.

En la pizarra hay escrita una frase. El maestro Esparza señala sus letras.

En el pequeño pupitre, Agustín las mira y deletrea, con visible dificultad. Tiene junto a él un fusil, apoyado en la pared.

—... N... A... D... A...

—Nada —sentencia el maestro.

Agustín asiente y dibuja con torpeza las letras sobre un papel. Su empeño es grande. La frase está escrita, torcida y con letras desiguales.

Desde la pizarra, el maestro Esparza enuncia la frase entera.

—«Cuando lea, sabré que no sé nada».

Agustín asiente, dando vueltas a su lápiz.

—En todo caso, sabré más.

Al escuchar esto, el maestro lo observa, pensativo.

—¿Puedo hacerle una pregunta personal?

Agustín alza el rostro de su cuaderno y mira al maestro.

Asiente, algo tenso.

—¿Por qué lo apena tanto no estar en el frente?

La pregunta viene seguida de un largo silencio. El labrador desvía la mirada y piensa en algo que siente desde hace años, continuamente, noche y día.

—Supongo que los días aquí son demasiado largos.

El maestro se sorprende.

—¿Eso es lo que siente? —pregunta—. ¿Aburrimiento?

Agustín tiene la mirada perdida.

Le sale del alma:

—En realidad siento rabia.

El labrador vuelve la cabeza y mira al maestro, incómodo.

—Ya basta. Póngame otra frase.

Esparza parece abstraído con lo que acaba de escuchar.

Entonces repara en algo que hay tras su alumno.

—¡Eh! —exclama.

Agustín se da la vuelta.

En la ventana, hay un grupo de niños que ríen entre chanzas. Señalan al labrador.

—*Alde hemendik!* —grita el maestro—. ¡Fuera de aquí!

Como cada noche, en la taberna de la Herriko Etxea, los hombres fuman y beben.

—Tres semanas desde el Alzamiento y aquí no pasa nada —dice uno de ellos.

—Calla, anda —responde otro—. Mejor estar lejos del frente que entre bombas.

Cuando entra Agustín, el fusil al hombro y con necesidad imperiosa de un trago, los hombres empiezan a cuchichear entre sí.

Uno de ellos, al que llaman Hankamotz o Piernas Cortas, comenta:

—Dicen que hay un nuevo matriculado en la escuela. Al parecer le queda pequeño el pupitre.

Los hombres estallan en carcajadas. El comandante Zabala observa en silencio a su amigo, esperando su reacción.

Agustín mira ensimismado el vaso de vino que le acaba de ofrecer el tabernero. Los hombres no paran de reír.

¡¡Cras!!

El vaso es estampado contra la pared. Los cristales estallan en mil pedazos. Los hombres callan.

Todos miran como Agustín se acerca al hombre que le ha hablado. Sin decir nada, coge su vaso de vino y se lo lleva a su sitio.

Se lo bebe de un trago y se dirige al tabernero.

—Ramón, el Piernas Cortas te debe un vaso.

Los hombres ríen.

En Gaztelu, las guardias parecen no tener sentido. En la noche aún joven, Zabala y Agustín salen de la taberna de la Herriko Etxea. Los fusiles máuser al hombro, fumando y deambulando, con un hablar un tanto chispeso y alcoholizado.

Una vecina del pueblo camina aprisa hacia su casa.

—¡Descarriada! —grita Agustín—. ¡Oveja descarriada!

El comandante alza la voz y apremia a la pobre mujer.

—¡Con brío, señora! ¡Con brío! ¡Que hay toque de queda y a las mujeres nocturnas los lobos se las comen!

Zabala ríe, gustoso y fumador. Un viejo asoma por una ventana y le acompaña en la chanza con una sonrisa. El comandante se siente cómodo en su cuerpo y con el tinto recorriéndole las venas. Hay días en los que es gozoso ser quien es.

A su lado, Agustín mira las puertas cerradas y las sombras de las cuadras y las bordas, donde mugen vacas y duermen gallinas. Al contrario que el comandante, él lleva las manos tensas sobre la correa del fusil. Su mirada es la misma que podría tener un soldado que registra un bosque donde se ha avistado enemigo. Ojos felinos siempre inquietos, como si estuvieran acostumbrados a que los acecharan. Animal mediano que huye del grande y busca al pequeño.

—Cualquiera diría que por ahí se están zurrando —dice Agustín.

—Has nacido en el pueblo equivocado —responde Zabala—. Un poco más al sur y habrías estrenado ese fusil.

Los dos hombres armados vagan por las calles tranquilas. Las noticias van llegando con cuentagotas. Todo parece que sucede muy lejos. Y cuanto más desean que se aproxime, más lejos parece que se va.

Dicen que se sublevaron la mayor parte de las guarniciones militares. Fue a mediados de julio. El cuartelazo, lo llaman. Un plan perfecto de ese tal general Mola. En pocos días pasaron por las armas a todos los indecisos o contrarios. Listas negras que empezaron a tacharse vía cuartel, cuneta y paredón. En pueblos de más al sur eso ha sido el pan de cada día, pero en Gaztelu y alrededores es como si no pasara nada.

Se comenta que el Gobierno de Madrid reaccionó con cierta eficacia. Cabrones sindicalistas, piensan los que hacen guardia en Gaztelu. En las zonas obreras e industriales sofocaron la rebelión y ahora parece que España está partida en dos. Gaztelu es zona sublevada, pero es que en Gaztelu nunca ha habido sublevación porque nunca hubo República. Aquí la santa tradición de siempre hasta el fin de los tiempos, aunque los mismísimos comunistas rusos tomen Madrid.

El problema para los sublevados es que las cosas se empiezan a estancar. Guerra de trinchera, comentan muchos. Agustín va con los nacionales a muerte, pero siente cierta alegría íntima ante el rumor. De hecho, él preferiría que los republicanos avanzaran y llegaran hasta Gaztelu. Es un caso hipotético con el que sueña muchas noches antes de dormirse. Se imagina a sí mismo defendiendo la plaza al mando de un contingente valeroso, en una resistencia épica y llena de muertos que tendrá su eco en las radios y en los diarios y en los libros de historia, e iniciando después una contraofensiva hacia el sur, a través de todo el territorio español y hasta la capital del país.

Los pensamientos de Agustín están poblados de ensoñaciones como esta. Sin embargo, no todo son fantasías y el labrador también tiene otras inquietudes que en estos tiempos le angustian más. Últimamente tiene pesadillas, sobre todo desde lo que les contó el párroco sobre el proceso de Zugarramurdi.

Por la cabeza le pasan mujeres bellísimas con patas de gallo o de cabra. Es una obsesión. No deja de ver mujeres que vuelan y que le llevan volando a él por encima de los valles y las montañas. Mujeres que le sonríen y que le hacen el amor de un modo fantástico.

Las pesadillas lo asolan. Se levanta por las noches envuelto en sudores. El cuerpo le tiembla como si estuviera sufriendo un terrible ataque. No es capaz de estarse quieto. Se tiene que abrazar fuerte a sí mismo, hecho un ovillo en la cama, gimiendo como un enfermo. A veces incluso se muerde y se hace sangre con tal de parar.

A nadie le ha contado esto. Como tampoco habría querido contar lo de las clases con el maestro Esparza. Pero ahora lo sabe medio pueblo.

—He oído que el aquelarre fue en los alrededores de la sima —menciona.

Zabala, disfrutando con lo suyo, no sabe de qué le habla.

—¿Qué?

Agustín se lo aclara.

—El aquelarre del que nos habló el cura. He oído que fue por la sima. La que está en la subida al Irisoro.

—Mal asunto es aquel lugar.

—Dicen que la cueva es tan profunda como el campanario de una iglesia. Una vez pasé cerca cuando anochecía y vi como luz de fuego. Salía del interior.

—¿Luz del interior?

—Sí, y como un rugido.

—A ver si has soñado eso, Agustín.

—Que no, que eso lo vi de verdad. En las cavernas tan profundas siempre habita un toro rojo, ya sabes. Con fuego en las astas y en la cola.

—Anda, no me jodas, Agustín. Has bebido demasiado.

Los dos hombres pasean con los fusiles al hombro. Zabala degusta su tabaco y Agustín continúa a lo suyo:

—No sé cómo hacen esas brujas para bailar hasta morir —comenta—. ¿De dónde sacan las fuerzas para eso?

—Pues como el jamelgo que va a matacaballo. Ellas lo mismo. Un instinto.

—El instinto del demonio. Está claro que a ellas las alimentaba el demonio. Hacerlas bailar era como indicarles el sendero hasta el infierno.

Al decir esto, Agustín siente un escalofrío. Zabala se guasea:

—Hablas como el cura, Agustín. A ver si ibas para clérigo y no te diste cuenta.

El otro acepta la broma.

—Yo siempre fui para nada.

—No te laceres, hombre.

—Si el cura no la mira a los ojos, será por algo —dice de pronto Agustín.

Ambos piensan en lo mismo. Zabala responde:

—Ya viste a Melchor. Ese no levantó la mirada del vaso.

Agustín lo mira, algo inquieto. En el fondo sabe a lo que se refiere, pero un terror morboso e infantil lo atrae.

—¿Y con eso qué quieres decir? —pregunta.

—Digo que ese la ha mirado demasiado y que por eso está así. Embrujado.

Los dos hombres guardan silencio. A veces fantasean en cómo sería eso de ser embrujado. Probar un poco a ver cómo es. Sin consecuencias,

194

solo por conocerlo. Pero esas son cosas que se piensan. Cosas para imaginar muy en secreto.

Zabala se detiene, mirando al frente.

A una distancia prudencial está la casa Arretxea, con las luces encendidas.

Hay en los dos hombres un silencio de temor y respeto. Entonces perciben movimiento. El comandante susurra.

—Ojo. Mira quién sale.

Se abre la puerta de la casa y una sombra sale a la calle. Es Joaquín. Agustín abre mucho los ojos. Algo en ellos se transforma.

—Joder, si es el mayor. ¿Qué hace el ratero saliendo a estas horas?

—Qué va a hacer. Es hijo de un rojo y de una bruja.

Joaquín se les acerca. No percibe su presencia.

Zabala le corta el paso.

—El zapatero a sus zapatos y el ratero a joder a los vecinos. Aquí tenemos al Sagardi, que se salta el toque de queda para robar.

El mozo se asusta y da unos pasos hacia atrás. En las manos lleva dos cubos vacíos.

—¿Robar? —exclama Joaquín—. ¡Pero si voy a la fuente!

Agustín lo coge del cuello de la camisa, violento y rutinario, como si fuera cosa de cada noche. Lo arrastra unos metros.

—¡A la fuente, dice! Eso que llevas es para cargarlo en la huerta ajena. ¡De rodillas, hombre!

Agustín le golpea en las canillas y el joven se dobla.

Le tiembla la voz al explicarse:

—Mi hermana tiene fiebres. Necesitamos agua para calmarla.

Agustín le da una colleja.

—¡Anda, no me jodas!

El comandante lo observa durante largos segundos, pensando qué hacer con él.

En el mundo de la noche y de los valles, él es el rey Salomón que decide. Paladea el momento.

Lo envuelve un aura de clemencia.

—Ya puedes correr de vuelta a casa. Si en un minuto te sigo viendo, te llevamos al cuartel y te sacamos a hostias tus intenciones de ratero.

Agustín lo levanta y le patea hacia su casa.

—¡Eres un zagal con suerte!

Cuando Joaquín se aleja, el labrador baja la voz y añade:

—Con este hay que tener los ojos abiertos. Para mí que trama algo.

Zabala lanza el pitillo a la oscuridad.

—Claro que trama, Agustín. No seas ingenuo. Andan con penurias y su madre lo enviaba a ver si pescaba algo. Es evidente.

Agustín mira hacia la casa Arretxea, como ofendido.

—Qué mala idea han tenido siempre esos.

—No lo digas muy alto, a ver si ella te oye desde allí.

Agustín mira asustado al comandante, que le sonríe y le palmea en la espalda.

—Que era broma, Agustín. Anda, hacemos guardia un rato por si se le ocurre volver y nos vamos para el sobre.

41

Lágrimas que saltan

Es noche profunda. Agustín entra en su casa y cuelga el fusil en el muro principal, junto a la chimenea. Dispuso dos anclajes a medida para ello. Le agrada verlo presidiendo la estancia.

Todo en la vivienda está en sombras y él se desliza entre ellas con cierta sutileza. Se ha quitado las botas para que el barro no se desprenda por la madera recién encerada.

Enciende la radio y suena *Suspiros de España,* de Estrellita Castro. Agustín tararea por lo bajo, le gustan las canciones con voces femeninas. Se imagina a su madre cuando escucha una voz así. Tal vez sonaba de esa forma cuando hablaba.

Aún siente la bebida en las venas y está de buen humor. Se sirve otro vaso de vino para extender el punto dulce y toma asiento ante la radio.

Entonces en el aparato se corta la canción. Hay un silencio y empieza una emisión propagandística. La voz resuena en las sombras enérgica y decidida. Los ojos de Agustín brillan ante la tenue luz verde de la radio.

«A los hijos fieles a la España católica. La lucha se sucede por nuestro querido territorio. Nuestros compatriotas mueren y riegan la tierra con su sangre. Son pérdidas sentidísimas».

Agustín alza el vaso en honor a esos hombres muertos en combate, a los que desearía acompañar.

«Pero nosotros estamos decididos a seguir y a aplicar la ley con firmeza inexorable. ¿Saben qué haré yo? Imponer un durísimo castigo para callar a esos idiotas congéneres de Azaña».

—Eso es —dice Agustín, que bebe—. Eso es, joder.

«Por eso los autorizo personalmente a matarlos como a perros, a callarlos de un tiro cada vez que asomen la cabeza. Quedarán exentos de toda responsabilidad».

Agustín asiente con la cabeza.

—Sí. Sí.

«Envío un especial aviso a mis fieles radioyentes del norte para que vigilen la frontera. Anden atentos, sabemos de fugitivos comunistas que empiezan a huir a Francia. Al paredón, compatriotas. Al paredón».

Agustín se conmueve al oír cómo se refieren a su tierra. Siente que se lo dicen a él mismo.

«Al paredón, compatriotas. Al paredón».

—Al paredón. Al paredón.

Sin duda juegan un papel importante controlando la frontera. En la radio empieza a sonar un himno militar de corte falangista y Agustín lo escucha con el alma abierta. No lo puede evitar, los himnos y los discursos le erizan el vello.

Desde muy joven, no ha habido arenga ni sermón que no lo contagie hasta la médula. Al principio le daba igual que viniera de un sindicalista o de un monárquico ultraconservador. Después se hizo hombre y le llegaron los prejuicios y las ideas, porque madurar significa elegir. O estás en un bando o en el otro. Si no eliges, no eres hombre ni eres nada. Agustín está muy convencido de lo que piensa, que es lo que piensan casi todos en estos valles.

El himno continúa sonando y es como si irrumpiera en sus venas y le calentara la sangre y la hiciera hervir de emoción. Se le saltan las lágrimas en la oscuridad. Esto le pasa casi siempre, pero es que no puede. Le supera. Los himnos, los discursos y también los alzamientos de banderas y las marchas militares. Ver a requetés o a falangistas uniformados y avanzando al unísono, sus fusiles brillantes y sus botas resonando como un solo caminante es algo que le exalta sobremanera.

Agustín se sorbe las lágrimas y se levanta para llenarse el vaso.

Entonces los percibe. Unos golpes.

Pam. Pam. Pam.

Provienen de una zona en sombras de la estancia. Agustín escruta en la oscuridad.

Pronto se hace a la escasez de luz y se dibuja una presencia. Las llamas de la chimenea apenas danzan en su rostro, demasiado lejos como para que lo alcance su resplandor. Es su padre.

Está sentado en su sillón. Omnipresente y senil. Los golpes de su anillo contra el reposabrazos

Pam. Pam. Pam.

Agustín llena el vaso sin dejar de mirarle. Parece incómodo. Toma asiento de nuevo e intenta escuchar la radio.

Pero los golpes no cesan. Penetran en sus oídos y no le dejan escuchar las noticias.

Pam. Pam. Pam. Tienen algo de hipnótico.

Entonces empieza a sentir un fuerte desasosiego. Agustín busca acomodo en la silla. No lo encuentra. Apura el vaso a ver si lo calma. Pero no.

Se levanta. Camina hacia las sombras. Siente vértigo al sumergirse en ellas.

Encuentra a su padre, que lo espera, el mentón alto.

Se arrodilla ante la silla y queda en cuclillas, justo a su altura. Su padre golpea el brazo del sillón. Agustín posa sus manos y lo detiene.

Se miran, muy próximos uno del otro, en la penumbra.

—¿Sabes, padre? Lo mejor que me enseñaste fue a vivir con miedo.

Ambos hombres miden sus rostros en la oscuridad.

—¿Recuerdas lo que me decías?

Sienten el aliento ajeno.

—Si te rasgas la ropa, te castigaré. Si molestas a las lavanderas, te castigaré. Si apedreas gatos, te castigaré. Hay algo maligno en ti y yo voy a acabar con ello.

Se hace un silencio. Le tiembla la voz.

—Yo no creo que hubiera nada maligno en mí, padre. Solo era un niño. Pero ya sabes que, en ocasiones, el miedo puede resultar peligroso.

Agustín empieza a aumentar la presión sobre las manos de su padre. Percibe una mueca de dolor a través de la oscuridad.

Agustín aprieta y siente cómo los frágiles dedos del anciano se retuercen bajo la presión. Por los labios de su padre se escapa un gemido casi imperceptible. Un grito ahogado de dolor.

Pero su hijo no cede.

Al contrario. Va a más. Por las mejillas acartonadas de su padre caen lágrimas.

Entonces sus manos fuertes sueltan las de su padre.

Agustín se levanta y lo besa en la frente.

—Aun así, te quiero, padre.

42

Cuerdas vocales

En las afueras de Gaztelu, los campos de maíz están hermosos y a dos lunas de cosecharse. Se alinean en mosaicos irregulares que trepan por las faldas de las montañas. La brisa nocturna acaricia las hojas, las riza y las alborota. Miles de susurros que se solapan y que recorren el valle en un fantasmagórico rumor.

Un poco más arriba, los terruños mueren en las lindes del bosque, que asciende casi hasta las cumbres de las montañas. Cada árbol responde a la brisa a su antojo. Una masa móvil e infinita que oscila como las corrientes del océano. Debajo se esconde el colosal entramado de ramajes retorcidos y flexibles. Un territorio de misterio donde ululan los búhos y donde reinan presencias invisibles.

Unas sombras surgen del bosque y corren con sigilo hacia los campos.

Tienen rostros pálidos y famélicos y visten ropas harapientas que podrían pertenecer a siglos pasados. Bajo la luz de la luna uno podría creer que se les aprecian los huesos. Si alguien los viera correr, le parecerían muertos escapados de las tumbas.

Golpean las hojas del maíz a su paso. En los terruños quedan estelas de su avance. Salen a prados y sortean vacas y rebaños de ovejas.

Alcanzan los límites del pueblo y se refugian en las sombras de tapias y de casas.

Susurran entre ellos en el lenguaje imperceptible de la noche.

Saltan las tapias y entran en las huertas.

***

Esa mañana, el padre don Justiniano se levanta algo más temprano de lo habitual. Los ecos de la guerra y el temor de los vecinos lo tienen inquieto. Los ojos se le abren antes de tiempo y el cuerpo quiere moverse, cuando en otros tiempos permanecía soldado a la cama.

Las vecinas dirían que tiene un runrún en su interior. Al cura a veces le divierten sus formas de expresar la vida. Pero él sabe muy bien que lo suyo es consecuencia de una gran responsabilidad. Si asoman tiempos difíciles, él tiene que dar un paso al frente. Emerger de la masa vecinal y situarse en primera línea, con la cruz y la protección del Señor enarboladas como armas, al igual que hacían en las antiguas cruzadas contra el moro.

Además ahora se aproximan las cosechas, así que don Justiniano madruga más para rezar ante santo Domingo y pedirle que ahuyente el pedrisco y las tormentas. No sin antes recibir la visita de doña Eugenia, una vecina devota que le trae sopa de ajo caliente cada mañana.

—Para que inicie el día entonado y la labor no se le haga muy cuesta arriba, padre.

—Con feligresas como usted, doña Eugenia, es imposible que mi labor se haga cuesta arriba.

Y en estas anda el cura, degustando su sopa de ajo y también rezando por las cosechas, cuando de pronto alguien irrumpe en la iglesia.

Es un mozo que viene con un recado.

El cura lo escucha y sale aprisa del templo. El muchacho lo guía hasta el primer lugar de los hechos. Pero hay más. Son varios los vecinos que se han despertado con sus huertas saqueadas. El más damnificado es Arregui, que ya se vio afectado hace varias semanas por el intento de hurto de Joaquín Sagardía.

Los vecinos sienten alivio al verlo llegar. Rodean al párroco y aguardan su veredicto. Él observa la catástrofe, con su sombrero de teja y su bastón, que no ha olvidado recoger de la sacristía a pesar de la urgencia.

Como si no lo estuviera viendo, el señor Arregui le dice:

—Se han llevado todas las berzas.

El párroco alza una mano para hacerlo callar. En este instante necesita silencio. Aguarda a que le llegue la intuición, el pensamiento primero, que es el acertado, porque llega a través de la palabra de Dios. Hace mucho que el cura aprendió a escuchar este primer juicio que emerge misterioso, con la serenidad de una burbuja, como si saliera de la nada en su cabeza. Es el Juez Todopoderoso que le habla.

Todos aguardan mientras el cura escucha.

La verdad es susurrada en su mente.

Esa misma mañana, la maquinaria penal de Gaztelu empieza a funcionar. El juicio mental del sacerdote alcanza su conciencia y después su lengua y sus labios húmedos y con olor a ajo. Las cuerdas vocales vibran con maestría y precisión. Al igual que la nota exacta de un violín, perturban el aire en un patrón y registro únicos. Es un código extraordinariamente complejo que se elaboró durante milenios y que se transporta como humo por el viento. El código puede decir *ajo* y también puede expresar historias abstractas y complejas como el *Quijote*.

El código alcanza los canales auditivos de los mortales que escuchan. Les hace pensar y sentir cosas. Mueven sus piernas y sus brazos y se trasladan de un sitio a otro. Sus cuerdas vocales también vibran siguiendo el patrón establecido por la misteriosa mente del sacerdote, donde quién sabe con qué ingredientes se originó.

De este modo, la orden se extiende por todo el pueblo. La verdad ha sido dicha y nadie se la cuestiona, de la misma forma en que nadie se cuestiona que el cielo siempre estará colgando sobre la tierra.

Antes del mediodía, la orden llega al cuartel de la Guardia Civil en Santesteban. A media tarde, Agustín y varios vecinos aguardan impacientes la llegada del comandante. Hay gestos graves y fusiles colgados al hombro. Han dejado sus labores en el campo y están deseosos de actuar ante la llamada de la justicia.

Cuando llega el comandante al pueblo, Agustín no es capaz de contenerse.

—¡El muy cabrón esperó a que nos fuéramos para actuar!

Otro de los hombres pregunta:

—Pero ¿estáis seguros de que ha sido él?

Agustín lo mira con fiereza.

—¿Quién si no?

—Esto no lo ha hecho uno solo.

—Pues le han tenido que ayudar sus hermanos —grita Agustín—. ¡Mira que le advertimos!

El labrador parece muy nervioso.

—¿Es mucho pillaje? —pregunta Zabala.

—Demasiado para uno solo —responde otro de los hombres.

El comandante rumia por lo bajo, pensando en cómo actuar.

—Esa bruja —espeta Agustín—. Los tiene bien adiestrados con sus malas artes.

Zabala mira al labrador, sopesando la situación.

—Como haya sido el hijo del Sagardi te juro que le parto las piernas —murmura.

Se hace un silencio entre los hombres.

—Pues vamos ¿o qué? —pregunta Agustín.

Zabala asiente.

La guardia se pone en marcha y recorre el camino hacia la casa Arretxea. Los hombres avanzan al unísono, con sus fusiles al hombro.

Al verse en esta tesitura, a Agustín se le eriza el vello.

43

Los ojos del gato

A su corta edad, José se siente en un mundo extraño e intrigante. Corretea y se arrastra por los suelos y mira hacia arriba y hacia ese misterioso reino de gigantes. La suya es una presencia al margen de los adultos, que se mueven en una dimensión inalcanzable para él. Todo está hecho a una escala colosal. Las mesas, las sillas, la alacena, los escalones, los zapatos enormes que vienen y van. Los seres gigantes lo miran y dicen sus palabras, la mayoría de ellas incomprensibles, suenan sus voces tiernas o llenas de ira o apagadas de cansancio, sonríen, gruñen, susurran.

En el mundo construido por los adultos José aún no es casi nadie. Pero suyo es el territorio de los suelos. Suyos son esos rincones que los adultos pisan y en los que casi nunca reparan, tan distantes como están ahí arriba, casi en los techos. Suyas son las tarimas y las esquinas, los escalones, los huecos de las camas y los muebles. Suyo es el suelo de piedra y el olor del prado y de la tierra.

En la mente de José, todas las cosas que existen podrían dibujarse en un mapa, cada reino con su propio nombre. En el hueco de las escaleras reinan las sombras. Los escalones son negros y están encerados. Apenas llega luz del exterior.

El niño sentencia:

—Estoy en un barco.

Desde las oscuras escaleras solo se ve un fragmento del piso inferior. A veces asoma su madre ahí abajo, tarareando de buen humor, barriendo el suelo. Que su madre esté cerca provoca en José una deliciosa tranquilidad. Quiere que lo deje en paz, pero también quiere que esté ahí, asomando con su voz y su sonrisa. Es como sentirse en un dulce sueño de verano.

El niño juguetea arrastrándose por los escalones hasta que se encuentra con el gato. Sus ojos brillantes lo miran en la oscuridad. Si comparte territorio con alguien, es con él.

—Soy invisible y no me puedes ver —le dice José.

El gato lo estudia.

—¡Soy invisible! —grita José.

Un gran estruendo asusta al niño, que se vuelve y mira hacia abajo, pensando que todo es culpa suya, por haber gritado.

Alguien ha abierto la puerta de la casa. Un rayo de sol cruza el rectángulo. Unas sombras alargadas y terribles se proyectan en él.

El niño oye la voz asustada y sorprendida de su madre.

—¿Qué..., qué hacen ustedes aquí?

José se vuelve y mira al gato.

—Alguien se ha enfadado. Pero tranquilo. Somos invisibles y no nos pueden ver.

A sus espaldas, las sombras se mueven. Pasos rudos y escandalosos. Cruzan el rectángulo varios hombres, en dirección a la huerta.

Entonces se oyen los gritos de Joaquín.

—¡No! ¡No! ¡No, por favor!

Se oyen forcejeos. Pataleos sobre madera. Un golpe seco. Una pared que retumba.

En el rectángulo, aparecen los hombres que arrastran a Joaquín, de nuevo hacia la puerta.

José mira al gato y el gato lo mira a él. Abajo, grita su madre:

—¡No hemos hecho nada!

—¡Tú también te vienes, bruja!

Los ojos del gato no se mueven. José intenta hacer lo mismo.

Atrás se oyen más forcejeos.

Y todo esto por haberle gritado al gato, piensa el niño.

—¡No, por favor! ¡Mis hijos! ¡No...!

Se oye un portazo y el silencio vuelve a la casa.

José deja de observar al gato y entonces se vuelve y mira escalera abajo. Ya no se escucha el tarareo de su madre.

El niño baja el culo lentamente, escalón a escalón, con la espalda pegada a la pared, como si tuviera miedo de seguir. Se detiene en el último y se queda sentado, en mitad del colosal espacio de la casa, que ahora está vacío y en silencio.

Un llanto le llega del otro lado.

Es su hermana pequeña. Asunción. Permanece acurrucada en una esquina y parece lejísimos. Un océano de vetas enceradas los separan.

¿Dónde están sus hermanos mayores?

José se levanta y camina hacia ella.

44

Hasta partir la pala en dos

Taberna, sala de juntas y también cárcel. El edificio comunal del pueblo. En el *ostatu* de Gaztelu, una pared puede separar las risas de los gritos. Un metro como distancia insalvable. Un muro de mampostería y el cielo a un lado y el infierno al otro.

El calabozo es oscuro y está en el sótano. La piedra parece ennegrecida, como si se hubieran hecho hogueras dentro. Un rayo de luz entra por el ventanuco e ilumina miríadas de partículas. Joaquín permanece atado a un pilar, de cara a la pared. Su respiración es agitada.

Tras él hay una puerta.

Entran con gran estruendo Zabala y Agustín.

El joven vuelve la cabeza todo lo que el cuello le permite. Agustín cierra la puerta y lo mira como un ave de presa.

—Eres un perraco miserable. ¡Mira que nos la jugaste!

—Yo no he hecho nada —grita Joaquín—. ¡Os lo juro! ¡Yo no he robado!

Bajo el rayo de luz, los ojos de Agustín parecen encendidos. Respira con intensidad, casi en éxtasis. El labrador nunca ha sabido comprender lo que le pasa. Es algo instintivo, como cuando los perros salivan de celo o de hambre. Los ves y sabes que no piensan, que no son animales ni son perros. Solo son deseos. Son *aparearse* y son *comer*. No hay fidelidad al dueño. No hay ganas de caricias ni de relamidos. No hay ganas de tumbarse al sol. No hay ganas de dormir.

Ahora Agustín no es más que deseo.

Zabala se queda junto al pilar, tan próximo a Joaquín que sus rostros casi se rozan. Hay algo lascivo en él. Tira de la cuerda y lo amarra más.

El joven ya no puede volver la cabeza. Tras él, Agustín respira más fuerte y se hace con una pala de madera. Coge impulso y alza los brazos, al igual que un *aizkolari*.

—¡Ieeep!

Cae la pala.

Lo empieza a golpear.

Una. Dos. Tres veces.

Joaquín se retuerce y grita. La madera le sacude en las vértebras. Siente un latigazo eléctrico, de abajo arriba. El cuerpo entero le retumba, como si solo fuera piel de tambor.

Zabala lo estudia muy de cerca, apoyado en el pilar, como si tuviera un interés profundo, casi científico, en ver lo que los ojos del joven revelan.

Agustín le golpea ocho, nueve, diez veces, como si fuera un simio de la edad prehistórica, salivando y con los ojos en éxtasis, hasta que la pala se astilla y finalmente se parte en dos.

El labrador se tambalea, jadeante y sudoroso. Tiene que hacer una pausa porque no puede más.

Las piernas de Joaquín hace rato que han fallado. Ahora está colgando. Las cuerdas le laceran las muñecas. Ya no grita de dolor. Ahora balbucea. Tiene la consciencia medio dormida.

Agustín recupera el resuello mientras da vueltas por el calabozo.

¡Ya era hora, joder!, se dice.

Ya era hora de que llegara este puto momento.

Agustín coge el trozo partido y vuelve a golpear. Como si Joaquín fuera su propia vida. Como si Joaquín fuera él mismo.

Como si Joaquín fuera dolor y miseria y también represión.

45

Cabezas pequeñas

Algunos lo llaman sala de juntas, otros la sala del *batzarre*. Allí los golpes llegan a través del suelo y de las paredes, como si se sucedieran en todas partes. Arriba, abajo, a los lados.

Todos escuchan en silencio. El castigo es ejemplar.

Hay varios hombres de pie, vecinos representantes del Ayuntamiento de Donamaria y de Gaztelu. Entre ellos, Melchor y otros hombres llanos del pueblo, todos alineados tras la figura negra y grave del párroco, que está sentado, con las manos juntas sobre el bastón, presidiendo la junta vecinal.

Hay algo atroz en escuchar y no ver. El horror es sugerido a través de las paredes, el horror solo es mostrado en parte, solo ofrece un fragmento de su material. El horror te dice: te daré esto y con ello te imaginarás cómo soy. Y eso es lo que hace el horror sobre Josefa. Le muestra solo el sonido y deja que su imaginación haga el resto.

Y la imaginación siempre irá más allá. La imaginación siempre imaginará algo más terrible que el propio terror.

Un vecino obliga a Josefa a permanecer sentada, las manos de él sobre los hombros de ella. Los golpes se suceden y ella los encaja como si cayeran en su propia espalda.

Hace un minuto que dejó de escuchar los gritos de Joaquín. No escuchar los gritos de su hijo es lo peor imaginable. Desearía que sonaran más los golpes, que fueran más fuertes incluso, si con eso le llegaran sus gritos de dolor.

No lo soporta más. Le duele muchísimo derramar una lágrima ante esos hombres. No quería que la vieran romperse. Pero ahí está. Siente cómo le recorre la mejilla. Todos aprecian su pequeña debilidad.

El cura hace un gesto cansino para que la levanten. Josefa es levantada y queda de pie. Las miradas de los vecinos descienden a su vientre, sorprendidas.

Hay una mujer embarazada ante ellos.

En sus rostros curtidos surge la confusión y tal vez el miedo. Una mujer embarazada es un ser majestuoso y sagrado. No es cristiano atentar contra él ni provocarle daño.

Se produce entre los hombres un aturdimiento campesino, como las ovejas que se aturullan ante un obstáculo en el sendero. Todos buscan la reacción del pastor. Los llamados concejantes son hombres inutilizados por su presencia.

El párroco no parece alterado. Mira a uno de los vecinos, que se ve obligado a dar un paso al frente.

Su voz tiembla.

—La junta… La junta decide por unanimidad su expulsión del pueblo, así como la de todos sus hijos, antes de veinticuatro horas.

Josefa se promete a sí misma que su voz sonará firme. Mucho más que la del hombre.

—No lo entiendo. ¿Por qué?

Se hace un silencio entre los vecinos. Josefa mira al cura, que tiene los ojos clavados en el suelo.

Le pregunta a él:

—Mi hijo no ha robado. ¿Por qué todo esto?

—Sí lo ha hecho —responde el cura.

Josefa alza la voz, queriendo comerse la del clérigo.

—¡Y qué si lo ha hecho! ¡Un robo no justifica todo esto! —La mujer sigue mirando al cura, que no responde. Entonces le pregunta—: ¿Es porque les resulto incómoda?

Más silencio. El cura sigue sin mirarla.

—¿Por qué no me mira, padre? ¿Acaso me tiene miedo?

El cura sigue impertérrito, la mirada del suelo, como si fuera un invidente.

Entonces Josefa lo comprende.

—Dios mío, claro que lo tiene. ¡Está aterrado! ¡No se atreve a mirarme porque me tiene miedo!

Josefa se ríe, pero enseguida se detiene porque se siente a punto de romper a llorar.

Mira al resto de los hombres. Un grupo de cabezas pequeñas y miradas hundidas. Los pómulos marcados y las orejas salientes. Todos con el rostro machacado por el sol y el trabajo.

Ninguno de ellos la mira. Son vecinos de las casas contiguas. Amigos de su marido. Maridos de sus amigas. Hombres que fueron niños y que jugaron y rieron con ella durante la infancia. Hombres que fueron jóvenes y que la miraron de moza y que seguro la desearon en algún momento.

En Josefa se dibuja una mueca de desesperación.

—No me lo puedo creer. Todos estáis asustados.

El grupo de concejantes esconde la mirada. Josefa abre los ojos.

—Dios mío… Sois penosos.

Los hombres aceptan la humillación en silencio.

—Pobres ignorantes analfabetos. Tenéis comida la cabeza. Me apiadaría de vuestro temor y vuestra ridiculez, pero no puedo. Me queréis hacer demasiado daño y no puedo.

El cura interviene y la acalla:

—Lleváosla.

Su voz no se ha alterado y sigue anclado en el suelo. Entre los vecinos hay dudas, se miran y no se atreven a dar el paso. Todos piensan en el remordimiento y el horror psicológico que vendrá después, tras atentar contra una mujer embarazada que todos creen es *sorgiña*.

El cura insiste, sin dejar de mirar al suelo.

—Lleváosla, he dicho.

Al fin, dos atrevidos rompen la fila y sujetan a Josefa.

Ella busca una salida y no tiene dudas en implorar:

—Padre. Se lo pido por favor. Castígueme a mí, pero no a mis hijos.

—Así pues, admites que mereces castigo.

—¿Qué? ¡No!

—Lo has dicho. Has dicho que te castiguemos.

—¡Pero no...!

—Tu conciencia ha hablado sin que pudieras controlarla.

—Dios mío. ¡No!

El cura insiste a los dos hombres:

—Por el Santísimo. ¡Lleváosla!

Josefa grita desesperada.

—Padre. ¡Por favor! Piense en Antonio. Usted le quiere. Es un buen cristiano. ¡Siempre lo ha sido!

Por primera vez, el cura cierra los ojos. Josefa grita y se resiste. Todos la escuchan, pero no la miran.

Los gritos se suceden hasta que se cierra la puerta.

Un silencio tenso se hace en la sala. El cura continúa inmóvil. Es muy consciente de que no puede ceder en momentos así. La fuerza del Señor lo protege. Los hombres débiles lo rodean y pronto se percata de que necesitan su palabra tranquilizadora.

Su lengua se contonea como con vida propia. Como una serpiente salida de su garganta:

—Sus delitos no se miden con palabras ni con números —dice en voz alta—. No estamos ante un hombre que roba una gallina. No estamos ante una disputa de taberna. Sus delitos son como la peste y se extienden sin que sepamos cómo. Vigilad vuestras almas. Esta enfermedad no se ve a simple vista.

Uno de los hombres, algo inquieto, pregunta:

—¿Tiene alguna forma de castigarnos?

Otro, igual de inquieto, añade:

—Si la expulsamos lejos, no podrá hacernos nada.

El cura responde con gravedad:

—Rezaré al Señor para que nos proteja.

En el calabozo, las manos de Joaquín siguen anudadas al pilar. Las marcas de las muñecas se han vuelto negruzcas.

Se abre la puerta y Josefa corre hacia el cuerpo de su hijo.

—*Ene maitea.* ¡Pero qué te han hecho!

La madre desanuda al hijo, que se levanta renqueante, con la voz ronca.

—Estoy bien, *ama…*

Josefa contempla los jirones y las heridas.

—Dios mío… Te han destrozado la espalda.

En el umbral de la puerta asoma la corpulencia osuna del comandante Zabala. Se fuma parsimonioso un cigarro, mientras contempla la estampa maternal. A su lado está Agustín, que hace prácticamente lo mismo. Ambos descansan tras la intensa sesión.

Josefa ayuda a su hijo a salir del asqueroso zulo. Al pasar por la puerta se detiene para mirar al guardia civil. Alza el mentón y lo contempla muy de cerca. Siente rabia. Siente incomprensión. Sus miradas se miden. Quiere conocer lo que hay en su mirada. Quiere saber lo que se oculta bajo esas ropas y esa piel. ¿Qué puede tener un hombre en su interior para hacer cosas así?

Sus ojos permanecen tan próximos que se arañan.

El comandante siente una intensa desazón. Ha aspirado humo y no lo suelta.

Ella no se mueve.

Al final, él no puede más y aparta la mirada.

—Ande, recoja a su hijo de una santa vez.

Entonces Josefa se aproxima a Agustín, que mira al suelo. Un interminable tiempo de silencio hasta que madre e hijo abandonan el zulo.

45

Cruzando los océanos

Por nada del mundo.

Por nada del mundo romperá a llorar.

El esfuerzo mental es mayúsculo mientras vuelven a casa. Cada vez que lo piensa, cada vez que deja sus sentimientos fluir, la desesperación le sube al rostro como si entrara en ebullición. Las lágrimas se le fabrican en cuestión de segundos, deseosas de salir. Así que no puede permitirse sentir. Si siente, se romperá, y eso no es posible. Pretender no sentir cuando el mundo se desmorona alrededor es una de las empresas más difíciles de la vida.

Así que a ello se dedica mientras caminan renqueantes por la calle. Su hijo cojea y se apoya en ella. La humillación y el daño definen su marcha. A pesar de la hora, no se atisba un alma por la calle. En las casas reina un gran silencio. En las ventanas, los postigos están a medio abrir. Al otro lado, en la penumbra, permanecen ojos y bocas que callan.

La Teodora desafía al rebaño y sale de casa. Josefa sabe que otras muchas también lo harían, de no ser por el miedo y el contagio social.

Su amiga los socorre y se muestra dispuesta a prestar toda la ayuda necesaria.

Habla de la justicia mayor, que no sabe muy bien qué es, pero asegura es la decisión suprema y civilizada que socorre ante estas injusticias. El tribunal último, lo llama. Josefa le pregunta dónde está eso.

215

Ella, que en la capital, pero no sabe en cuál de ellas, si en Pamplona o en Madrid o incluso tal vez en San Sebastián. Que habrá que informarse de eso. Después le habla del ajuar y de las viandas. Del transporte y de un primo suyo que tiene un coche. Le habla de la familia que tienen en Oiz y en Santesteban y que seguro estará dispuesta a acogerlos.

Para entonces, Josefa ya no escucha a su amiga. Lo único que quiere es llegar a casa.

Sus niños, piensa.

Sus niños.

No hay otro pensamiento que resuene en su cabeza. Ahora mismo, ella es todo eso. Un ser construido al completo alrededor de ese concepto. Todo lo que haga, piense o diga, cada respiración, cada paso que dé irán enfocados a esa sola idea.

Sus niños. Solos en la casa. Abandonados por ella.

Han visto cómo los hombres entraban y ejercían la violencia. Qué terribles pensamientos estarán pasando por sus cabezas. Tal vez que ella no volverá jamás.

Cuando entran en Arretxea toda su atención va en busca de ellos.

Los mayores los reciben preocupados. Los dos pequeños están sentados en el primer escalón de la escalera. Martina les consuela y parecen tranquilos. Pero cuando los ven entrar todo cambia. Asunción se echa a llorar y José desaparece escaleras arriba.

Josefa coge a la pequeña en brazos.

—*Ene maitea. Trankil. Trankil... Ama* ya está aquí contigo.

Cuanto más amor recibe la niña, más llora.

Son varios minutos los que tarda en calmarla. Palabras suaves. Voz tierna. Un rítmico zarandeo entre los brazos. Cuántas veces ha tenido que protegerlos así. La niña empieza a calmarse y sentirse donde debe estar. Su casa será allá donde esté su madre.

Mientras tanto, Josefa mira preocupada hacia las oscuras escaleras.

Allí, oculto en las sombras, tumbado bocabajo, José apoya la barbilla sobre sus brazos cruzados. Él no llora. De alguna forma misteriosa e incomprensible, el que haya llorado su hermana pequeña le ha hecho no llorar a él. Es como si no le tocara. Como si solo pudiera llorar uno de los dos hermanos a la vez.

Ahora siente una extraña sensación que le aproxima a los mayores.

De modo que el niño permanece pensativo, tumbado en el oscuro rellano de la escalera. Alza una mano y sigue con el dedo las vetas enceradas de la madera.

Tras él llega el resplandor del piso inferior. Las maderas crujen y el niño siente cómo alguien sube por las escaleras.

Es su madre, que se tumba junto a él.

—¿Qué haces? —le pregunta ella.

El niño se encoge de hombros.

—No sé.

—Has cuidado muy bien de tu hermana.

—Sí. A lo mejor.

Asunción aparece tras la madre, trepando por su cuerpo. José sigue absorto en las vetas del suelo. Al igual que él, Josefa también apoya la barbilla en sus brazos y contempla la madera.

—¿Sabes que esta madera salió del árbol más grande del bosque? —le dice.

—A lo mejor —responde el niño.

Asunción juega con el pelo de su madre.

—Un árbol que también se usó para construir un barco —les cuenta ella.

José la mira intrigado.

—¿Y dónde está ese barco ahora?

Su madre le sonríe, conteniendo las lágrimas.

—Muy lejos de aquí, cruzando los océanos.

En el verde entre las dos casas vecinas, separadas por un pequeño murete, cuelgan las ropas de Josefa y de Mercedes. Las ondula un viento creciente y tronador.

Las gotas empiezan a caer. Una. Dos. Tres.

Pronto llueve sobre el pueblo entero de Gaztelu.

Y de esta forma sucede algo que ya ha sucedido infinidad de veces a lo largo de los años.

De una puerta sale Josefa.

De la otra, Mercedes.

Ambas mujeres coinciden de nuevo, como tantas veces, descolgando la ropa. La de Mercedes es de viejo. La de Josefa es de niños.

Mercedes termina de descolgar primero y se queda observando a su vecina. A ella aún le faltan varias prendas infantiles.

Retira la penúltima prenda. Después la última. Pronto toda la ropa de niño ha sido retirada de la cuerda.

Las dos mujeres se miran. De nuevo bajo la lluvia.

—Mercedes —dice Josefa—, tú sabes que no soy eso que dicen.

La otra mujer escucha en silencio. Toda ella de negro. Un rostro pálido por el que corre la lluvia.

—Tú lo has visto todo. Desde hace años. Sabes que aquí no se hace nada malo.

Mercedes no hace gesto alguno.

—Si no quieres ver la realidad, es por el dolor que tienes. Pero yo no tengo la culpa de eso. Si las cosas hubieran sido de otra forma…, a lo mejor podría haberte ayudado.

Mercedes no reacciona.

—Sé que podrías hablar con ellos. Podrías hacerles entrar en razón.

La vecina se vuelve y camina hacia su casa.

—Mercedes, por favor. ¡Ayúdanos!

46

Lluvia de palabras

Pamplona, principios de 1939

El comandante Zabala y Agustín esperan en la entrada de los juzgados. En la calle hay un vaivén incesante de gentes de ciudad a las que ni siquiera el guardia civil está acostumbrado. Hay tiendas con escaparates y automóviles de todo tipo. Hay rostros desconocidos y vestimentas variadas. En Gaztelu no hay nadie desconocido. Todos tienen un nombre y una historia sabidos por los vecinos. Pero aquí no, aquí todo pertenece al vasto territorio de lo ignorado.

Para el guardia civil y para el labrador es demasiado movimiento. Demasiada diversidad. Demasiadas cosas novedosas que no saben cómo nombrar. Tal vez por eso estén incómodos y con ganas de irse.

La ciudad los enfrenta al hecho de que viven aislados en los valles del norte y de que tal vez ignoran cosas fundamentales. Nadie quiere recibir un aviso así. Una conciencia solo busca que le confirmen lo que ya sabe. Si le dicen lo contrario, la conciencia mira hacia otro lado y sigue su camino, como si no hubiera escuchado nada.

—Ese abogado parecía saber mucho ti —comenta Agustín.

Al comandante le enoja el comentario.

—Eres un necio que se traga lo primero que escucha.

—Entonces, ¿era mentira?

—Claro que lo era. Solo intentaba asustarme.

Agustín suelta una carcajada.

—Qué ingenuo para ser abogado.

Los dos hombres esperan la llegada del automóvil. El comandante Zabala ya no es muy consciente de cuándo miente. La costumbre ha hecho que ya no sepa discernir si dice una verdad, una mentira o una medio mentira o medio verdad. Al final es todo parecido. Años interrogando a mentirosos le han hecho mentir también a él. La mentira se combate con la mentira, por mucho que digan algunos que se combate con la verdad. Él lo sabe muy bien. Y por eso a estas alturas ya le da lo mismo. Él lo llama subsistencia. Capacidad de adaptación. Mentir es un vicio al que uno se acostumbra hasta el punto de que se convierte en una forma de recordar.

Con mucha práctica, mentir es hacer memoria.

Y así llega un momento en que ya no importa lo que pasó. Solo lo que se recuerda. Lo que se dice. Que habitualmente siempre es lo que se quiere.

Chirrían unas ruedas y el automóvil se detiene ante ellos.

Guardia civil y labrador se suben con rapidez.

Una vez dentro, no miran por las ventanillas, sino al frente, al camino que los sacará de la ciudad, de vuelta a casa.

En la llanura navarra, a las afueras de Pamplona, los campos tristes y embarrados se extienden durante kilómetros. Una pista recta y larguísima los cruza en dirección a las montañas. Ellas dan inicio al vasto oleaje de valles y picos donde está perdido el pueblo de Gaztelu.

Pocos kilómetros después de abandonar la ciudad, el automóvil solitario cruza la pista.

En los asientos traseros, Zabala y Agustín ahora sí miran por la ventanilla. Ambos permanecen callados y pensativos. Al labrador, la ciudad le hace sentirse confundido y no sabe muy bien por qué. Tras mucho pensarlo, ha llegado a la conclusión de que no se siente cómodo en tan monumental espacio. Así que ahora piensa: que le den.

Que les den a sus edificios grandes y a sus gentes altivas. Que les den a esos escaparates y a esas tiendas. Que les den a esas mujeres bellas. A esos bares. A esos prostíbulos. Que le den a esa vida que nunca podrá tener.

No quiere pensar más en la ciudad. En Gaztelu se está mucho mejor.

Sin apartar la vista de la carretera, el chófer abre la guantera y saca un periódico.

—Trae un buen reportaje sobre los últimos meses de la guerra —anuncia.

El chófer sostiene el diario, ofreciéndoselo a Agustín, que mira las letras grandes y pequeñas y siente vértigo.

—¿No lo quiere? —insiste el chófer.

Agustín coge el periódico y lo sostiene entre las manos, algo intimidado.

La cantidad de códigos le parece abrumadora. Es como si llovieran palabras e intentara capturar cada gota. Consigue leer algunas sueltas.

País. Lucha. Muerte.

—En la página siete habla de la ofensiva a Cataluña —continúa el chófer.

Agustín pasa las páginas y busca la página siete, eso ya sabe hacerlo. La variedad de inscripciones le parece tan descomunal que da por sentado han de contener toda la guerra. Cada batalla, cada ofensiva, los movimientos de las divisiones, los nombres de los soldados muertos y la forma en que murieron. Las descripciones de los frentes y de la vida en las trincheras. Las palabras que gritaron los oficiales para motivar a sus tropas. Los sentimientos de cada uno, sus rezos al Señor antes de lanzarse al ataque.

Agustín siente vértigo ante lo que sería leer el periódico entero. Por un momento piensa que no sabe si se atrevería. Le daría miedo asomarse a él. Descifrar todas esas inscripciones y no necesitar una vida entera para ello le parece una tarea sobrehumana.

Desearía con todas sus fuerzas poder hacerlo.

Mira al chófer y se pregunta cómo es capaz de comprender todo eso un hombre tan corriente como él. Qué gran envidia le corroe.

Agustín deja el periódico a un lado, donde no sienta el roce del papel y donde no se cruce con su visión.

De pronto, el chófer frena con brusquedad. El automóvil se detiene.

—¿Qué pasa? —pregunta Agustín.

—Hay alguien en la carretera —responde el chófer.

Se hace un silencio en el habitáculo. Suena el ronroneo del motor. Agustín y Zabala miran al frente. En mitad de la carretera, cortándoles el paso, hay un joven.

El chófer baja la ventanilla y saca la cabeza.

—¡Apártese! ¡Está en medio!

Agustín escruta con la mirada y lo reconoce.

—¡No me jodas!

Zabala frunce el ceño.

—No veo un carajo.

—Es el mayor de los Sagardi —le dice Agustín.

—¿Qué?

—Lo que oyes.

—Pero ¿qué cojones hace este aquí? ¿Se le ha ido la cabeza?

El labrador sale del coche. El chófer continúa con la cabeza fuera, gritando:

—¡Apártese de la carretera!

En mitad de la pista, a unos veinte metros de distancia, José Martín no se mueve.

Agustín permanece junto a la portezuela del coche.

—¿Es que no le has oído? ¡Ha dicho que te apartes!

José Martín no se mueve. Agustín empieza a perder los nervios. Se contiene, sin moverse del sitio.

—¡Que te apartes, hostia!

El joven se mantiene inmóvil. Agustín explota.

—¡Mecagüen la puta!

Camina a grandes pasos hasta él, como un obús. Recorta la distancia en apenas unos segundos. Sus sienes marcadas. Su mirada perforadora.

Se detiene a su altura, sus rostros casi unidos, compartiendo aliento.

—Te voy a zurrar fuerte si no te apartas —dice el labrador.

José Martín no parece asustarse lo más mínimo. En sus ojos hay desesperación. Ausencia de miedo.

—No sé cómo lo soportas.

—¿Qué?

—Tiene que ser horrible esconder la verdad como lo haces. Hasta me das lástima.

Agustín lo mira durante unos segundos. Después se vuelve y niega y se lleva las manos a la cabeza, como si no pudiera controlarse.

—¡No me jodas! ¡No me jodas! ¡No quiero zurrarte!

Se queda en cuclillas, pensativo, mirando a los campos.

—Siempre has sido un necio de cabeza pequeña —le dice José Martín.

—¿Qué?

El joven siente mucha rabia.

—Los chicos nos reíamos de ti muchas veces.

Agustín se levanta y se abalanza sobre el joven.

Lo coge de la solapa y lo arrastra hacia el campo. El abrigo se estira y el cuerpo del chico cuelga de él. Avanzan por tierra húmeda. José Martín no se resiste. Su cuerpo se desliza y va dejando un surco entre los grandes terrones.

Agustín se detiene y lo vuelve boca abajo. Le estampa el rostro contra la tierra. Una. Dos. Tres veces.

—Come tierra. ¡Come!

José Martín boquea con tierra en la boca. Le cuesta respirar. Parece que se ahoga. El labrador le lleva al límite y entonces lo suelta.

Se levanta, jadeante y algo desorientado. Mira a José Martín y niega repetidamente con la cabeza.

—Mira que te he avisado.

Después vuelve al coche.

47

Cansado

Gaztelu, principios de 1939

Con la cercanía de la cosecha, los nervios de Mercedes aumentan y le aparecen costumbres extrañas e irracionales. Reza mucho más. Reza al menos diez avemarías y diez padrenuestros por la mañana. Cuando se despierta en mitad de la noche también reza. Al atardecer da varias vueltas al pueblo, siempre tocando la fuente y terminando en las bancadas de la iglesia, donde permanece arrodillada durante al menos media hora.

Si no realiza cualquiera de esos pequeños sacrificios, un día caerá pedrisco y azotará sus campos, o será una tormenta la que arremeta contra ellos, o se les pudrirán los tallos por alguna plaga o por algún hongo.

Con los años, este ritual va a más. Si no lo hace, no está tranquila. Tal vez necesite sentir que controla su destino, aunque este dependa de fuerzas infinitamente mayores. Tal vez todo sea un pequeño pacto con Dios, sobre el que recaen todos los destinos sobre la tierra. Con sus sacrificios absurdos, Mercedes le muestra lo mucho que le importa que no sucedan tales desgracias. Y en consecuencia Él evita que se produzcan.

Después de la cosecha y de tanto esfuerzo supersticioso, Mercedes se desinfla y deja sus acciones irracionales de forma paulatina. Vuelve a la tranquilidad. Respira.

Pero ahora todo está siendo diferente. Ahora el sacrificio no se termina. La inquietud sigue dentro de ella y sus extrañas costumbres la mantienen encadenada. No puede dejarlas. Tiene un desasosiego dentro que la empuja a sacrificarse, a flagelarse, a castigarse.

Mercedes no quiere saber, pero sabe que hay una gran tristeza en el pueblo. Una sombra de grandes proporciones los sobrevuela. Será porque algunos jóvenes aún no han vuelto de la guerra. O porque se ha reducido la algarabía de las fiestas santas y patronales. Pero no. Todos saben que en realidad no se debe a eso.

Hay una mancha negra en el pueblo. No hay forma de quitársela de encima y de seguir adelante.

Mercedes piensa todo esto mientras cuida de su padre, que permanece postrado en la cama. Ya apenas come ni abre los ojos.

Mercedes cree que pronto se morirá.

En estos pensamientos anda Mercedes cuando suena el portón de abajo. Unos pasos suben por las escaleras. Sabe que es su hermano. Mercedes espera a que asome por la puerta del cuarto, pero Agustín no aparece.

Mercedes se levanta.

Entonces lo ve, a través de la puerta abierta de su dormitorio.

Está sentado en la cama, de espaldas a ella.

—Ya has vuelto —dice Mercedes.

La voz de su hermano suena hueca.

—Con suerte ya no habrá más declaraciones.

Mercedes hace como que trajina en la cocina. No quiere decírselo. Porque decirlo es hacerlo realidad y ella prefiere hacer como si no pasara nada.

Pero es incapaz.

—Corren rumores de que la Teodora piensa declarar —dice.

Lo sabe todo el pueblo. La Teodora lleva mucho tiempo conteniéndose. Y como ella hay otras y también otros. Que no haya declarado a estas alturas se debe a la presión que ejerce el pueblo sobre ella. No es que la amenacen, eso no. O tal vez alguno lo haya hecho, quién sabe. Tampoco es que vayan y se lo digan directamente. La gente es muy habilidosa para hacerse entender con discreción y sin palabras altisonantes. Mercedes conoce a mujeres que pueden decirte: mata a ese hombre, y parecer que hablan del tiempo y las cosechas. Y, claro, hay muchos interesados en que la Teodora no declare. En el pueblo, los vínculos son tan estrechos que toda familia tendría entre sus miembros a alguien señalado.

Agustín permanece en silencio y sin moverse.

—Mira que le han insistido a la Teodora —añade Mercedes—. Porque no va a hacer más que daño al pueblo. De qué sirve ya remover las aguas.

Su hermano no responde y se tumba en la cama. Mercedes se percata de que tiene el abrigo y el calzado puesto.

Se acerca a la puerta y lo mira con preocupación. Agustín está tumbado, los ojos fijos en el techo, en silencio.

Su hermana se sienta en la cama con discreción. Lo observa.

—Estás lleno de barro —le dice.

Lo tiene por todas partes. En la ropa, en la cara, en el pelo. Parece un hombre emergido de la tierra.

Ella empieza a descalzarlo, con cuidado. Él no reacciona, como si estuviera vacío o como si no se diera cuenta.

—Estoy cansado —dice Agustín.

Su hermana se detiene, con una bota en la mano, a medio sacar.

—Imagino que ha sido un viaje largo.

48

Lo que querría contarle

Pamplona, principios de 1939

Ha vuelto caminando hacia la ciudad. Los coches lo veían por el margen de la carretera. Un chico cubierto entero de barro.

Ahora es de noche y camina por la desolada calle. Busca las aceras donde no alcanzan las luces de los faroles.

De vez en cuando, se detiene para llorar. Estaba deseando que se hiciera de noche para llorar.

Es mentira eso de que un soldado no llora. Dicen que la guerra endurece. Dicen que forma corazas, que adormece las emociones, que absorbe los sentimientos. Pero la guerra lo que hace en realidad es quitarle a uno toda la confianza y la seguridad. El descaro y la insolencia. La gracia de la juventud. Todo es arrancado de cuajo y a la fuerza. Lo que queda tras la guerra es un ser desvalido e indefenso, demasiado consciente de su vulnerabilidad, disfrazado con esa máscara de papel y cartón que algunos llaman dureza. Que las lágrimas no se vean no significa que no existan.

Ahora José Martín busca la noche para ocultarlas.

La noche es su máscara.

No se lo ha dicho a su padre, pero al volver de la guerra, antes de ir a verle, primero fue a Gaztelu. Caminó de noche y evitando ser visto. Vio las casas silenciosas y fantasmales. Entró en la suya, que estaba vacía y como sin vida.

Aquella noche quiso tocar a las aldabas y preguntar. Quiso ir a las tabernas de las localidades cercanas y preguntar. Quiso saber lo que decían los rumores. Quiso descubrir.

Pero no se atrevió. No tuvo valor para preguntar por la verdad.

La verdad le daba un miedo atroz.

La habitación de Pedro es tan pequeña como una celda. Apenas un camastro y un ventanuco. Se oyen gritos de vecinos y borboteos de cañerías. Maderas que se retuercen en los techos. Zumbidos de corrientes que atraviesan los pasillos. Las paredes son como de papel y salvo la luz todo las traspasa.

El edificio se ubica en una de las zonas más humildes de la ciudad y parece a punto de derrumbarse. Los acogidos por la beneficencia se instalan allí. Es una especie de pensión para insolventes.

Pedro lo ha mantenido en secreto, no se lo ha querido contar a Vicente, pero desde que volvió de la guerra lo es. Sin su casa. Sin su familia. Sin ahorros. No le queda nada y no tiene adónde ir. Hay días que ni siquiera tiene para fumar y mucho menos para comer con decencia.

El carbonero está tumbado bajo varias mantas. Tose con frecuencia. Sus pulmones silban marchitos. Ha oído que puede ser tuberculosis. O tal vez una de esas pulmonías incurables. A lo mejor las dos cosas son lo mismo.

En el cubículo no hay estufa y hace tanto frío que su aliento se ve.

Pedro mira al techo. El hambre y la enfermedad llevan tanto tiempo aguijoneándole que ya no es capaz de recordar cómo era sentirse enérgico. A veces se siente tan débil que ni siquiera tiene fuerzas para pensar. Se queda mirando a la nada, simplemente respirando.

Sabe que Vicente le habría ayudado e incluso le habría acogido en su casa. De haber sido así tal vez no habría caído enfermo. Pero no. Vivir en una casa ajena, que su mujer le asista, que le haga la comida y le lave la ropa, que sus hijos se crucen con él y sientan que hay un extraño en casa aprovechándose de su padre. Si al menos dispusiera de algo para darles a cambio. Pero ¿qué va a tener él, sin apenas un duro en los bolsillos y solo sabiendo trabajar en el monte?

Algunos lo llamarán terquedad o estupidez. Qué más da como se llame. Qué más da todo.

Alguien toca a la puerta de su habitación.

Pedro no se mueve de la cama, pero los golpes no cesan. Al final se levanta con dificultad.

Abre.

En el umbral está su hijo José Martín. Aunque parece haberse lavado en una fuente, se perciben los restos de barro.

—Por Dios, hijo. ¿Qué ha pasado?

Su hijo está abatido, la voz le tiembla.

—Lo siento, padre… Lo siento…

—Anda. Haz el favor de entrar.

Su hijo no hace amago de pasar. Tiene los ojos humedecidos.

—Me voy, *aita*. Aquí no hay más que fantasmas.

—¿Irte? ¿Adónde?

—Pensaba que la guerra era el infierno, pero el infierno en realidad está aquí. No lo soporto, padre. No soporto ver cómo esos hombres mienten sobre lo que les pasó a la *ama* y los pequeños. Ese juzgado es una tortura. Vas allí a que te torturen, padre.

Pedro está aturdido, porque quizá él siente lo mismo.

—Ir allí es la única forma —dice, sin embargo.

Su hijo alza la vista. Las lágrimas le asoman a los ojos.

—Sé que te avergüenzo, padre. Pero no quiero romperme. He visto cómo otros se rompen y no quiero. No espero que lo entiendas. Soy un egoísta y un cobarde por ello. Lo sé…

José Martín se calla y permanece inmóvil, sin valor para alzar la cabeza. Pedro lo contempla. La mano tosca de su padre le acaricia el cabello con ternura.

Durante unos segundos, Pedro piensa qué decir.

Quiere contarle que se arrepiente de muchas cosas. Que ojalá hubiera estado más con ellos. Ahora piensa que tal vez podría haber hecho más. Pero había que estar ahí para hacerlo, y en el momento fue incapaz. La vida siempre parece más fácil vista hacia atrás.

También quiere contarle que se fugó de la ciudad al saber que su madre y sus hermanos podían estar en Francia. A pesar de que ya por entonces supiera que estaba enfermo, no pudo contenerse cuando le informó Vicente. Se fue sin decirle nada al letrado y sin el permiso militar, con riesgo de ser detenido en algún control, lo que habría significado ser acusado de deserción. Se dejó buenos dineros en un autocar que lo aproximó a las estribaciones pirenaicas, a la altura de Isaba. Tuvo que caminar durante tres días y tres noches. Cruzó varios puertos. Las montañas estaban cubiertas de nieve. Hacía un frío terrible.

Debía de tener fiebre cuando lo alcanzó la tormenta, porque no recuerda nada de lo que pasó. Unos *mugalaris* lo encontraron delirando, en estado de hipotermia. Le dijeron que si continuaba moriría. Él no estaba en condiciones de pensar. La frontera parecía un muro infranqueable.

Varios días después retornaba en autocar a Pamplona, tísico y febril, con los duros que le quedaban. Se metió en la cama y no salió en días. Era pensar en las montañas y le entraba la terrible sensación de que se moría.

Pedro quiere contarle todo eso, pero no tiene voz. No tiene palabras.

Impotente, al final opta por lo que nunca pensó que diría.

—Tu padre te quiere, hijo.

José Martín alza el rostro. Su padre lo abraza.

—En cuanto sepa algo de Francia te escribiré.

Al escuchar esto, los ojos de José Martín se entristecen. Aprieta el cuerpo de su padre, que está tan menguado que no parece el de siempre.

—Padre, ya sabes que lo de Francia…

Pero no le deja terminar.

—Me enorgulleces, hijo.

49

Sin paz

Lo que José Martín tampoco sabe es que su padre escribió a la Teodora varias semanas antes.

Porque la Teodora *sabía*.

Y Pedro, en lo más fondo de su ser, también. Los rumores hablaban y él no era inmune a ellos. El tiempo pasaba y el silencio decía cosas. No podía seguir obviando al peor de sus miedos. No podía seguir negando una realidad que se cernía sobre él como una pesada sombra.

Intercambiaron algunas cartas. Él le preguntó. Ella le respondió. Él quería confirmar si estaba dispuesta a declarar.

Ella le dijo que sí.

La Teodora se reunió con Pedro y su abogado en una tahona de Leiza, al abrigo de miradas indiscretas. Ella entró en detalles, allí, ante los dos. La escucharon en silencio durante más de una hora. Vicente tomaba notas y preguntaba. Pedro la miraba y ella le miraba a él mientras hablaba. Se quedaron callados mucho rato cuando ella terminó.

Tras el largo silencio, Vicente dijo que había que pensar muy bien cómo abordar su declaración. El sistema judicial podía ser muy escurridizo y capaz de comportarse de modo impredecible. El juez estaba presionado. Corrían rumores de que lo iban a sustituir por uno más afín al movimiento alcista. La justicia ya de por sí imperfecta corría riesgos de convertirse en algo mucho peor. Acordaron una forma de proceder. Quedaron a la espera del juez instructor del caso para que se emitiera la citación judicial.

Lo que tampoco sabe José Martín es que su padre ha sentido alivio cuando él le ha dicho que se marcha. No quiere que esté presente durante las próximas semanas.

Al día siguiente de la marcha de José Martín, el pueblo de Gaztelu despierta como ha hecho siempre, desde tiempos inmemoriales. El sol se alza de puntillas más allá de las montañas. Los hombres salen a faenar como cada día.

En el interior aún en sombras de su casa, Mercedes recoge los restos que Agustín dejó la noche anterior. Sobre el mantel despierta su sencilla compañía de cada noche. Un vaso y una botella de vino vacía, siempre pregoneros del sueño.

Su hermano se ha ido muy temprano al campo. Ni siquiera lo ha oído levantarse.

Un poco mas tarde, Mercedes barre y recoge restos de hierbas en el empedrado del zaguán. La puerta está abierta, para que el interior se ventile. Llega un frescor matinal, de día recién despierto y purificado. La mujer barre en silencio, hasta que oye un rumor y se vuelve.

El corazón le da un vuelco.

Hay una silueta en el umbral.

Está a contraluz y casi no se le distingue el rostro.

Pero la reconoce.

Es Teodora. Tiene las manos juntas y apenas se mueve cuando habla.

—Solo quiero que sepas que mañana iré a declarar.

Mercedes ha dejado de barrer y contempla a la mujer, que tras decir esto se va.

Se hace un silencio atroz.

Desde el oscuro zaguán, Mercedes mira al umbral ahora vacío. Le brillan los ojos, temblorosos ante la luz.

* * *

A media mañana, Mercedes deja solo a su padre, que está sumido en un sueño profundo. Sale de su casa con la fiambrera y se asoma a los campos. Distingue a su hermano afanoso sobre el terruño, entregándose al trabajo. La espalda doblada y las manos sobre la azada. Su silueta empequeñecida y solitaria entre tanta tierra, apenas una mota de color recortándose ante los montes donde nace una sutil primavera.

La mujer cruza los campos hasta alcanzar a su hermano.

—Agustín, el almuerzo.

Él no se vuelve. La espalda partiéndose sobre la tierra.

Mercedes lo observa trabajar, en silencio. Duda si contárselo o no. Al fin lo suelta.

—La Teodora se ha pasado por casa. Ha querido decírmelo en persona.

Poco después, Mercedes camina en dirección a la iglesia. Las faldas de su mantilla negra bailan con el viento.

Cuando la mujer de luto pasa ante la casa Arretxea, vacía y cerrada, clava la mirada en el suelo.

Después la vuelve a erguir.

Reina el silencio en el templo. La figura arrodillada de Mercedes reza solitaria en las bancadas. Su cuerpo se entrega, balanceándose hacia delante y hacia atrás. Entre sus manos hay un rosario. De sus labios emerge el murmullo de un rezo.

—*Aita gurea, zeruetan zaudena, santifika bedi zure izena, betor guregana zure erreinua. Egin bedi zure borondatea, zeruan bezala lurrean ere.*

Mercedes se calla. Una mano se ha posado en su hombro.

Hay un gran anillo en ella. Es el del cura.

—¿Cómo te encuentras, Mercedes?

Ella lo mira desde abajo, implorante. Sus ojos húmedos y a punto del desborde.

Ya no lo soporta más.

—No encuentro la paz, padre...

Esa noche, la respiración de su padre se vuelve muy débil. El viejo hombre lleva semanas sin apenas moverse de la cama, apagándose lentamente. En la habitación en sombras, cosiendo junto a la cama, como ha hecho durante cientos de días, durante miles de horas, Mercedes espera.

—Padre, ¿recuerda aquella vez, hace años, cuando salí de casa con una maleta y con la intención de no volver jamás?

Mercedes sigue cosiendo. Su padre permanece con los ojos cerrados.

—Es cierto que esa noche hizo mucho frío. Y que me congelé. Pero no volví aquí por eso, padre. El frío era lo que menos me importaba. ¿Sabe usted por qué volví? Porque no me lo merecía. No me merecía irme de aquí y buscar una vida mejor.

Mercedes deja el zurcido y pierde la mirada.

—Había cosas..., cosas terribles..., que sentía cada mañana al despertar. No podía irme así. Con esa necesidad de hacer... daño. Me sentía culpable. Sentía que estaba cometiendo un crimen.

Mercedes mira a su padre.

—Me hubiera gustado quererle más, padre. Pero usted nunca me dejó.

El viejo permanece con los ojos cerrados.

—Solo espero que me haya querido alguna vez.

50

Patéticos y borrachos

En las alturas del valle, la bruma coquetea con las copas de los árboles. Corretean las aguas del reguero que alimentan el terruño y siguen la tapia sobre la que está sentado el labrador solitario.

Agustín mastica con saña el almuerzo. Tiene la mirada perdida y el rostro manchado de tierra. Sin darse cuenta, termina con rapidez el contenido de la fiambrera.

Cuando termina abre el talego y lo observa. El *TBO* le espera, cada vez más viejo, más comido por la luz del sol. Hace mucho que dejó de ir a las clases con el maestro. Los demás tenían razón. Aquello no estaba hecho para él.

Podría abrirlo y ver sus historias una vez más. Podría fantasear. Podría soñar. Pero no. Lo lleva hasta la zona del terruño donde tiene la azada. Lo sostiene entre las manos mientras lo contempla una última vez.

Lo suelta y lo ve caer plano sobre la tierra.

Y a ello va. Coge la azada y vuelve otra vez a la faena. La tierra cae sobre la revista. Pronto queda enterrada. En cuestión de segundos, Agustín se entrega al trabajo con desesperación, casi con brutalidad.

Hay algo salvaje en él que necesita salir. Ya no lo puede contener más. Agustín lo necesita. Quiere terminar extenuado. Quiere dejarse hasta el último aliento y hasta la última gota de sudor. Quiere maltratar físicamente su cuerpo. Lo necesita. Necesita vaciarse de esa inquietud que le arde bajo la piel.

Pasarán las horas. El sol descenderá en el cielo. Él se partirá la espalda sobre la azada.

Al anochecer caerá agotado sobre la tierra, sin un gramo de fuerza. Quedará tumbado boca arriba y mirará al cielo, que para entonces ya se poblará de estrellas. Sentirá su aliento volar hacia lo alto y desaparecer en el aire. Sentirá la fría tierra bajo su cuerpo, a lo largo de la espalda.

Permanecerá así hasta que la noche lo envuelva y se quede helado. Después, buscará lo de siempre.

Olvidar.

En la taberna de la Herriko Etxea, varios hombres beben ante la barra. Son los habituales de esa hora y de esa parte del local. Son los ilustres del pueblo y sus allegados. El cura, dueño de la palabra y por tanto de la verdad. El guardia civil Zabala, más asiduo al bar de Gaztelu que a su propio cuartel en Santesteban. Agustín y media docena de hombres más, muchos de ellos con apodos como el Gandul, por ser el hijo vago del señor más rico del pueblo, o el Tonto, por accidentarse gravemente de pequeño y quedarse con el cráneo deforme, o el Hankamotz o Piernas Cortas, que según Zabala también podría llamarse el Tonto. La mayoría de ellos, implicados en la expulsión y la posterior desaparición de la familia Sagardía en agosto de 1936.

Se conoce que han hecho piña o que sin hacerse notar los han aislado los demás vecinos. Tal vez sean ambas cosas.

Esta noche no hay más bebedores en la taberna. Los ánimos están algo apagados, aunque en principio todos hacen como si no pasara nada. Pero la realidad es que reina en la barra un silencio oscuro, como si pesara sobre todos una gran losa.

Agustín manosea su vaso y está inquieto. Mira a sus contertulios, que sueltan comentarios con cuentagotas.

—Este año pinta a menos helechales —dice el Gandul.

—Por la zona del abrevadero no hay nada —confirma el Hankamotz.

Los hombres guardan silencio y beben.

—Lo que necesitamos son robles y castaños —menciona el Tonto un rato después.

—Y frutales en las orillas de los ríos. Este año casi no ha habido ciruelas ni cerezas.

Los hombres vuelven a callar. Agustín parece incómodo ante los comentarios. El vaso de vino es maltratado entre sus dedos gruesos y encallecidos. Las uñas contenedoras de tierra.

—En Santesteban dicen que también habrá menos leña —dice otro vecino.

—Joder. Otro invierno frío —añade Zabala.

Siguen los asuntos del pueblo y sigue Agustín poniéndose nervioso. Hablan sobre los pastos en Quinto Real, hablan sobre las bolsas de trabajo, hablan sobre la madera de Bertiz, que se pudre porque el dueño no permite sacarla y es un desperdicio. Comentarios todos para llenar el silencio.

Agustín ya no lo soporta más.

Patea su silla, que sale despedida con violencia.

—¡A la mierda ya! ¡Estoy harto!

Los hombres alzan sus cabezas, sorprendidos.

—¿Y a ti qué narices te pasa? —pregunta Zabala.

El labrador está fuera de sí, como si fuera una presa recién desbordada.

—¿Qué narices me pasa? Yo me pregunto qué narices te pasa a ti.

Labrador y guardia civil se miden con las miradas.

—Estás mal de la cabeza —dice Zabala.

—Sí, a lo mejor tengo la cabeza partida en pedazos. Pero aquí estamos. Todo el puto día haciendo como si no pasara nada. ¿Eso no es estar mal de la cabeza?

Agustín observa a sus vecinos, que bajan las miradas y no responden.

—¿Cuánto más vamos a seguir así? ¿Eh? ¿Cuánto más?

Agustín suspira con desesperación y desvía la mirada hacia el párroco, que se centra en su vaso.

—Esta noche no me sentiré un muerto. Ramón, sírveme lo más fuerte que tengas. Quien quiera animarse le invito yo.

237

Recoge su silla del suelo y se vuelve a sentar. El tabernero Ramón se hace con un licor de hierbas y se lo sirve. Después mira al comandante, que, tras pensárselo un momento, ofrece también su vaso.

El cura don Justiniano, que ha permanecido como un silencioso espectador, arrastra también su vaso para que se lo llenen.

Dos horas después, las luces de la Herriko Etxea son las únicas que aún permanecen despiertas en Gaztelu. La noche es oscura y silenciosa, hasta que se abre la puerta de la taberna y Agustín se precipita con la boca abierta.

Cae de rodillas y riega el suelo con su vómito.

Tras él, Zabala y el resto de los hombres. El licor ha hecho mella en ellos. Se parten de risa y se burlan del pobre labrador.

—Nunca aprenderás a llenar el tonel —dice el comandante—. Hay que pararse justo antes del límite.

Agustín vuelve a vomitar.

—¡Y si no quiero…!

Las palabras se le mezclan con la bilis.

Todos ríen en la entrada de la Herriko Etxea.

La noche se extiende. Las casas están a oscuras. Pero sus risas y sus gritos de embriaguez abren ojos en las camas y agudizan oídos.

El último en salir es el cura. Él no pierde los papeles como los demás. Nunca lo ha hecho. Pero se apoya en el muro para situarse antes de andar.

Las noches de cogorza son habituales en el grupo. Los hombres se mueven con lentitud y vacían las vejigas donde les place. Sus cuerpos se tambalean viriles y sus pechos se yerguen como confiados al mundo.

—Yo así no puedo ir a casa —dice uno de ellos.

—Pues a andar —dice otro.

—¿Hacia dónde?

—Hacia allí.

—¿Dónde es allí?

—Qué más da donde sea allí.

Sin pensárselo demasiado, los hombres se dirigen hacia la noche, hacia los campos sumidos en la más completa oscuridad.

La cuadrilla de hombres borrachos avanza tambaleante por una pista, a las afueras del pueblo. Un murete de piedras los separa de los campos envueltos en sombras. Suenan las aguas de una regata que se precipita en algún lugar más allá de la oscuridad.

Agustín no puede con su alma y se sienta en el pequeño muro. Se conoce que ahora le cae encima todo el esfuerzo con la azada.

—Ya no puedo caminar más —suspira.

Zabala se detiene junto a él y grita a los demás.

—¡Esperad! Necesitamos un respiro.

Todos los hombres, incluido el cura, vuelven sobre sus pasos y se sientan en la piedra. Parecen abatidos.

Forman un grupo patético y borracho.

—Mi mujer me va a matar —dice el Tonto.

—Eres un pobre desgraciado —le espeta Agustín—. Tu mujer te ha quitado los pantalones y no te has dado cuenta.

Los hombres ríen con desgana, la mirada perdida y narcotizada.

Agustín es el único que no ríe.

—Aquella noche también bebimos y dijiste lo mismo —murmura entonces—. Que tu mujer te iba a matar.

Zabala tiene su vasto cuerpo encorvado. Parece tan cansado que no es capaz de gesticular cuando habla.

—Ya estamos con esa puta noche…

Como si estuviera hecho de minas que los demás detonan con sus palabras, Agustín se levanta en un estallido brutal.

—¡¡Y qué!!

Un grito. Salivas que son expulsadas de la boca. Una bomba de rabia.

Agustín permanece de pie. Los mira tambaleante.

Entonces vuelve a gritar:

—¡¡Y qué!!

Más salivas a la noche. El labrador no puede más y recupera la respiración.

Se hace un silencio.

Entonces habla:

—Cada uno con su fantasma dentro. Estoy hasta los cojones.

El labrador mira al cielo estrellado y vacía hacia allí su garganta.

—¡Esta noche vas a salir, puto fantasma! ¡Sal de mi puto pecho! ¡Esta noche quiero mirarte a los ojos!

Los hombres lo miran asustados. Zabala, que en cierto modo se siente una especie de tutor suyo, interviene:

—Pero qué estás diciendo. ¿Has perdido la cabeza?

—¿Es que no lo entiendes? No hay nada que justifique lo que hicimos. Ni siquiera que hayamos perdido la cabeza.

Por primera vez en mucho tiempo, el sargento mira al labrador y no sabe qué decir. Sus ojos tiemblan por segundos.

Agotado de hablar y de dar vueltas, Agustín apoya los brazos en el muro, junto a los demás. Todos están en silencio, con las miradas idas y adormiladas.

Los pensamientos corren por la conciencia de Agustín, que niega con la cabeza repetidamente. Hasta que se vuelve y mira al párroco.

—Usted, padre…

El cura permanece inmóvil. Por primera vez en su vida, Agustín descubre bajo la sotana a un simple hombre como él.

Un hombre débil y superado. Un hombre sin nada que decir. Un hombre perdido.

El labrador va a decir algo. Pero no es capaz y hunde la cabeza.

Entonces se vuelve y se deja caer hasta el suelo, donde queda sentado como los demás.

Abatido. Borracho. Penoso.

Y en el silencio grupal, sentencia:

—Mañana declara la Teodora.

Sonríe desesperado.

—Joder… Si hasta me alegro de que lo haga.

51

La testigo

El letrado Vicente San Julián aguarda nervioso en la entrada al pueblo de Gaztelu. Tras él, un automóvil y la larga carretera que cruza el valle, jalonada por árboles altos y alineados hasta el infinito.

El abogado ha pasado la noche en la localidad de Santesteban. Lo más lógico y natural habría sido esperar a la testigo en la ciudad. ¿Para qué hacer dos viajes innecesarios? Un coche la iría a buscar al pueblo y ella solo tendría que montarse. Pero se conoce que el letrado lleva varios días dándole vueltas y alimentando la paranoia. No hay como desear que algo no pase para que tal suceso pase mil veces en la cabeza y al final uno se convenza de que pasará en la realidad.

El abogado temía que la Teodora se echase atrás.

De modo que, el día de la declaración, a primera hora, Vicente ya espera ante los primeros caseríos que anuncian el pueblo. Si por alguna razón Teodora no se atreve, o algo o alguien se lo impide, allí está él para presentarse en su casa y llevarla a Pamplona de la forma en que buenamente se le ocurra.

La razón de que llegue temprano no se debe únicamente a sus nervios. También quiere observar. Quiere respirar este aire y sentir esta atmósfera. Necesita ver lo que ven día tras día los habitantes del lugar. Necesita oler lo que huelen. Necesita imaginar lo que sienten.

Necesita entender.

Ahora contempla la quietud del valle, donde hasta el humo y el aire parecen detenidos. Las casas en completo silencio. Los campos simétricos y alucinantes. Los prados y los bosques pálidos por las heladas de una primavera que aún no termina de asomar. Todo el paisaje cubierto por una pátina blanquecina que armoniza los colores y que, de alguna forma, esconde la respuesta al misterio de por qué el invierno es bello.

Qué sensación tan silenciosa y desesperante, piensa el abogado. ¿De verdad transcurrirá el tiempo en este lugar? ¿Qué sentirán sus pobladores al envejecer? ¿Sentirán que ha pasado el tiempo en sus vidas? ¿Sentirán que sus días han diferido de una estación a otra? ¿Cómo de fuerte ha de ser una mente para soportar la ausencia del tiempo?

Las reflexiones del abogado se detienen al verla aparecer.

Ella lo tiene muy claro. Vicente piensa que bravo por la amistad.

En los primeros compases del trayecto, Vicente intenta torpemente rellenar el silencio con palabras. A pesar de su profesión, donde prima la oratoria, el abogado no se considera dotado para entablar conversaciones, sobre todo cuando está nervioso. Pero como no hay nadie más en la parte trasera del coche, no tiene otro remedio.

Enseguida percibe que la Teodora no está para hablar, y eso que debía de ser de las animadoras en el lavadero, por lo que le ha contado Pedro. Se ve que se lo guarda todo para los juzgados. Así que Vicente cede en sus intentos y se adentran en el silencio que tanto teme.

Y para su sorpresa no está tan mal. Pasan los kilómetros y hay algo agradable e incluso hipnótico en su viaje sin palabras. El paisaje transcurre por la ventanilla y les acaricia los ojos y el pensar.

Cuando llegan a Pamplona y el coche se detiene ante los juzgados, antes de salir, Vicente le echa arrestos y posa su mano sobre la de ella.

La Teodora despega la mirada de la ventanilla, sorprendida.

—No se preocupe —le dice—. Todo va a salir bien.

* * *

El primero en entrar en la sala, una vez que los funcionarios del juzgado abren las puertas, es Pedro Sagardía. El carbonero se apoya en un bastón y respira con dificultad. Tiene la piel translúcida y los ojos hundidos en las cuencas. La enfermedad le ha hecho envejecer varias décadas.

Se sienta en las bancadas y durante varios minutos es el único presente en la sala.

Aguarda en silencio.

Después entran el fiscal y sus asistentes, los peritos, el intérprete, el juez instructor. Pedro los contempla tomar asiento con la mirada vaga. Oye los mismos rumores y cuchicheos de cada sesión. Está familiarizado con las rutinas de la sala.

Vicente aparece a su lado y le aprieta el hombro. Le transfiere un gesto de confianza y se sienta junto a él.

—Allá vamos, amigo mío.

El juez declara la sesión abierta y solicita que se llame a la testigo. El agente judicial sale de la sala en busca de Teodora.

Cuando entra la mujer, ella busca rápidamente la mirada de Pedro. Se saludan en silencio, sin apenas gestos.

Es evidente que la imponente sala y la gravedad de los letrados intimidan a la mujer. Pero se percibe un signo de inteligencia en ella que alegra a Pedro. Al contrario que muchos, que tratan de ocultar sus temores con torpeza, ella lleva con altivez y dignidad esa sensación de vulnerabilidad.

Teodora toma asiento y aguarda nerviosa. Aun así no esconde el rostro. Al contrario, lo alza confiada de llevar la verdad consigo.

Vicente ha repasado sus notas hasta la saciedad. Respira hondo. Confía en que todo salga bien.

El juez se dirige a la testigo:

—¿La testigo que trae la acusación jura decir toda la verdad?

La voz de Teodora emerge con firmeza.

—Lo juro.

—Diga usted su nombre y apellidos.

—Teodora Larraburu.

—Diga usted su lugar de residencia y su estado civil.

—Soy vecina de Gaztelu. Viuda de Pedro José Gubia.

El juez procede rutinario.

—¿Conoce usted a la acusación particular y tiene alguna relación de parentesco, amistad íntima, enemistad manifiesta o relación laboral con él o tiene algún interés directo o indirecto en esta causa?

Teodora mira a Pedro.

—Lo conozco. Es el marido de Juana Josefa Goñi. Vecina y amiga mía.

El juez asiente y continúa:

—Muy bien. Responda a las preguntas del señor letrado de la acusación particular.

Vicente toma aire. Se levanta.

—Con la venia.

Procura hablar con calma, para facilitarle las cosas a Teodora.

—Señora Larraburu, gracias por prestarse a declarar con su, veremos a continuación, contundente y esclarecedor testimonio. Usted era amiga íntima de Juana Josefa, ¿estoy en lo cierto?

Teodora asiente, intentando mantener una compostura regia.

—¿Usted estaba en el pueblo cuando la familia fue expulsada? —pregunta Vicente.

—Sí... El 15 de agosto.

—¿Qué pasó aquel día?

—En el pueblo se reunió la junta porque esa mañana aparecieron huertas saqueadas.

—Pero todo el mundo sabe que durante aquellas noches había fugitivos cruzando el valle. Huían a Francia, ¿no es así?

Teodora asiente.

—Esas berzas no acabaron en el puchero de Juana Josefa.

—¿Vio con sus propios ojos cómo los expulsaban?

Teodora mira al letrado y tarda en contestar. Sus ojos brillan, rebosantes de recuerdos.

—Todos oyeron los gritos cuando se los llevaron.

—¿Los vio, señora Larraburu? ¿Vio a su amiga y a sus niños antes de que se los llevaran?

—Yo salí de mi casa y fui a la de Josefa… Pero cuando llegué ya no estaban.

—¿Y sabe adónde los llevaron?

—A la cabaña…, a la cabaña del monte.

A Teodora le tiembla la voz. No termina de hablar.

—Tómese su tiempo —la calma Vicente—. Todos en la sala entendemos que no es fácil.

—Cuando los expulsaron… —continúa la mujer—. Cuando los expulsaron mandé a mi hijo a las carboneras de Eugui, para que diera aviso a Pedro. Él bajó y entonces lo detuvieron.

—Por espía, según el testimonio de varios de los acusados.

—Sí, eso he oído… En aquellos meses medio país era espía.

—Le tuvieron retenido durante una semana.

—Todos en el valle conocen los procedimientos de Zabala.

Vicente guarda silencio, con la esperanza de que sus palabras cuajen. Después continúa:

—Señora Larraburu, una vez que la familia fue expulsada, ¿subió usted a la cabaña? ¿Vio a su amiga y a sus hijos?

La mirada de Teodora se humedece. Tiembla mientras lucha por guardar la compostura. Se hace un silencio.

—Estaba prohibido. Vigilaban el camino.

La mujer mira al letrado.

—Pero sí. Subí a verlos. Varias veces durante los días que estuvieron allí.

Todos esperan a que continúe. Y entonces Teodora les relata lo que sucedió la noche del 29 de agosto de 1936. Habla de un bosque nocturno. Habla de su andar sigiloso y de su miedo a ser descubierta por las guardias que aquellas noches controlaban el pueblo. Cuenta cómo llevaba días ascendiendo oculta entre los árboles, sorteando zonas de helechos y de matorrales, para tratar de subir paralela a la pista.

Llevaba consigo varias fiambreras con comida.

Más tarde salió del bosque, cruzó el camino y se adentró en una campa oscura. El monte en esa zona estaba pelado. Era una suave y curvada loma que parecía extenderse hasta el horizonte estrellado. Había un gran silencio. La noche permanecía en calma. Sus pasos sonaban en la hierba. Su aliento emanaba nubes de vaho.

Teodora recuerda la colina que se recortaba contra el cielo. Una gran bóveda estrellada la cubría. Cuenta cómo corrió hacia ella. Sabía que al otro lado se ocultaba la hondonada y la cabaña.

En los juzgados, la mujer detiene su relato.

Su mirada está en suspenso.

—Los vi…

Su mirada está en suspenso.

—La Martina estaba muy enferma… Tenían un colchón para que no sufriera. Los pequeños… los pequeños lloraban. Aquella noche les prometí… les prometí que volvería al día siguiente.

Teodora se queda en silencio, aterrada.

Vicente interviene con prudencia:

—¿Y volvió?

Teodora hunde el rostro.

No responde.

Vicente traga saliva.

—Señora Larraburu, ¿qué pasó la noche del 30 de agosto?

Teodora parece algo mareada.

—Ese día habían llegado unos hombres a Gaztelu. Iban uniformados de falangistas. Debieron de preguntar a Zabala por la gente de aquí. Querían nombres. Se conoce que iban haciendo eso por cada pueblo que pasaban.

Vicente mira al juez, calibrando su reacción. Esta información es nueva en el proceso.

El abogado vuelve a Teodora.

—¿Y qué les dijo el comandante? —pregunta.

Teodora mira al abogado, pálida.

—No lo sé. Pero la noche del 30 de agosto todos habían bebido.

52

La noche más oscura

Gaztelu, 30 de agosto de 1936

En la taberna de la Herriko Etxea suena la radio con propaganda del Alzamiento y proclamas a limpiar el país de rojos indeseables. Hay densidad de tabaco. Hay jolgorio. Hay animación y deseos de hacer algo, lo que sea. El vino les recorre las venas y sienten deseos de agitarse y de comerse el mundo.

El cura ofrece su vaso y Ramón se lo llena. El guardia civil Zabala parece bebido y también alza el suyo.

—Ramón..., ¡más!

Al contrario que los demás vecinos, Agustín está ojeroso e inquieto. Lleva unos días sin dormir. Su hermana le dice que está enfermo y él teme que sus fiebres sean del alma y no del cuerpo. Fiebres malditas.

Tiene el fusil apoyado junto a él, muy cerca. Si ya de por sí es un hombre con poca medida, el vino se la termina de arrebatar. Lleva un rato interrogando al párroco sobre todo tipo de cuestiones que le inquietan.

—Padre, ¿cree usted que con echarla del pueblo es suficiente? He estado pensando en lo que dijo el otro día, en esa enfermedad del alma...

Pensativo, el cura no responde.

Entonces se abre la puerta y se hace el silencio.

Esos hombres entran. Son tres y visten de falangistas. Han llegado por la mañana y han conversado largamente con el comandante en su cuartel de Santesteban.

Nadie de los presentes quiere saber cual es su cometido esta noche. Pero todos lo intuyen. Agustín busca la mirada de Zabala, pero este le rehúye.

Los tres hombres toman asiento y piden brebaje. Uno de ellos dice:

—Bebida para todos. Que mañana dejamos el pueblo y por aquí ya no se nos vuelve a ver.

Ninguno quiere hablar de lo que va a pasar. Ninguno quiere ponerlo en palabras.

Y así sucede. Nada extraordinario.

Cansados de pensar y de recordar y de sentir. Cansados de sufrir y de gozar. Cansados de tener una cabeza y de ser una especie con inteligencia.

Cansados de ser personas.

El remedio contra el pensamiento es religión en el mundo. Así desde tiempos ancestrales. Basta con adormecer las mentes, pero permanecer despiertos. Qué gran sensación de libertad da emborracharse. Qué ligereza.

Flotar sobre el mundo y no tener cadenas.

Un portazo y los hombres salen de la taberna. Han bebido mucho, muchísimo. Hay risas y hay tropiezos. Hay lenguas torpes. Hay vejigas que se vacían y regueros de orina que recorren la calle.

Uno de los falangistas, también muy borracho, dice:

—Bueno, al tajo.

El Tonto es el primero en animarse:

—Si es lo que se está haciendo, y es nuestro deber, por mí que sea cuanto antes.

—Así, ¿sin más? —pregunta Hankamotz.

248

—No sé si he bebido lo suficiente —añade Agustín.

El labrador se apoya en sus rodillas, entre arcadas.

Zabala le palmea la espalda. Después se estira y se ajusta bien el cinturón.

Mira hacia el oscuro monte, con un extraño atisbo de inquietud, que no es habitual en él. Uno de los falangistas también le palmea a él en la espalda.

—Todo es acostumbrarse.

—Acostumbrado estoy —responde Zabala—. Pero esta noche me veo frío.

El comandante se tambalea.

Al fondo, alguien que aún piensa un poco comenta:

—Necesitaremos teas y capuchones.

Zabala ríe con ironía y murmura para sí:

—Como si eso cambiara algo.

El guardia civil se para un momento para pensar. Una duda lo sigue acosando.

—Joder… —murmura.

Zabala se tambalea de vuelta a la taberna. Entra e interrumpe a Ramón, que silencioso recoge los detritos de la fiesta.

—Ramón, dame una de esas.

El guardia civil señala una botella.

En la noche profunda no hay ojos que ven, pero tampoco hay consuelo para el alma. Melchor avanza a través de la oscuridad. La tea encendida ruge a su lado. Su rostro es una isla flotante iluminada por la luz del fuego. Alrededor todo es negro.

El grupo asciende por la pendiente, hacia las alturas de la negra montaña.

Melchor parece aterrado. A pesar de lo bebido, las manos le tiemblan, tal vez de apretar tanto la estaca impregnada en resina. Se ve que ya no le corre la sangre. Se siente demasiado lúcido, demasiado consciente de lo que pasa. El calor del fuego le abrasa las sienes y los pómulos. Siente la llama. Siente la carbonilla infiltrándose por sus pulmones.

En la oscuridad, junto a él, escucha los pasos de los demás.

—Esto es una locura... —murmura—. Es una locura...

Agustín avanza a su lado. Su tea ondea y lo ilumina más. Le golpea un aliento a vino y a licores.

—¡Que te calles! —le grita.

Melchor siente cómo le tiembla el cerebro.

—No pienses. ¿Me oyes? ¡No pienses!

Agustín desaparece.

Melchor sigue avanzando.

—No es posible..., esto no está pasando. No está pasando...

Amparado por la noche y la locura, el hombre empieza a llorar.

El grupo continúa el ascenso. El resplandor de las teas alcanza unos metros y no se ve nada más allá. Podrían estar subiendo la montaña más alta de la tierra. Podrían encaminarse hacia las nubes, o hacia las puertas cerradas del paraíso que describió Dante. Podrían dirigirse al purgatorio o al infierno. Podrían ir a cualquier lugar y no darse cuenta.

Las teas danzan en la oscuridad. Los hombres avanzan y tratan de orientarse.

Se oye la voz de Zabala:

—Ya casi estamos. ¡Poneos los capuchones!

Agustín se detiene y da un buen trago a la botella que le ha cedido el sargento. Bebe y bebe sin parar, con desesperación. Su boca y su garganta no son capaces de contener lo que les entra. Surge líquido rebosante y este cae en regueros por su mentón. El labrador se empapa la camisa. Le sale medio trago por la boca.

Entonces tira la botella y se pone el capuchón.

No ve un carajo. Pero avanza como los demás.

Todos se alejan sin percatarse de Melchor.

Él se detiene y se va quedando atrás, en la distancia, mientras va siendo engullido por la negrura.

Poco después, Melchor baja desesperado de la montaña.

A su alrededor todo es oscuridad. Silencio. Sus jadeos de terror y de fatiga recorren la noche. Ha huido y ya no hay vuelta atrás. Se siente como en una terrible pesadilla. No es posible que todo eso parezca real. Tiene que estar dormido. Tiene que despertar enseguida y cogerle la medida a la realidad. Por favor, que llegue a casa, y que se duerma, y que despierte mañana y todo haya sido un sueño.

Entonces algo prende a sus espaldas, en la montaña, a casi un kilómetro.

Es un fuego que surge de la nada, como invocado. Un incendio rojo e intenso que rasga la noche y le ilumina por detrás. En la llamarada roja se percibe el perfil negro de un tejado, que pronto se derrumba y ruge en la noche.

No quiere mirar atrás.

Empieza a correr, como si el fuego representara el infierno y este lo persiguiera.

Melchor llora y tropieza y cae al suelo.

Un hombre encapuchado grita y sacude la cabeza, desorientado.

Tras él, a solo unos metros, una llamarada gigantesca se eleva a los cielos. Desprende una columna de humo monumental y en alucinatorio movimiento.

El calor a su alrededor es insoportable. El rugido es ensordecedor y los envuelve. Acalla los llantos y los gritos.

El hombre encapuchado se protege del calor. Jadea y tose. Se apoya en las rodillas porque siente que se ahoga. Al final se quita la capucha porque no puede respirar.

El hombre encapuchado es Agustín, que está empapado y como en éxtasis y no para de murmurar para sí:

—El mal nos confunde. El mal nos confunde.

Lo rodea el caos.

—No te dejes engañar. No te dejes engañar...

El comandante Zabala pasa a su lado, dejándose en gritos la garganta, como si fuera un oficial en pleno fragor de la batalla.

—¡No la miréis a los ojos! ¡No escuchéis lo que os diga!

Agustín cree oír su voz y se tapa los oídos con las manos.

En lo alto de las montañas, en un claro del bosque, un haya gigante parece emerger de las profundidades de la tierra. Reina un gran silencio en el lugar. Es el mismo silencio de casi todas las noches habidas en este rincón desde el origen de los tiempos, cuando aún no había humanos habitando los valles. Años y siglos y milenios de noches seguidas unas de otras, todas iguales y con el mismo silencio.

A los pies del haya hay un gran agujero.

Existen en estas regiones del norte muy pocas aperturas como esta. Nadie sabe cómo se generan. En las formaciones ancestrales, cuando la tierra se movía y se formaba, alguien o algo decidió que hubiera un agujero ahí. Desde entonces, los humanos le han buscado explicaciones y lo han justificado con historias mitológicas.

Todos se preguntan por su profundidad. No saben si llegará al centro de la Tierra o si la cruzará hasta el otro lado.

Es un gran misterio.

Todo parece en gran calma alrededor de la sima. El viento sacude el haya y las hojas susurran.

Entonces, un resplandor rojo, distante, las empieza a iluminar.

Un rumor es traído por la brisa. Llega en ciclos como si lo condujera el oleaje del mar.

El rumor se define lentamente. Son gritos.

Se fragmenta el silencio que durante tantas noches ha reinado en el lugar.

Pendiente abajo, camino de la sima, los llantos y los gritos de los niños son muy agudos y estremecedores.

Agustín ya no puede más.

Borracho. En mitad del oscuro bosque que asciende a la montaña. Todo es confusión. Las formas de las cosas se deshacen como en los sueños. No sabe si es así porque lo desea o porque su cabeza se protege de la locura narcotizándose a sí misma en un gran engaño adormecedor. Tal vez de tanto beber ha caído fulminado y ahora mismo está en el suelo y todo es una terrible visión de su subconsciente.

Tal vez está tirado en su gélido terruño y nada de eso es real.

Sea como fuere, las cosas están pasando y ya no hay vuelta atrás. Podría haberla, pero un sinsentido que se erige en lugar de la razón le asegura que ya no la hay. Ni se lo plantea. Las raíces de los árboles, la luz de las antorchas, los rostros iluminados, los ojos y las bocas parecen indefinidos. Las cosas también se mueven a una velocidad rara. Él habla y se escucha como si fuera otra persona. Todo parece distante y desfigurado.

Todo es agitación de llamas y de personas.

Los gritos siguen y Agustín no lo puede soportar.

—No puedo oírlos más, joder…

Agustín se tambalea y casi pierde el equilibrio. Se sujeta en las rodillas. Jadea. Escupe.

Los aullidos siguen y le perforan la cabeza.

—¡Aaah! Dios… ¡Me pitan en los oídos!

Agustín se vuelve con rabia hacia los llantos.

Y entonces se escucha.

La primera detonación.

Reverbera en las montañas.

En el bosque.

En la sima.

53

La verdad

Pamplona, primavera de 1939

La detonación viene del pasado y se disipa, como un hechizo, entre los presentes en la sala.

Se posa el silencio en el juzgado.

Todos esperan a Teodora, que parece algo mareada. Vicente la mira con preocupación.

—¿Está usted bien?

Ella cierra los ojos y se palpa la frente, donde siente un sudor frío.

—Sí...

Vicente procede con tiento.

—Señora Larraburu, por favor, ¿puede decirnos qué pasó aquella noche?

La amiga de Josefa tarda en reaccionar. En la bancada de la acusación, con la mirada brillante y contenida, Pedro aguarda sus palabras. El juez, el fiscal, el intérprete, los auxiliares, todos escuchan en silencio.

De pie ante la testigo, Vicente traga saliva, el corazón en un puño. Contempla el rostro de la mujer, sus ojos en busca de las palabras, su boca a punto de abrirse para articularlas.

Y entonces salen.

—La noche... La noche del 30 de agosto se oyeron cuatro disparos. Eran disparos de escopeta.

La mujer está pálida y distante sobre lo que dice.

—Dispararon a los pequeños porque no paraban de llorar. A los otros los echaron vivos a la sima.

Teodora busca fuerzas para continuar.

—Hay una sima muy cerca de la cabaña, monte arriba. Es una sima muy profunda.

Vicente mira a la mujer, conteniendo la emoción.

—¿Cómo sabe todo eso, señora Larraburu?

—Lo sabe todo el pueblo. Lo saben todos.

Teodora se queda inmóvil, como si se hubiera vaciado.

Vicente mira al juez y a los letrados, que están aturdidos.

En la bancada de la acusación, frágil y enfermo, Pedro conserva la firmeza.

Teodora parece haber perdido todo el color.

—¿Se encuentra bien? —le pregunta Vicente.

—¿Qué?

—Que si se encuentra...

La mujer empieza a caer lentamente, hacia un lado, hasta que al final pierde el conocimiento y se derrumba.

Todas las palabras dichas después en la sala serán pequeñas y discretas. Nadie, ni siquiera el juez, tendrá valor para sacudir el silencio instalado tras el testimonio de Teodora.

Por alguna razón, todos saben que la verdad ha sido dicha ese día en el juzgado. La verdad en bruto, la verdad pura, la verdad como un simple hecho ocurrido, no la verdad mutilada o adornada o derribada y vuelta a erigir por la conciencia humana.

Qué gran desgracia la de la verdad, siempre a merced de los humanos.

A Teodora la socorren estirándole las piernas y los brazos. Gracias a Dios o gracias a su fortaleza tras una vida de trabajo sin descanso, la mujer se recupera enseguida.

Media hora después, le retorna el pulso a sus constantes con un buen caldo caliente, sentada en un banco del pasillo.

Aún tiene las facciones aturdidas y la tendencia a perder la mirada y el pensamiento. Siente el mismo vacío de extenuación que queda cuando se llora durante horas.

Siente unos pasos que se detienen a su altura. Cuando alza el rostro ve a Vicente y a Pedro.

Él esta muy desmejorado y la mira fijamente. Sus ojos son los mismos de cuando era crío y están bañados en lágrimas. La gélida firmeza del carbonero se ha roto en mil pedazos.

Vicente habla con emoción contenida:

—Gracias por lo que ha hecho, señora Larraburu. A veces, hay que decir las cosas para que estas terminen de suceder. El silencio lo deja todo en un limbo extraño.

Teodora y Pedro no dejan de mirarse. El abogado continúa.

—Vamos a solicitar una inspección de la sima. El Cuerpo de Ingenieros de Minas emitirá un informe de viabilidad y costes, y el juez tendrá que aprobarlo. Presionaré para que se proceda con diligencia. Si bajan ahí y encuentran los cuerpos…, entonces… entonces… por fin haremos justicia.

La mujer no parece escucharle.

Deja su caldo y se levanta para abrazar a Pedro.

54

El descanso

Pamplona, invierno de 1941

Las cañerías rugen como estómagos en los largos y oscuros pasillos del edificio. El invierno apremia y las corrientes frías se cuelan por las rendijas y zumban a través de las escaleras. El hombre arrastra los pies, con el rostro protegido bajo la bufanda y el abrigo. A veces tose. A veces siente escalofríos, sobre todo cuando lo sacuden esos malditos soplos de aire frío.

El establecimiento provincial de la beneficencia es un lugar para subsistir, no para acomodarse. Hay pobreza en los rostros de los acogidos. Hay miseria y hedor cuando las puertas de los cubículos se abren.

En la habitación de Pedro Sagardía, sin embargo, todo está limpio y ordenado. Muchos asocian la pobreza a la suciedad y a la falta de orden. Aunque el carbonero nunca ha sido responsable de mantener lo doméstico, ya que era ella, su Josefa, la que se encargaba de todo, ahora se ve en la necesidad de hacerlo. Tiene que barrer y hacer la cama, tiene que lavar la ropa y las sábanas, tiene que secarlas y alisarlas, tiene que pensar en cómo comer al menos un plato caliente al día. Detalles como estos dan forma a la ausencia y al vacío.

Así es como lo golpea el dolor.

Pedro quiere conservar la dignidad en el único espacio del universo que es solo para él. La estancia podría ser una celda monacal. Hay una ventana, una silla, un armario y un jergón. Un cobijo con lo indispensable, sencillo y casi vacío. Un lugar que refleja lo que Pedro siente en su interior. Ahora mismo no necesita nada más. Solo un refugio donde descansar.

Si hay algo que sí necesita es una estufa.

O que este invierno se pase rápido.

Pero luego vendrá otro, y otro más. Y es entonces, al pensarlo, cuando le entra una fatiga suprema y existencial.

En el cubículo hace tanto frío que su aliento se ve. Tose varias veces y siente que se ahoga. Tras franquear la puerta de la estancia, justo al cerrarla, lo ve.

Está entre sus pies.

Un sobre cerrado.

Los ojos se le iluminan cuando ve el nombre del remitente.

Es una carta de su hijo José Martín.

La abre y ya tiene las lágrimas en los ojos, sin ni siquiera leerla. En los últimos años ha llorado como nunca en su vida. ¿Cuánto ha pasado ya desde que se supiera la verdad? ¿Dos años? Qué irreconocible está. Es como si se hubiera derrumbado de pronto una torre de hombría y respetabilidad erigida durante años. Al principio, en la juventud, era consciente de que construía esa torre, su esfuerzo le exigía. No iba en su naturaleza ser tan duro e imperturbable. En la naturaleza de ningún hombre está el ser así. Pero era lo que había que hacer. Era lo que hacían todos. De esta forma, tras mucho esfuerzo, consiguió que con el tiempo la torre siguiera construyéndose sola, empujada por la inercia.

Y ahora todo eso es como si ya no existiera. Ahora vuelve a ser como el niño por esculpir que fue al principio de su vida.

Pedro empieza a leer.

Sabe que su hijo no ha podido escribirla, no sabe hacerlo. Es una de las cosas de las que más se lamenta y avergüenza en su vida. Que, al contrario que los padres, los hijos sean analfabetos. Como muchos otros en el pueblo, no pudieron llevarlos a la escuela. No se lo pudieron permitir.

A pesar de todo, Pedro reconoce su voz en las palabras. Alguien instruido le habrá hecho el favor. Nada más empezar, su hijo se sincera. Le cuenta que se fue sabiendo lo que iba a pasar. Lo sabía desde el principio, le escribe. En las trincheras de Navafría, a principios de la guerra, lo escuchó, semanas después de que Pedro se fuera. Una noche en la que llegaron nuevos reclutas requetés, había entre ellos un vecino de Santesteban. Trajo nuevas del valle de Malerreka y entonces mencionó a la familia. Mencionó la palabra «sima». Mencionó la palabra «asesinato». Era un rumor terrible que recorría las tabernas. Era un rumor tan atroz e irreal que algunos enseguida empezaron a asociarlo a las leyendas y a los mitos. De hecho, así lo contó el nuevo recluta, como si fuera un mito. En el batallón nadie sabía que José Martín era hijo de los Sagardía. Él escuchó cómo elevaban a su madre y sus hermanos a la terrible categoría de leyendas.

Durante los días posteriores, José Martín se convenció de que lo escuchado no era un recuerdo, sino un mal sueño que tuvo una noche. Algo en su interior lo quería proteger. El instinto de supervivencia o el instinto de conservar la cordura. Tal vez solo tenía un deseo demasiado grande de que aquello no fuera verdad. Un deseo tan desesperado que fue capaz de cambiar la realidad.

Pero muy a su pesar lo escuchado no desapareció. Quedó escondido en algún lugar de su cabeza, a la espera de reaparecer.

Y finalmente lo hizo cuando obtuvo el permiso para volver del frente, una vez la guerra ya estaba casi terminada. Alguna inteligencia misteriosa que era suya pero no de su dominio lo había mantenido a la sombra mientras luchaba por sobrevivir. Caer en la tristeza y la desesperación habría sido fatal en las trincheras.

Y de ese modo sucedió. Al volver y encontrarse con su padre y mirarle a los ojos: en ese preciso instante su cabeza abrió la enigmática puerta y dejó salir la verdad. Como si algo instintivo hubiera esperado a que volviera a la protección del lecho paterno para estar a salvo en el momento del golpe, quién sabe. El caso es que se topó con ella de forma brutal, allí mismo, ante los ojos emocionados y extenuados de su padre. La cristalina y dolorosa verdad. Y en lugar de decirle lo que había escuchado se lo calló. Tal vez porque en el fondo adivinó que su padre también lo sabía, pero, al igual que él, tampoco quería saber.

Qué gran dureza la de la verdad.

Lo siento, *aita*. Le escribe. Lo supe y no te dije nada.

Lo que debió de sentir su hijo, Pedro no lo percibe en la carta. Las palabras de quien escribe no son capaces de expresar la emoción de quien se las dice. Pedro las imagina en la boca de su hijo y se detiene un momento creyendo que no podrá seguir.

Pero continúa.

José Martín le cuenta que al marcharse de Pamplona se encontró con que no sabía qué hacer. Merodeó durante meses por ciudades de provincia. Subsistió en el moribundo Madrid de la posguerra. El Tercer Reich había declarado la guerra al mundo. Hitler y Franco se habían reunido en Hendaya. El primero quería que el segundo entrara en la guerra. El segundo no se lo podía permitir, herido tras su propia guerra en casa. Sin embargo, estaba en deuda con el primero por su inestimable ayuda con las incursiones aéreas de la Legión Cóndor. De modo que España pasó de Estado neutral a aliado no beligerante de las Fuerzas del Eje. No entraría en la guerra, pero la apoyaría con el envío de un contingente.

Algunos compañeros requetés le hablaron del reclutamiento para la División Azul. Se conoce que andaban tan perdidos como él. Sin trabajo y sin futuro. Sin nada que hacer. Tras la guerra, dejaron el frente y volvieron a sus casas atormentados y asqueados de la terrible experiencia en las trincheras. Allí solo había muerte y miseria. Era el infierno.

Así que retornaron a la cama de la infancia tras tres años obsesionados con volver a dormir en ella. Y, cuando por fin lo hicieron, después de haber sobrevivido y de haber matado con ese único deseo en la cabeza, se encontraron con que algo había cambiado. La cama era diferente o tal vez eran ellos los diferentes. Dormir en ella era extraño. Dormir en ella era difícil. Ya nada era igual. Los sueños eran menos dulces. La comida era menos sabrosa. Los amaneceres eran menos bellos. En las mujeres no encontraban amor, sino deseos efímeros y sexuales de poseerlas.

Lo que en un principio se prometieron no volver a vivir se convirtió en su mayor deseo. Si alguno de ellos había jurado ante Dios no volver a una guerra, rompía ahí mismo su juramento.

Era la primavera de 1941. Hubo banderines de enganche en todas las ciudades de provincia. Las academias militares se llenaron de reclutas, casi todos del bando nacional y de la Falange. La llamada de voluntarios fue todo un éxito.

Tras varios meses de instrucción, partieron de Madrid. En Hendaya los esperaba una inspección médica, con ducha de agua caliente y desinfección de equipos incluida. Cuando transitaban por las vías francesas la tensión se palpaba en el paisaje. En las ciudades ocupadas los recibían a pedradas, hasta que cruzaron las regiones de Lorena y Alsacia y se adentraron en territorio alemán. En una ciudad alemana llamada Karlsruhe, una muchedumbre de diez mil personas los recibió entre vítores y aplausos. Les esperaba un banquete. Las muchachas alemanas eran realmente hermosas. Algunas incluso le besaron en las mejillas.

Después llegaron a la base militar de Grafenwoehr. Estaban preparando el traslado al frente. Se respiraba cierta tensión, se empezaban a cargar víveres y maquinarias en los trenes. Los ánimos eran elevados, la división cobraba doble paga, la alemana y la española. Además tendrían subsidio y doble cartilla de racionamiento al volver a España. Eran muchas ventajas las de servir en la División Azul. Se rumoreaba que iban a ser trasladados al frente oriental. Hablaban de una ciudad rusa llamada Smolensk, donde se reunían los ejércitos alemanes para su asalto a Moscú.

Pedro hace una pausa para tomar aire. Al margen de lo que su hijo diga, leerle y saber de él lo hincha de orgullo e ilusión. Sentir tanto lo fatiga y ha de buscar el acomodo de la cama.

Una vez que se recupera, retoma la lectura.

Su hijo se despide y le promete que le escribirá de nuevo cuando llegue al frente. Le escribirá cada semana. Le contará los detalles de la ofensiva y le hablará de ese frío ruso que tan terrible dicen que es. Está convencido de que son fuertes y de que las tropas alemanas son superiores a las comunistas. Europa es enorme, le dice. Hay tantos pueblos y tantas razas y lenguas que uno se desmayaría al intentar pensar en todas. Jamás había imaginado que conocería tanto mundo y que este le enseñaría tantas cosas. Al volver a casa le hablaría de ellas. Le contaría mil batallas y mil experiencias.

Pedro llega al final de la carta.

Su hijo se despide.

Tu hijo te quiere.

Al concluir la lectura, Pedro se queda inmóvil durante largos segundos.

Su hijo va hacia la guerra y, sin embargo, hay viveza y tensión en sus palabras. Hay incluso alegría por vivir. Deseos de vivir. Deseos de agotar la existencia hasta el último instante.

Pedro se tumba en la cama con la carta sobre el pecho. Ni siquiera se ha quitado el abrigo. Piensa en su hijo y en su juventud. Piensa en la vida que le queda por vivir. ¿Qué vivencias tendrá en la estepa rusa? ¿Encontrará a alguna joven en su vida? ¿Se enamorará? ¿Se casará? ¿Llegará la felicidad a su vida?

Un atisbo de esperanza. Pedro sonríe y cierra los ojos.

Suspira hondo y sucumbe a la fatiga.

55

Las dos verdades

En su lugar. Donde las horas caen sin que repare en ellas. Podría tener un reloj gigante frente a su escritorio y no se daría cuenta.

El abogado Vicente San Julián permanece encorvado al fondo de su largo despacho. Su infatigable querido Watson lo observa silencioso y formal, sentado en sus reinos del suelo como si fuera un muñeco. No existe otro ser vivo en la tierra que haya compartido más horas con el letrado. La suya es una compañía de extraordinaria entrega y fidelidad.

El pequeño *yorkshire* no sabrá hablar ni contar, pero posee instintos inauditos de los que muchos humanos carecen. Olisquea el aire y por algún misterio desconocido es capaz de percibir las emociones de su dueño. A lo mejor las emociones tienen olor y solo los perros se han dado cuenta. A lo mejor la tristeza huele a algo parecido a hojas secas. Y la felicidad, a rosas. Y la enfermedad, a azufre.

Ahora el perro alza la cabeza. Algo negativo lleva olisqueando en Vicente desde hace tiempo.

Percibe frustración. Rabia.

La desesperación del abogado ha ido a más con los meses.

Vicente lleva mucho tiempo peleándose con un gran obstáculo, de fuerza mayor, que ha ido retrasando lamentablemente el proceso desde que Teodora declaró. El decreto ha sido llamado Causa General sobre la Dominación Roja en España, y tiene como objeto analizar los hechos delictivos cometidos en todo el territorio nacional durante la llamada dominación roja. Se hace más evidente que nunca que la justicia no es justicia, sino un artificio creado por el hombre. Tal vez siempre haya sido así, pero es ahora cuando Vicente se hace consciente de ello. Tras una guerra, los vencedores harán y desharán a su libre antojo, eso debería saberlo el abogado de sobra. Pero a veces le puede el bien pensar y peca de inocencia y debilidad. Como si ostentara esa virtud y esa maldición a la vez.

El nuevo Ministerio Fiscal del régimen hace uso de la Causa General para buscar el triunfo sobre la memoria. La tarea primordial ahora es redactar el nuevo relato histórico sobre la guerra. Hacer la historia. Construir la verdad para las generaciones venideras.

Lo que pasó no habrá sucedido hasta que se escriba.

Vicente piensa con tristeza que eso es lo que muchos conocen como verdad. Tal vez habría que dividir la palabra en otras dos.

Una para la verdad ocurrida. Y otra para la verdad contada.

De modo que, una vez finalizada la guerra, han sido miles las personas arrastradas a la cárcel, al exilio, al paredón, a la miseria y a la reconversión forzosa. Se conoce que el nuevo régimen está deseoso de hacer limpieza. Y en esa tesitura navega a la deriva la Causa 167. Casi un año después de la declaración de Teodora sucedió lo que Vicente creía imposible: el sumario fue cerrado por el juez con el procesamiento de los acusados por el delito de incendio y coacciones, no por el de asesinato masivo. La exploración de la sima quedaba en el aire. Al parecer, según la nueva justicia, no era viable por su difícil acceso y su profundidad.

Esta resolución hizo hervir la sangre de Vicente. Desde entonces ya han pasado dos interminables años, y aún conserva el texto sobre la mesa. Lo espera cada mañana, al iniciar la jornada, sobre documentos y actas mucho mas recientes, para recordarle la gran injusticia de la que él, en parte, se siente responsable.

Lleva un tiempo sin saber de Pedro. Tal vez por vergüenza, ante su ineptitud para lograr nada. Aunque el carbonero tampoco es muy dado a establecer contacto, dada su condición extremadamente reservada. Una forma de ser que confunde al abogado, que a veces tiene la sensación de que apenas conoce al que considera ya algo más que un cliente.

El auto reza así:

Hacia el 14 de agosto de 1936, se reunieron en la sala del concejo los concejantes del Ayuntamiento de Donamaria y de Gaztelu, bajo el pretexto de que Juana Josefa Goñi cometía raterías en el término. La junta acordó su expulsión del pueblo, conminándola violentamente y en ausencia del marido para que, juntamente con sus hijos, saliera del pueblo en el plazo de veinticuatro horas, dentro del cual efectivamente se ausentó Juana Josefa Goñi con sus hijos Joaquín, de dieciséis años, Antonio, de doce, Pedro Julián, de nueve, Martina, de seis, José, de tres, y Asunción, de dos, instalándose en una chabola provisionalmente, construida con palos y ramaje, en un bosque próximo, permaneciendo allí hasta el 30 del mismo mes de agosto, en que apareció quemada la chabola y desaparecidos los citados mujer e hijos, cuyo paradero no ha podido ser averiguado hasta la fecha, ni comprobado tampoco el rumor público de haber sido arrojados a la sima de Legarrea de aquel término, en la que no se ha podido practicar un reconocimiento a fondo por su profundidad, carencia de medios adecuados para ello y peligros probables para las personas, según informes técnicos obrantes en autos.

A pesar del testimonio de Teodora, como el asesinato masivo no podía ser demostrado, el juez de instrucción decretó la prisión provisional para los acusados bajo fianza de once mil pesetas. Los *baserritarras* entraron en prisión y estuvieron en ella cuatro días. Su abogado hizo un buen trabajo y pagó la fianza con presteza. Al parecer, algunos de los acusados tenían bienes y los vendieron.

Desde entonces, Vicente libra una lucha encarnizada contra la nueva justicia. La verdad está en la sima y no deja de solicitar al juez su exploración. Ha contactado con ingenieros y capataces de minas que lo consideran viable. Ha presentado informes técnicos y presupuestos de empresas dispuestas a adentrarse en las profundidades. Calcula el letrado que se necesitarán unos mil metros cúbicos de madera, con sus tornillos, su clavazón, sus cuerdas y sus escaleras, además de un cabestrante con ochenta metros de sirga, seis faroles, palas, picos, azadas, hachas y una camioneta para llevar todo el material. Considera a su vez la posible falta de oxígeno y el notable riesgo de desprendimientos. El presupuesto ronda las seis mil pesetas.

Seis mil pesetas, piensa Vicente, no es ninguna fortuna a cambio de descubrir la verdad.

Porque el abogado está convencido de ello.

La verdad resiste ahí abajo, en las profundidades, protegida del hombre y de la palabra.

Según un nuevo perito al que ha consultado, debería considerar la posibilidad de que la sima estuviera inundada, bien por filtraciones del subsuelo o bien por los temporales de agua y de nieve, por lo que sería necesaria la instalación de bombas para el achique. Eso no lo ha tenido en cuenta. Subiría considerablemente el presupuesto. Por su cabeza empieza a discurrir la opción de reunir ahorros y financiar él mismo la exploración, pero aún seguiría siendo obligatoria la aprobación del magistrado.

Murmura frustraciones para sí cuando Leticia entra en su despacho. Hay en ella una emoción que desde luego no muestra Vicente.

Leticia se detiene ante el escritorio.

—Señor San Julián.

Vicente rumia por lo bajo, su cabeza hundida entre papeles, muy lejos de su secretaria y del resto del mundo.

—Señor San Julián. Estoy aquí. Hablándole.

Vicente alza la cabeza, sorprendido. Los anteojos al borde de la nariz.

—Disculpe, Leticia. No la había oído entrar. Es usted muy discreta.

—Traigo buenas noticias, don Vicente.

El abogado siente un calambrazo en el estómago. El hambre de buenas noticias se ha hecho aguda durante los últimos tiempos. Ahora mismo mataría por unas migajas de buenas noticias.

La secretaria juega unos segundos con él.

Vicente no lo soporta.

—¿Me lo cuenta o no me lo cuenta, Leticia?

Ella sonríe.

—No tiene usted buena idea, Leticia. Ande, suéltelo de una vez.

—El Ministerio de Justicia ha expedido la orden de pago de seis mil pesetas para efectuar la diligencia de la sima. La Delegación de Hacienda se hará cargo.

Después de tanto tiempo, el abogado no da crédito a lo que oye. Un pequeño temblor le agita la barbilla.

—Enhorabuena, señor —añade la secretaria—. Me alegro mucho por usted y por Pedro. Han demostrado tesón y valentía.

Vicente se toma unos segundos para asimilarlo. Valentía desde luego. Algunos compañeros del juzgado le han aconsejado que no continúe con el caso.

El abogado permanece varios segundos sumido en el silencio, aturdido, sin poder creérselo.

—¿Se encuentra bien? —pregunta la secretaria.

Vicente la mira y entonces se levanta con rapidez, como accionado por un resorte.

—Tengo que avisarle.

Coge el abrigo, se pone el sombrero y besa a Leticia en la frente.

—No sé qué haría yo sin usted.

56

El amigo

Unos pasos se detienen ante la entrada al edificio. Vicente San Julián suda copiosamente y se suelta la bufanda. Ha corrido por las calles, ha sorteado gentes y ha cruzado calzadas mientras le pitaban cláxones. Su emoción es grande. Se han dado muchos esfuerzos para conseguirlo.

El edificio está decrépito. La fachada ennegrecida como por un incendio, las ventanas sucias y los marcos corroídos por el tiempo y la dejadez. En el interior, un vestíbulo sin alfombras y con la estructura de madera tan deforme como un cuadro de Picasso.

Vicente sabía que Pedro se alojaba en una pensión, pero no en una de tan lastimosa imagen.

En la recepción hay una mujer. Vicente se apoya en el mostrador y recupera el aliento.

—Buenos días…

—Buenos días, señor. ¿En qué puedo servirle?

—Busco…, busco al señor Pedro Sagardía. Llevo unas semanas sin saber de él y no estoy seguro de si se aloja aquí.

Vicente extrae su libreta y se la muestra a la mujer.

—Tenía esta dirección, no sé si…

La mujer asiente con la cabeza.

—Sí, es aquí. ¿Qué nombre ha dicho?

—Pedro Sagardía.

La recepcionista se sorprende al oír el apellido.

—¿Sagardía?

—Así es.

El rostro de la mujer se ensombrece.

—Siento decirle que el señor Sagardía falleció hace una semana.

Se hace un silencio. Vicente mira incrédulo a la recepcionista.

—¿Qué?

—No pudo con una congestión pulmonar.

El abogado mira a la mujer, los ojos muy abiertos, asimilando lo que acaba de escuchar. No es capaz de articular palabra.

—Estoy...

—Está en el establecimiento provincial de la beneficencia.

Vicente tartamudea.

—¿Y cómo..., cómo no me he enterado?

—¿No le había dicho nada?

Vicente está muy aturdido. Piensa en el gélido silencio que siempre rodeaba al carbonero. Piensa en su aspecto frágil y enfermizo, que él achacaba al desgaste del proceso judicial. Después se percata de que han pasado más de tres meses sin saber de él. Tan enfrascado estaba en su lucha judicial que se ha olvidado por completo no solo de su mujer y sus hijos, sino también de su amigo y denunciante y principal afectado por el caso.

El letrado no sabe muy bien qué decir. La sorpresa parece haberlo noqueado.

La recepcionista lo percibe.

—Bueno, por aquí se decía que era un hombre muy reservado. Seguro que no quiso molestarle.

—No era ninguna molestia. No habría sido...

Vicente cae en el mutismo. Como si levantara la cabeza de su escritorio, ahora lo ve con otros ojos. Qué estúpido ha sido. Siempre absorto en sus tareas, siempre entregado a su trabajo, al margen del mundo y de los demás. Fíjate que llevaba meses diciéndoselo. Tienes que hablar con Pedro. Tienes que hablar con Pedro. Pero lo dejaba pasar una semana. Y después otra semana, con la esperanza siempre de llamarle con una buena noticia. Pero estas no llegaban y él lo retrasaba.

Qué estúpido. Qué estúpido.

La mujer lo saca de la autoflagelación.

—Parece que nadie se enteró de su fallecimiento. No vino la familia. Pero creo que tiene un hijo combatiendo en Rusia. Entre sus pertenencias había correspondencia.

Vicente se queda sorprendido al escuchar la información.

—¿En Rusia? —pregunta.

—Así tengo entendido.

Vicente intenta asimilarlo. ¿José Martín en Rusia? Piensa en Pedro y en su naturaleza escueta y dada al silencio.

—Soy…, soy su abogado. Me gustaría ver esas cartas si es posible.

—¿Pedro Sagardía tenía abogado?

—Así es.

La recepcionista parece impresionada.

—¿Sagardía andaba metido en juicios?

—Sí…, bueno. Algo por el estilo, señora.

—¿Y de dónde sacaba el dinero para pagarle?

La mujer se interesa con curiosidad de chismorreo.

—Es una larga historia, señora. ¿Me facilitará esas cartas?

—Ah, sí, sí, las cartas. Se las daremos enseguida. Total, no creo que venga nadie a recogerlas. Aunque supongo que, al ser su abogado, tendrá preferencia.

Vicente no olvida lo que ha escuchado y pregunta:

—Perdone que insista: ¿ha dicho que su hijo combate en Rusia?

La recepcionista asiente desde su lado del mostrador.

—Cuando estaba enfermo, el señor Sagardía habló mucho de su hijo.

—Pedro no era muy dado a hablar.

—Eso mismo pensé yo. Era un hombre discreto y silencioso. Pero se conoce que se quedaba con la necesidad de decir cosas. Y cuando vio su final cerca, arrancó a hablar.

—¿Y qué le dijo?

—Al parecer su hijo lucha contra el comunismo en la División Azul. Batallón… Román, creo. Dijo que se había ido porque no quería saber nada de lo que había pasado. Supongo que el pobre Sagardía deliraba.

—No lo creo…

El abogado murmura eso y se queda absorto. No lo supo ver, se dice. No lo supo ver. Claro que Pedro estaba enfermo, no había más que verle. ¿Cómo había podido estar tan ciego?

—¿Está usted bien? —le pregunta la recepcionista.

Vicente tarda unos segundos en mirar a la mujer. Cuando lo hace, los ojos le brillan de emoción.

—Sí, sí, estoy bien… Solo… tenía una noticia para él.

57

La sima

Gaztelu, año 1942

El silencio de Gaztelu es agitado como si fuera agua y, la llegada de los extraños, una piedra. Las ventanas y las puertas se llenan de vecinos con caras asustadas. La visita es imponente. Coches oscuros procedentes de la capital. Hombres trajeados y de aspecto serio. Guardia civiles. Un equipo de obreros. Una camioneta militar cargada con material.

Es una procesión impactante que despierta los temores en las casas. Años después del incidente, la nueva justicia llega a Gaztelu.

Estacionan en la entrada del pueblo y son guiados a través de las casonas hasta el camino que sube hacia las montañas. Asciende el personal a pie además de la camioneta, que traquetea por el camino seguida de un carro con bueyes que el Ayuntamiento de Gaztelu ha cedido para la causa. Según lo planificado, la camioneta llegará al final de la pista y serán los animales los que tiren del material por las faldas del monte hasta la sima.

Desde el oscuro interior de su vivienda, sin atreverse a abrir la ventana, Mercedes observa a la comitiva. Las cuencas de sus ojos están marcadas por las ojeras, y todo en su rostro va en armonía con sus perennes ropajes de viuda.

Minutos después de que desaparezcan hacia el monte, la vecindad empieza a salir de sus casas con cierta timidez. Algunos se animan a seguir el rastro del grupo y subir también por la pendiente. Hay intriga y también hay deseos de que la angustia eternizada encuentre su desenlace. Hay necesidad de alivio y de que la historia por fin quede cerrada. Demasiado tiempo de silencio. De voces selladas por el miedo.

Mercedes percibe miradas que buscan en su ventana y ella retrocede hacia las sombras. Lentamente, ya sea por ella o por los demás, o tal vez por ambas partes, ha ido aislándose de otras vecinas del pueblo. Nadie le ha dado explicaciones ni ella las ha buscado en los demás. Hay cosas que todos saben, pero que no se hablan.

¿Por qué se ha aislado? Porque sabe que ahora ella está señalada. Y porque en lo más hondo de su ser algo le dice que se aísle y que por ello sufra.

Medio pueblo sube hacia la montaña como si fuera en procesión. Todos saben hacia dónde se ha dirigido la justicia. Conocen el camino. La sima de Legarrea, o Zuloandi, el Gran Agujero, como lo llaman muchos en la zona, es conocida hasta por los más pequeños. Siempre se ha dicho que un toro rojo habita en sus profundidades. El *zezengorri* de la cueva.

Los vecinos dejan la pista en la curva en herradura donde ha estacionado la camioneta, que ha sido liberada del cargamento. Se desvían hacia el monte siguiendo las pisadas de los bueyes y las marcas del carro.

Pisan hierba mojada y las nubes bajas los acogen en su seno. Sienten la humedad y les cae un sirimiri. El paisaje del valle y las casitas de Gaztelu desaparecen tras sus pasos. Esa mañana, las nubes son misteriosas, aunque en apariencia nadie las diferencie de las de mañanas anteriores. Según dichos populares, el misterio está en quien las ve.

En la atmósfera nublada pronto surge la silueta de un hombre.

Es un guardia civil que detiene la marcha de los vecinos.

—A partir de aquí no pueden seguir.

Los vecinos miran montaña arriba, entre curiosos y tristes.

A lo lejos, corre el viento y la niebla se cierra y se abre. Todos ven el haya gigante y la boca de la sima.

A su alrededor, el carro de bueyes y el grupo de gente extraña que ha venido de la ciudad. Un grupo lóbrego y silencioso, una comitiva como de entierro, aunque la intención es exactamente la contraria.

Junto al haya, sopla el viento y la bruma trepa con rapidez ladera arriba, humedeciendo a los presentes con su aliento frío.

Vicente y Leticia permanecen expectantes y tensos entre los hombres trajeados. El cura también asiste, como representante honorífico del pueblo.

—Qué vergüenza que esté aquí —murmura Vicente—. Qué vergüenza.

En un alarde de valentía impropio de él, Vicente busca la mirada del párroco, pero este se la niega. Permanece en silencio y con las manos juntas, reflexivo, como si estuviera rezando.

Todos los presentes miran hacia ese gran agujero que se abre en la tierra. Hay algo en él poderosamente inquietante. Por naturaleza, por lógica incuestionable, todo agujero negro despierta desasosiego en las personas. Es una sensación instintiva que no tiene explicación. Tiene algo de succión y de atracción gravitatoria. Despide señales de miedo y también de intriga.

El agujero, en este caso, es la puerta a la verdad.

Ella los espera ahí abajo, en la oscuridad.

El juez instructor y el ingeniero de minas responsable de la exploración revisan la boca de la sima. Los asisten un celador de obras y el personal auxiliar. Algunos obreros se adelantaron el día anterior para iniciar la instalación de un andamiaje con estructura de madera. El castillete ha de soportar el torno de bajada, donde se arrollará la sirga con el cajón que acoja al personal.

El ingeniero dicta para el informe y un ayudante anota:

—Entrada cubierta por abundante ramaje.

El ingeniero sigue observando, pensativo, caminando alrededor.

Un ayudante le advierte:

—No se acerque demasiado.

El ingeniero toma precauciones y continúa:

—Presenta una forma estrecha y alargada. Unos dos metros de anchura. Cuatro de largo.

El experto ingeniero alza el rostro hacia el árbol.

—Con el fin de facilitar el paso, se ha podado el haya que crece junto a la boca.

Mientras revisan la apertura, los obreros parecen concluir con los preparativos.

—El andamiaje y el torno están listos, señor.

El ingeniero asiente y requiere con un gesto la intervención de un auxiliar.

—Iniciamos la prueba de gases mefíticos. Traigan al animal, por favor.

En el carro de bueyes hay una cesta con un gran ajetreo blanco en su interior. Uno de los asistentes se hace con ella y se aproxima a la sima. Dentro se revuelve inquieto un conejo blanco.

Vicente lo ve y siente una gran compasión por el animal. Le viene a la mente el rostro de su querido Watson. En un acto instintivo, aprieta la mano de Leticia, que se sorprende, pero no dice nada.

Ambos observan cómo la cesta es situada en el cajón atado a la sirga.

—Cronómetro, por favor —dice el ingeniero.

Un asistente provee al experto de un reloj de mano.

—¿Listos?

Los hombres se miran entre sí y asienten. El ingeniero da la orden.

—Iniciamos el descenso.

La cuerda desciende, al principio lenta, después a más velocidad. El torno de bajada gira. El andamiaje de madera chirría. El pobre animal, inquieto y espasmódico en la cesta, desaparece sima abajo.

La cuerda va bajando. Las marcas de profundidad pasan rápidas en el torno.

—Veinte metros —dice el ingeniero.

Vicente aprieta la mano de Leticia, que no tiene otra que corresponder al letrado.

—Treinta metros.

Los presentes aguardan con tensión. La niebla corre sobre sus cabezas tanto como la cuerda.

—Cuarenta metros.

La cuerda sigue bajando y de pronto el torno se detiene.

Se hace un silencio.

La cuerda se destensa. El ingeniero revisa las marcas.

—Cuarenta y siete metros y la cuerda se detiene.

El ayudante anota. Entre los asistentes se oyen murmullos de impresión.

—¡Virgen María...!

—Cuarenta y siete metros...

—Es como la torre de una iglesia...

El ingeniero no cede a las impresiones y permanece concentrado. Continúa con el procedimiento para la detección de gases.

Entonces acciona el reloj de mano. Empieza a correr el segundero.

—Iniciamos los quince minutos de espera para subir al animal.

Los asistentes se preparan para una fracción de tiempo interminable.

Un centenar de metros ladera abajo, los vecinos del pueblo aguardan con inquietud. Todos miran al grupo lóbrego situado bajo el haya. ¿Qué estará pasando allí? ¿Habrán bajado ya a la sima? ¿Los habrán encontrado?

—No puede ser verdad —dicen algunos.

—No los encontrarán.

—Sí los encontrarán.

—Los tiraron allí.

—Claro que lo hicieron.

Sigue corriendo el frenético segundero.

Oculta en las sombras de su casa, Mercedes intenta en vano remendar unos viejos pantalones. La aguja permanece suspendida, con el hilo tenso, a la espera de ser entrecruzada en su destino de lana. Pero la mujer tiene la mirada ida y está quieta, sin hacer nada.

Su padre falleció y ahora está sola en la casa. Podría sentir liberación. Pero no sabe cómo hacerlo. Tal vez no se merezca sentirla. Lo que sí se ve capaz de hacer es añorar lo que era cuidar de su padre. Le gustaría tenerlo ahí, observándola desde las sombras. Inmóvil como una estatua, pero respirando. Con esa enigmática mirada que oscilaba entre la lucidez y el mayor de los vacíos, donde no hay memoria ni hay nada.

Sin saber muy bien cómo, la aguja no acaba en el pantalón, sino en la yema del dedo de Mercedes. No sabe si lo ha hecho ella o lo ha hecho su mano. El caso es que siente una sutil presión y una gota de sangre que emerge. Y al instante el dolor del pinchazo, que por una extraña y oscura razón también es alivio.

Y mientras tanto, el segundero que corre.

En la escuela del pueblo, a pesar de las novedades, las clases continúan. Sea casualidad o no, Agustín desciende por las pendientes de la escuela con el talego lleno de castañas.

Cuando pasa ante el pequeño edificio, sus pasos se detienen.

Se queda ensimismado, escuchando atentamente las lecciones del maestro y las voces de los alumnos.

Durante largos segundos, su mirada se pierde muy lejos. En algún lugar distante donde habitan los sueños de hombres y de mujeres, de brujas y de monstruos.

Agustín reanuda el andar y sigue el descenso.

Las voces de la escuela se intensifican.

La figura del labrador se aleja por la ladera, cada vez más pequeña, cada vez más abajo.

Y mientras tanto, el segundero que corre.

* * *

En la boca de la sima, los presentes esperan.

Tras unos minutos en tensión, Vicente de pronto adquiere consciencia de su mano, que no deja de apretar la de Leticia.

Se la suelta.

—Lo siento —murmura.

Ella tiene la mano repleta de hormigueos.

—No pasa nada. Puede volver a cogérmela, si quiere.

El letrado parece avergonzado. Mira al ingeniero, que está muy al tanto de lo que indica el reloj.

Y es entonces cuando clica y el segundero se detiene.

—Quince minutos —dice el experto.

Los asistentes respiran, como si hubieran estado sin latidos. Se entra en una nueva fase de la tensión, en la que el corazón retoma el pulso cada vez más frenético.

—Procedemos al izado del animal —dice el ingeniero.

Los hombres tiran de la sirga y el torno empieza a recoger.

Todos aguardan expectantes. Pasan las marcas. Chirría el torno. Cada vez más rápido. Cada vez más impulsado por la inercia y la velocidad. Los corazones laten deprisa.

Y al fin emerge la cesta, que del impulso golpea contra el torno y oscila agitadamente.

El ingeniero se aproxima al andamiaje y la estudia con la mirada.

Todos pueden apreciar lo que se mueve dentro.

—El animal está vivo —sentencia el ingeniero—. Desechamos la presencia de emanaciones tóxicas.

Murmuran los asistentes. Vicente mira al párroco, que no da muestras de emoción alguna. Un profesional de la compostura, piensa el letrado. Tan lóbrego con su sotana y su sombrero como un cuervo. Qué sombría presencia la de esta persona. Qué irrealidad tenerla ahí, asistiendo a la prueba definitiva del crimen, asistiendo al descubrimiento de la verdad. Asistiendo a su terrible mentira.

El ingeniero continúa junto a la sima y da paso a la siguiente fase.

—Procedemos a la inspección del minero voluntario.

Desde hace ya minutos, se ha preparado uno de los miembros del Cuerpo de Ingenieros de Minas con casco y lámpara eléctrica. Dicen que es minero especialista. Viste un traje impermeable y porta un silbato y un hacha.

El hombre da unos pasos hacia la sima. A pesar de la experiencia que al parecer atesora, hay tensión e inquietud en su mirada.

El hombre se deja hacer una vez llega al andamiaje. Los auxiliares lo aseguran y lo ayudan a subirse al cajón. La cuerda se tensa bajo su peso. Las maderas del torno y del castillete crujen.

El ingeniero observa los preparativos con atención. Busca la aprobación del minero, que le da el visto bueno y enciende la lámpara, que rumorea de electricidad. Su luz blanca emerge como la de un faro en mitad de la niebla.

A todos la luz les provoca una sensación mística, allí en la montaña.

El ingeniero espera a la confirmación de los auxiliares, que aseguran está todo listo.

Entonces procede:

—Iniciamos la inspección.

Los hombres maniobran con el torno y la cuerda empieza a correr. Su marcha ahora es más lenta y controlada. El minero desciende dentro del cajón, acompañado de su luz.

La sima los engulle.

Van camino de las profundidades, donde está la verdad y donde no todo se lo lleva el tiempo.

58

Superviviente

Cerca de Leningrado, año 1942

El singular entusiasmo que al principio les generó la guerra en Europa ha desaparecido por completo. Ya no queda una migaja de él. Se fue disipando con los días, a medida que se internaban en las riberas del río Vóljov y el atroz invierno ruso los envolvía con su abrazo de hielo.

Nadie en la 5.ª Compañía del Batallón Román, regimiento 269 de la División Azul, piensa ya en ese nerviosismo feliz y lleno de expectación que trajeron de España, esa emoción totalmente absurda que, sin embargo, acompaña a casi todos los inicios de las guerras. Mientras cruzaban Europa y las muchachas alemanas los recibían con flores, nadie pensó en lo irracional de aquella expectación por ir al matadero, pero es que nadie piensa nunca en la irracionalidad de un hecho cuando este le hace sentirse bien.

Se conoce que se habían hecho a la guerra tras experimentar la suya en su propia tierra. Algunos simplemente no eran capaces de adaptarse a la paz. Otros veían en la doble paga y en la aventura rusa una oportunidad imposible de rechazar. Su país estaba en cenizas y golpeado por la hambruna y la miseria, no tenían nada que hacer en él.

El ejército alemán era el mejor sobre la tierra y muchos estaban convencidos de que aplastarían a los soviéticos, que a su vez eran los principales responsables de introducir ideas rojas en España, las que habían desestabilizado el país y habían engendrado el monstruo de la guerra. Así que la victoria y la gloria traerían consigo una bien merecida justicia.

Pero ahora ya no hay victoria, ni justicia, ni entusiasmo entre los soldados del Batallón Román. Ahora eso son palabras y conceptos que parecen desterrados. Ningún hombre de la 5.ª Compañía tiene espacio para ellos en su cuerpo y en su mente. Es como si no estuvieran hechos para pensarlos ni sentirlos. Ahora todo consiste en no caer herido, en no congelarse, en no morir. No existe nada más entre los soldados del batallón.

Simplemente son seres que sobreviven en el invierno ruso.

Pensaron que el frío de noviembre ya era suficiente y que no podría empeorar. Ni siquiera en los días soleados remontaron los cero grados. Pero después vino el mes de diciembre y los termómetros descendieron. Y más tarde llegó enero y siguieron descendiendo, hasta el punto de que según los oficiales era el enero más frío del siglo, tal vez para alentar a los soldados en su resistencia y heroicidad. Y ahora están en febrero y las temperaturas alcanzan los cincuenta grados bajo cero.

Es una demencia que nadie pensó fuera posible. Y sin embargo, ahí están, soportándola día tras día, noche tras noche, en un interminable bucle.

Hace semanas que José Martín no envía una carta a su padre. La última incursión en la línea del Vóljov los ha dejado extenuados. Una ofensiva del Ejército Rojo los hizo retroceder justo cuando más al este habían avanzado y más habían resistido. En la ribera oriental todo está teñido de una irrealidad blanca propia de los sueños. Ningún soldado del batallón, ya proceda de la meseta castellana o de los olivares andaluces o de los valles verdes y lluviosos del Cantábrico, está preparado para resistir en esa inmensidad helada, donde no graznan pájaros ni husmean animales, donde todo está muerto y donde reina un silencio infernal que enloquece a los hombres.

José Martín otea el horizonte y no ve más que blanco. Y así es hacia toda dirección, porque en la llanura rusa no existe ni el frente, ni la derecha ni la izquierda. No existe el avance ni el retroceso. En la llanura rusa no hay referencias. No hay tiempo ni hay espacio. No hay lugar para el consuelo ni lo hay para la esperanza.

El de Gaztelu cada vez se convence más de que sufre un extraño aturdimiento. Es difícil percatarse de la tontera propia, pero todos los soldados la padecen en realidad. Y eso supone un riesgo para el batallón porque les impide centrarse en el enemigo. Pero el metal ruso no es lo peor. Lo peor es ese otro enemigo, el callado, tal vez el culpable de ese aturdimiento colectivo.

Él se ha llevado a la mayoría de los hombres.

A estas alturas, después de sufrir gran parte del invierno, José Martín ya sabe que para combatirlo hay que estar muy concentrado. Y ni siquiera con eso es suficiente. Unos pocos días avanzando en la infinidad blanca pueden ser como años. A veces atraviesan suaves ventiscas, donde miles de copos lo envuelven todo con un engañoso agrado, cayendo dóciles y esponjosos, cubriendo sus uniformes y sus armas como en un sueño feliz. Hay mañanas encapotadas y todo en ellas es como habitar en una bruma perpetua. Los días claros, el cielo es azul intenso y el sol aprieta e introduce una luz cegadora en los ojos que atonta la cabeza. Estas jornadas son incluso peores porque por fin ven horizonte y no encuentran nada en él. Todo sigue igual. Sigue el mismo silencio enloquecedor y también sigue él, sin aflojar un solo instante.

El maldito y demencial frío.

La tentación de pararse no los abandona ni un segundo. Es muy fácil detenerse un momento para descansar. Un segundo para apoyarse en un árbol caído. Un minuto para sentarse en una roca. La columna avanza y se interna en la ventisca y sin darse cuenta uno queda rezagado. Pero solo será un minuto, piensa para sí. La tentación le supera. Siente un placer mayúsculo al reposar el cuerpo, al cerrar los ojos, al sentir el tremendo alivio de los párpados al cerrarse. Ha estado luchando todo el día contra esa fatiga crónica y esas ganas de dormir. Ha sido una tortura. No ha habido un solo minuto en que no haya pensado en el dichoso cansancio. Dicen que hay que mantenerlo a raya y no pararse. Dicen que hay que mantener la concentración. Que hay que ser duros e inflexibles contra los deseos de descansar. Pero es que el hombre que se rezaga se merece un minuto de respiro. Solo será un minuto. Un minuto breve. Un instante fugaz. Un solo momento.

Y así los alcanza la muerte en el infierno blanco.

A muchos no los echan en falta hasta horas después y entonces nadie vuelve para buscarlos. A los más afortunados los encuentran veinte, o treinta, o tal vez cuarenta minutos después dormidos en la nieve. Pagan el sueño con las manos, o con los pies, o tal vez con las piernas. Muchos padecen la ceguera súbita de las nieves que los vuelve completamente locos. Sus gritos son lo único que se oye en el limbo ruso.

El miedo a la congelación recorre las filas del batallón. No es tanto el proceso de entumecimiento en sí, sino la amputación que viene después. José Martín teme la amputación casi tanto como a la propia muerte.

Los soldados lo dicen:

—A mí que me dejen morirme en la nieve antes que cortarme las dos piernas.

—¿Cómo voy a volver yo a mi país sin las dos piernas?

—¿Qué es un hombre sin las dos piernas?

El terror a la amputación es paralizante en el batallón. Pero a veces la tentación del descanso es tan grande que incluso supera al peor de los miedos. Sagardía mantiene un pacto con otros dos compañeros, para vigilarse mutuamente y despertarse cada poco rato cuando duermen por las noches. Uno de ellos es granadino, y el otro, de Badajoz, ambos legionarios reenganchados a la Wehrmacht. Lo apodan con cariño el Vasco, aunque hace tiempo que se les fueron las fuerzas para bromear sobre su raquítico y vasconizado castellano.

El amigo granadino sabe leer y escribe cartas por tres pesetas. José Martín recurría a sus servicios hasta que lo salvó del sueño blanco cerca de la localidad de Possad. Desde entonces se las escribe gratis e incluso se ofrece a adornárselas con metáforas y símiles que rondan lo poético. Le importa que Pedro Sagardía reciba buenas cartas de su hijo. Desde lo de Possad, el soldado granadino ha confiado su alma al de Gaztelu.

—Si no hubiera sido por el Vasco, mi hijo habría crecido con un lisiado como padre.

En el infierno blanco, las vivencias son extremas y las amistades se forjan a fuego. Los hombres del batallón jamás volverán a tener amistades así. Jamás tendrán a nadie a quien los vincule una relación de esta naturaleza, basada en haber compartido las mayores penurias y las más intensas vivencias que la existencia humana puede proporcionar. Es una de las paradojas de este infernal sinsentido al que uno acude con la intención de matar.

Es en esta férrea y singular amistad en la que el amigo granadino ha sacado fuerzas para enseñar al vasco a leer. Surgió de él. Dos noches después de que le salvara la vida, apuraban la cena, de pronto alzó la vista y lo miró con seriedad:

—Voy a enseñarte a leer —dijo—. Es lo menos que puedo hacer.

Se iniciaron días después, cuando el granadino se hubo recuperado, y a ello se han dedicado gran parte de los anocheceres. Siempre se duermen entre palabras. José Martín sabe que para su maestro supone un gran esfuerzo, porque en el invierno ruso toda fuerza es necesaria y no hay que derrocharla. Pero el granadino está convencido.

«Es una forma de mantener lúcida la cabeza». «Es una forma de sentirse persona y no animal». «Ojo, que seguimos siendo seres pensantes y sintientes». Con frases así ahuyentan al cansancio y se entrega uno a la enseñanza y el otro al aprendizaje. Un reducto de humanidad e intelecto en mitad de la barbarie. Un recordatorio para conservar la cordura. Con el paso de los meses, José Martín acaba descifrando por sí mismo los códigos que ocultan los libros y las cartas.

Cuando retroceden a la ribera occidental del Vóljov, vuelven a tener acceso a las líneas de comunicación. Tras semanas aislados, miles de hombres esperan correspondencia desde Europa. José Martín sabe que se podrá estrenar como lector. Como tantos otros, reza porque surja su nombre en el reparto del correo. Tal vez su padre le haya respondido.

Y así es como se agita una carta:

—¡José Martín Sagardía!

El de Gaztelu avanza emocionado entre los soldados y recoge el sobre. Inmediatamente se retira a la intimidad de su tienda. Al verlo entrar, su amigo granadino le palmea la espalda y le deja a solas.

—Llegó el momento de caminar solo.

José Martín empieza a leer. Lo hace renqueante, sílaba a sílaba, como un niño que aún no domina el alfabeto. Pero el resultado es el mismo. El mensaje llega de la misma forma.

Lo primero que le sorprende es descubrir como emisor al abogado Vicente San Julián, no a su padre. Entonces lo ve venir. Es algo que lleva temiendo desde hace tiempo.

Abre el sobre y despliega la carta.

La noticia llega en el primer párrafo.

El letrado le anuncia que su padre falleció de pulmonía.

Una lágrima asoma a la mejilla del soldado, que sabía que su padre estaba enfermo. Tarde o temprano iba a ocurrir. Lo sabía. No quiso verlo, pero lo sabía.

El de Gaztelu llora en silencio dentro de la tienda. Fuera se inicia una ventisca. Los hombres recogen los bártulos con apremio. Su amigo granadino, seguramente envuelto en su capote y tratando de que no se le congele el cigarro, empezará a pasar frío.

José Martín se traga sus lágrimas.

Lee.

Querido José Martín:

Le escribo con la esperanza de hallarle en completa salud, allá donde se encuentre por los páramos de Rusia. Muy a mi pesar, siento comunicarle la noticia de que su padre no pudo con el invierno, víctima, según me informaron en el establecimiento donde se alojaba, de una pulmonía. Huelga decir que su padre llevaba un tiempo enfermo, y que la angustia de un proceso judicial alargado hasta la extenuación sin duda le hizo gran mella. Sé que usted estaba al corriente de ello.

Antes de nada, quiero que sepa que a su padre lo alcanzó la muerte hablando sobre usted, así me lo hicieron saber quienes lo cuidaron en sus últimos días. Parece ser que lo hacía con orgullo y esperanza. Su padre era un hombre escueto, pero sé de buena tinta que le quería a usted más que a sí mismo. Puede estar seguro de ello. Lo vi con mis propios ojos el día en que usted volvió de la guerra. La mirada de su padre destelló como no pensaba fuera posible. Usted lo hacía feliz.

También he de añadir que, a pesar de sus tormentos de salud, su padre aguantó firmemente hasta que la verdad sobre su familia salió a la luz, el día de la declaración de la vecina Teodora Larraburu, aquí, en los juzgados de Pamplona. Pedro soportó las mentiras y las injusticias de los acusados, la lentitud desesperante y burocrática del proceso judicial, y en ningún momento le vi perder la compostura. Quiero que sepa que jamás he visto tamaña solidez en ninguna otra persona. Durante el tiempo en que compartí relación con su padre, siempre admiré esa cualidad suya tan excepcional.

Espero no molestarle al hacerle saber que leí la correspondencia que mantuvo con su padre. Descubrí que usted intuía la verdad sobre lo ocurrido con su madre y sus hermanos. No le reprocho haberme ocultado sus sospechas. Sé que también se las ocultó a su padre e incluso a usted mismo, mintiéndose durante meses. No se avergüence por ello. Lo que hizo es muy humano. Tal vez yo también caí en esa trampa. Me amarraba a cualquier posibilidad de que estuvieran vivos y creo que retrasé el momento de mirar a la verdad. Ella duele, amigo mío. Ella muchas veces no suele gustar. Qué extraordinario parece engañarse a uno mismo, y sin embargo, no existe artimaña más común. Continuamente nos ocultamos la verdad.

Le adjunto la transcripción de lo declarado por la señora Larraburu, por si desea leerla. Como ya intuirá, le adelanto que los rumores que oyó resultaron ser ciertos.

En cuanto Teodora Larraburu prestó declaración, me apresuré a iniciar los trámites para solicitar la inspección de la sima de Legarrea, que como usted bien sabe es conocida en la zona como Zuloandi. El proceso se demoró mucho más de lo esperado. La verdad está en manos de la ley y la ley está en manos del hombre. Con el nuevo régimen muchas cosas resultaron modificadas, y un halo de incertidumbre rodea ahora a la justicia. Si le soy sincero, nunca he recelado tanto de ella.

Afortunadamente, tras un número considerable de esfuerzos, el Ministerio de Justicia expidió la orden de pago para efectuar la diligencia en la sima. Se procedió a la inspección la semana pasada. Tras diversas pruebas para cerciorarse de la ausencia de gases y evitar el peligro de desprendimientos, un miembro del Cuerpo Nacional de Ingenieros de Minas descendió al fondo del agujero. Había una gran tensión entre los presentes. Y entonces sucedió lo que menos esperaba. A los diez minutos, el minero daba señal para que lo subieran. Yo no entendía nada. ¿Diez minutos? ¿Tan solo diez minutos de inspección? Le aseguro que no daba crédito. Algún problema debía de haber tenido para solicitar su izada con tanta presteza. Pero el hombre emergió a la superficie sereno y al parecer sin haberse topado con grandes dificultades.

Tras previo juramento de decir la verdad, el minero manifestó al juez que nada había hallado, sino grandes troncos de madera. Después añadió que por las características del fondo, si los restos de la familia estuvieran en él, sin duda debería haberlos visto, pues al parecer no existía comunicación subterránea por ningún lado.

Después de todo el esfuerzo realizado para llegar hasta allí, sentí que me engañaban a las puertas de la verdad. Protesté duramente por ello. Créame cuando le digo que escucharon mis protestas. Así, en un solo descenso de diez minutos, quedó resuelta una incógnita que llevaba años abierta. ¡Era una auténtica injusticia!

Días después de la bajada a la sima, alegué ante el juez, previo informe de expertos forestales, que la presencia de grandes troncos en el fondo de la sima solo podía deberse a que estos habían sido arrojados intencionadamente, toda vez que no es costumbre taponar las bocas de dichos orificios con troncos, sino más bien rodeándolos con una empalizada con alambre de espino artificial o con ramajes. La presencia de leña en las profundidades del agujero era extraña y muy sospechosa. ¿Un bien tan preciado en el fondo de la sima? Estoy seguro de que alguien la arrojó para ocultar lo que había debajo.

Por otro lado solicité al Ayuntamiento de Donamaria un plano descriptivo del cementerio de Gaztelu donde se indicaran los lugares en que se hubieran efectuado enterramientos desde julio de 1936 hasta la fecha. Era una medida desesperada, pero que tenía que descartar. Tal vez los asesinos habían ocultado los cuerpos allí, no sería la primera vez. Ante la presencia del juez y de un médico titular, se excavó siguiendo el plano, a ochenta centímetros de profundidad, durante dos días. Siento decirle que nada allí encontramos de su madre y sus hermanos.

Espero no desanimarle contándole la verdad. A ella me consagro yo en mi completa existencia. A pesar de todo, quiero que sepa que esto no ha terminado. Seguiré luchando hasta que las fuerzas me alcancen. Voy a solicitar una nueva inspección de la sima, más provista de medios y de intención. Los informes sobre la presencia de leña en el fondo tienen un considerable valor pericial y tal vez nos ayuden.

Quiero terminar este escrito deseándole suerte, José Martín. Usted es ahora el único superviviente de su familia. Se lo ruego: cuídese. Cuídese mucho. Sobreviva en ese gélido frente ruso. Dicen que ese frío es terrible. No sucumba a él, por favor. No sucumba a la bala enemiga. Vuelva a casa y construya esa vida plena que sus hermanos jamás podrán tener.

Sea feliz, querido amigo. Exprima su existencia por todos ellos.

Muy atentamente,

Vicente San Julián

Epílogo

Pamplona, año 2016

En la habitación del geriátrico, la anciana y la periodista permanecen una frente a la otra. Flota entre ambas una atmósfera plácida y reposada. El silencio de pronto se ha vuelto agradable.

La inercia acelerada que traía la periodista del exterior parece haberse rebajado en revoluciones. En la habitación no existe la atosigante cadena de producción noticiera de todos los días, que martillea y martillea hasta poner en las personas una sexta marcha para la vida.

En la habitación no hay nada de todo eso. No les llega el jaleo de los pasillos ni el ruido de la televisión.

Las dos mujeres se contemplan. Una podría ser la abuela, y la otra, la nieta. La primera representa a la generación que se despide, y la segunda, a la generación que pide un último momento para hablar, antes de que sea demasiado tarde.

Hay emoción en sus silencios.

—Tengo entendido que su marido fue un auténtico superviviente —dice entonces la periodista.

La anciana sonríe con nostalgia. Tiene ese aire elegante, aristocrático y a la vez humilde que abunda entre las *etxekoandreak* del país.

—Se me fue a los ochenta y ocho años.

—Dicen los vecinos que usted lo cuidó con amor hasta el final.

La anciana se encoge de hombros con sencillez, emocionada.

—¿Qué otra cosa iba a hacer? Compartimos la vida.

—¿Le hablaba a menudo de su familia?

El semblante de la mujer se ensombrece.

—Mi marido nunca quiso hablar de lo que pasó. Lo llevaba muy dentro.

—Y usted respetó su silencio.

La mujer asiente.

—Yo sabía cosas. Cosas que tal vez él nunca supo ni quiso saber. Y yo lo entendía. Mi marido sufrió mucho. Mi marido vivió muy de cerca aquello de lo que nadie nunca habla.

—¿A qué se refiere?

La anciana escruta a la periodista con atención.

—Me refiero a ese mal que todos llevamos dentro. Un mal que puede ser pequeño e insignificante si se mantiene a raya. ¿Sabe a lo que me refiero?

La periodista parece dudar, algo intimidada.

—Creo que sí…

—La familia de mi marido fue víctima de la versión más monstruosa del mal. Todos nos creemos muy lejos de eso, pero uno nunca puede fiarse. —La anciana señala a la periodista—. Ni siquiera los de tu generación, querida. Aunque vosotros tenéis más suerte de la que tuvimos nosotros. Habéis estudiado. Habéis leído libros y habéis visto películas. Sabéis de lo que es capaz la raza humana. En aquella época, nosotros no sabíamos nada.

—No sé si sabemos tanto, señora. A veces saber demasiado es peor que no saber nada.

La anciana sopesa la respuesta de la joven, sin llegar a atisbar del todo lo que quiere decir.

—Los males de tu generación ya me vienen demasiado grandes…

La periodista sonríe y revisa sus notas.

—He oído que algunos le reprocharon a su marido que no volviera al pueblo.

Al escuchar esto, la voz de la anciana se endurece.

—Hay cosas que es difícil entender si no se viven. Qué vicio tiene la gente con pensar lo que le corresponde pensar a otros. Como si no tuvieran suficiente con lo suyo.

—Más que un vicio, eso es algo intrínsecamente humano.

—Sí. Y también muy peligroso.

La mujer parece molesta, como si estuviera cansada de ese tema.

—Mi marido quiso hacer su vida y yo le entiendo —añade—. En el pueblo solo había fantasmas y asesinos. ¿Quién iba a querer volver allí? Mi marido huyó a la guerra. Huyó. Primero a la de aquí y después a la de Rusia.

La periodista se centra en lo sucedido en territorio soviético.

—Por lo que dicen, su marido fue uno de los escasos supervivientes del Batallón Román.

—A su batallón lo aniquilaron en 1942, cerca de Leningrado. Solo quedaron unos pocos. Él entre ellos. Imagínate lo que tuvo que ser aquello.

—Dicen que fue un infierno.

—Mi marido nunca hablaba demasiado de lo que vivió. Solo decía que pasó mucho frío y que le hirieron en una mano. Pero, ya ves tú, sobrevivió.

—Sobrevivió al crimen de su familia y a dos guerras.

La anciana parece haberse calmado. La mira de nuevo con su amable cercanía.

—Imagínate que a él le hubiera pasado como a la mayoría en aquel batallón. Mi vida habría sido otra.

La mujer evade la mirada, con esa naturalidad de los mayores al hablar de las cosas serias que a los jóvenes les dan vértigo.

La periodista la observa sonreír en sus recuerdos. Una vida entera condensada en la mirada, piensa. Qué lástima que todo quede ahí, encerrado en la memoria, condenado a perderse. La periodista piensa en toda esa generación que se va poco a poco. Abuelos que se mueren lentamente, en soledad, en silencio, entre recuerdos que podrían conocerse. Ellos vivieron lo que podrían vivir otros en el futuro. Ellos cometieron errores que podrían volver a cometerse.

Y ese aprendizaje se va convirtiendo en polvo, día tras día, de familia en familia.

No puede ser, piensa con rabia la periodista. Así que no pierde el tiempo y recurre a sus notas para continuar.

—Voy a preguntarle por la sima, ¿de acuerdo?

La anciana vuelve de sus recuerdos, con su agradable sonrisa.

—Claro que sí. Pregunte lo que quiera.

—La principal prueba documental de lo que sucedió es el sumario Causa 167 del año 1937, del Juzgado de Primera Instancia e Instrucción n.º 1.

La anciana asiente, algo conmovida.

—Ya conozco el sumario.

La periodista continúa y lee entre sus notas:

—A finales de 1945, el abogado Vicente San Julián solicitó ser relevado del caso. Estaba exhausto tras ocho años de investigación. No logró que bajaran de nuevo a la sima. Poco después, en enero de 1946, el juez García Sarabia declaró terminado el sumario. Durante setenta años, la historia cayó en el olvido y casi se convirtió en leyenda. —La periodista deja de leer y mira fijamente a la anciana—. Ha pasado mucho tiempo. ¿Cómo se siente ante lo que está a punto de suceder?

La anciana contiene la emoción.

—Solo quiero que bajen ahí y los encuentren.

—Es el homenaje a la verdad que merece esta historia, ¿no le parece?

A la anciana le sale del alma, con rabia.

—Ya estoy cansada de lo que hacemos con la verdad. La verdad duele, pero también repara. Si el tiempo no se la ha llevado aún, por algo será.

Nota del autor

En el año 2016, ochenta años después de la desaparición de la familia Sagardía, el Gobierno de Navarra, junto con el Ayuntamiento de Gaztelu y varias asociaciones de la memoria, dio los primeros pasos para intervenir en la sima de Legarrea.

En septiembre de ese mismo año, el equipo de forenses y espeleólogos de la Sociedad de Ciencias Aranzadi encontró los primeros restos de la familia. Llevaban días trabajando en la sima, retirando basuras, eliminando sedimentos, separando huesos de animales, hasta que de pronto hallaron un fragmento de cráneo, una tibia, un fémur. En cuestión de semanas encontraron e identificaron restos de los seis hijos. Todavía tardaron un mes en hallar los de Juana Josefa. Ochenta años de vertidos los habían separado muchos metros y a punto estuvieron de hacerlo para siempre.

En palabras de quienes la conocen, la cueva no es del todo vertical. Se inicia con una acusada pendiente y concluye en una caída libre hasta una especie de montículo formado por décadas de vertidos y derrumbes. En el fondo: una cámara subterránea a más de cincuenta metros de profundidad, donde los espeleólogos hallaron desde frigoríficos hasta montones de lana. Encontrar los cuerpos distaba mucho de ser una tarea sencilla. Desde luego, no bastaba con descender al fondo de la sima, como hicieron en el año 1945.

Si uno accede a las imágenes de archivo de octubre de 2016, oirá voces de emisora, verá un andamiaje de madera y un equipo de espeleólogos trabajando. El respetado antropólogo forense Francisco Etxeberria sale a la superficie, con arnés y casco de seguridad, agotado y lleno de barro. Su esfuerzo a lo largo de las semanas está siendo mayúsculo. Hay mucha gente. Aplauden la salida del equipo. Todos ven el saco que llevan consigo.

Las imágenes se suceden y aparecen alineados los fragmentos de huesos. Una mujer, tal vez del equipo Aranzadi, los señala: «La niña, que tenía año y medio. El chaval, que tenía tres años. Martina, que tenía seis. Pedro Julián, que tenía nueve. Antonio, que tenía doce. Y Joaquín, que tenía dieciséis». El forense Francisco Etxeberria habla a los medios y dice que se cierra una historia, que no es un rumor ni una fantasía, sino un hecho muy real.

Al año siguiente tuvo lugar la entrega de los restos de la familia y el entierro en el cementerio de Gaztelu. El vecindario se volcó y las instituciones estuvieron a la altura de su pueblo. La familia Sagardía por fin descansaba en el lugar que le corresponde.

En los últimos años han salido a la luz historias como esta mucho tiempo silenciadas. Se hallan restos de familiares desaparecidos, se exhuman fosas con víctimas de la guerra. Existe un admirable esfuerzo por parte de algunas asociaciones para reconstruir el relato histórico y recomponer la memoria de nuestro país. La suya es una labor importantísima que merece el mayor de los reconocimientos.

En esta tesitura, se están descubriendo historias de un grandísimo calado que no pueden dejar de ser contadas. Ojalá la de los Sagardía no fuera una historia asociada a personas, ojalá no existiera, ojalá no fuera real. Pero sí lo es. Las personas sí que pueden protagonizar tragedias así. Las personas pueden sufrir y provocar cosas así. La cultura, ya sea en un libro, en una pantalla, en un lienzo o en una partitura, es una vacuna contra la ignorancia, la estupidez y la barbarie. Conocer ahora, entender ahora, puede salvarnos de actuar en el futuro como lo hicimos en el pasado. Estas historias tienen que servir para eso. Yo creo firmemente en ello.

Quise hablar de esta historia cuando colaboraba en el programa *Boulevard* en Radio Euskadi. Solía relatar sucesos del pasado de Euskadi, pero enseguida supe que con quince minutos en antena no bastaba. Lo que no imaginaba es que el salto fuera a ser tan grande. De quince minutos a trescientas páginas hay un trecho.

Antes de nada, me gustaría agradecer la confianza en mi trabajo de mi editora, Elena García-Aranda, de HarperCollins, con la que estoy encantado de haber empezado esta nueva aventura literaria. También quiero hacer una mención especial a Pello Salaburu, que me acompañó en mis inicios como escritor y que me ha prestado una ayuda crucial en la documentación de esta novela.

Los años del silencio no existiría de no ser por el trabajo de Jose Mari Esparza en su libro *La sima,* publicado por la editorial Txalaparta. Gracias en gran parte a su labor se procedió a la inspección de la sima en el año 2016 y se desenterró la verdad ochenta años silenciada. En su estudio nos relata como llegaron a un legajo judicial que llevaba décadas sin abrirse: el sumario Causa 167. Hasta entonces, la historia de los Sagardía era considerada tabú e incluso leyenda. Pero la lectura del sumario revelaba que de ningún modo pertenecía al territorio de los mitos. Había tenido lugar un juicio, con denunciante y acusados, con inspección de la sima, sucesos que décadas de franquismo habían sepultado casi hasta el olvido.

También he recurrido al trabajo del prestigioso historiador Fernando Mikelarena, que estudió este crimen en su ensayo del 2017 *Muertes oscuras, contrabandistas, redes de evasión y asesinatos políticos en el País del Bidasoa* y aportó nuevos datos sobre algunos motivos ideológicos que también pudieron darse en tan terrible suceso.

Ambos trabajos analizan minuciosamente los testimonios existentes y el contenido del sumario. Pero no así esta novela. Enseguida entendí que no podía realizar una labor periodística y analítica; la mía era una tarea novelística. Una historia. Con personajes. Algunos ficticios y otros reales. Lo importante era realizar un ejercicio literario de lo que pudo pasar. Entrar en el pueblo. Entrar en las casas. Entrar en las cabezas y en los corazones de quienes vivían entonces.

Hay demasiadas lagunas en esta historia que jamás serán rellenadas. Ya no quedan testimonios directos, los rumores han podido ser adulterados por el tiempo. El sumario también pudo ser alterado y amañado por la nueva justicia impuesta por el régimen de Franco. La base sobre la que erigía mi historia se tambaleaba demasiado. Si quería escribir una novela, tenía muchos huecos que tapar con las herramientas de la ficción. Mucho que inventar, que intuir.

El sumario cuenta lo que quedó registrado en los juzgados de Pamplona, según declaraciones de los implicados. Pero ¿qué pasó realmente en ese apartado valle de Malerreka? ¿Qué sucedió en el interior de aquellas casas en los años anteriores y posteriores a 1936? ¿Qué pasaba por la cabeza de los habitantes de Gaztelu? ¿Qué soñaban? ¿Qué añoraban? ¿Qué sentían?

Mi labor como novelista se centraba en eso. El lector ha de saber que la novela no realiza un seguimiento riguroso de la cronología registrada de los hechos. Sí en su mayor parte, aunque con algunas modificaciones en los años y en el orden de ciertos acontecimientos. La novela no recoge, por ejemplo, una primera inspección ocular que se realizó en 1937 en la sima, donde se arrojaron garfios que nada recogieron. Parece ser que desde el principio la acusación tuvo sospechas de que la familia podía estar en la sima. Otras opciones, como la de que podían haberse refugiado en Francia, no están mencionadas en el sumario y son más bien un recurso novelístico.

Además de la familia, los personajes de Vicente San Julián y Teodora Larraburu son reales. El guardia civil Zabala está inspirado en el sargento destinado al cuartel de Santesteban durante aquella época, que también estuvo implicado en el proceso judicial. Debido a que no quedó clara su implicación real en el crimen, se ha modificado su nombre. La gran parte de lo declarado por ellos en el juicio en los años 1937, 1938 y 1939 ha sido recogido casi textualmente en la novela.

Las declaraciones de los acusados también se corresponden en gran medida con las registradas en el sumario.

Los personajes de los asesinos e incitadores, por el contrario, son ficticios. Mercedes, Agustín, Melchor, el Hankamotz…, sus nombres han sido modificados. El lector interesado en saber los nombres reales de esos once *baserritarras* que estuvieron de guardia la noche del 30 de agosto de 1936 puede consultarlos en el sumario. Una gran laguna de esta historia es no saber quién hizo qué. ¿A quién de los implicados le asignaba un acto criminal en concreto? ¿A quién, el otro? Algunos participaron más que otros. Pero ¿quiénes fueron? No podía poner nombres y apellidos a hechos concretos que estaba novelando.

En el caso del padre don Justiniano Arizkune, el personaje es ficticio y se distancia en algunos aspectos de la figura del que fue en realidad el párroco de Gaztelu. Es cierto que declaró en el proceso judicial y que su testimonio ha sido trasladado casi textualmente a la novela. Pero también es conocida su ideología nacionalista, y que se ocultó en el monte para huir de las represalias franquistas. A pesar de que mintiera con su relato, esto le hace a uno plantearse su implicación como incitador de los crímenes. Es posible que no tuviera nada que ver y que incluso no estuviera en el pueblo cuando se dieron los hechos. Quién sabe.

Todo lo ocurrido en agosto de 1936, desde la junta, la expulsión, el refugio en la chabola y la retención de Pedro en la cárcel de Santesteban bajo acusaciones de ser espía, ha sido reconstruido en base a las declaraciones registradas en el sumario. Es cierto que uno de los acusados se ahorcó en junio de 1938, pero, al contrario que en la novela, el papel anónimo con los integrantes de la guardia del 30 de agosto no salió de él. Llegó a manos de la acusación dos años después, en agosto de 1940.

La descripción del pueblo de Gaztelu no se corresponde en su totalidad a lo que era en 1936. Hay ciertas modificaciones relacionadas con la atmósfera que quería transmitir en la novela. La reconstrucción de la vida en la casa Arretxea, con Josefa, Pedro y los niños, ha sido realizada en función de las piezas existentes, bien a través del sumario o bien a través de testimonios. La familia votó a derechas en las históricas elecciones de febrero de 1936, como todos en el pueblo, lo que descarta en principio un motivo puramente ideológico en el crimen. Sin embargo, las investigaciones de Fernando Mikelarena apuntan a que tal vez lo ideológico fuera más relevante de lo que se pensó en un inicio.

También es cierto que Josefa y Pedro contrajeron matrimonio en 1919, ella con veintidós años y un embarazo que seguramente la estigmatizó. Respecto a las supersticiones y paranoias de algunos vecinos, y al contrario que Mikelarena, Esparza defiende la posibilidad de que vieran en Josefa una reencarnación de esas mujeres antiguas condenadas por brujería. La novela ha buscado potenciar esta posibilidad, más como un análisis psicológico y literario sobre el contagio social fuera de toda razón que como un hecho que estemos seguros pudiera tener un peso determinante en el desenlace.

Tanto el sumario como numerosos testimonios coinciden en que Josefa era una mujer llamativa a ojos de los hombres. Dicen también que sabía leer y escribir, y que estaba más atenta a los astros y a las plantas curativas que a las misas y a la Iglesia. Sacó adelante a siete hijos, la mayor parte del tiempo sola. Las pruebas forenses certifican que no se separó de seis de sus hijos hasta el final. No se sabe mucho más sobre esta mujer de treinta y ocho años. Seguro que tenía demasiado trabajo y demasiadas cosas en las que pensar. Seguro que soñaba con otras vidas, o con tiempos pasados en los que todo parecía mejor. Sin duda representaba a esas mujeres silenciadas durante décadas, que no salían de casa pero que con sus numerosas labores sostenían aquella sociedad. Y, al mismo tiempo, según testimonios de familiares, también destacaba por no querer camuflarse con el resto. Por no vestir de negro o por no llevar el cabello oculto. Por no esconder la sonrisa. Por no rezar al mismo dios. Es posible que la condenaran por todo esto. Por bella, por pobre, por *sorgiña* y por ser ella misma.

José Martín Sagardía sirvió como requeté en la guerra y como soldado de la Wehrmacht en la 5.ª Compañía, Batallón Román, de la División Azul. Murió en 2007, a los ochenta y ocho años. La entrevista del prólogo y el epílogo está basada en la que mantuvieron Gloria Pedroarena, esposa de José Martín, y Jose Mari Esparza de cara a la escritura de su libro. También está inspirada en todo lo publicado en la prensa nacional durante las semanas que duró la inspección de la sima en el año 2016.

Una licencia muy habitual en la ficción histórica, y de la que hago uso en esta novela, tiene que ver con las recreaciones de los procesos penales. En el pasado solían sostenerse en fases escritas y despojadas de solemnidades. La literatura y el cine, sin embargo, siempre han escenificado los juicios como esencialmente orales, que es como se practican hoy en día. He intentado ser fiel en la recreación de la instrucción de la causa, así como en todo lo dicho por los acusados y los testigos en la forma en que quedó recogido en el sumario, pero no lo he sido tanto en la escenificación del juicio.

Un personaje que no aparece y que influyó considerablemente en el juicio es el general Antonio Sagardía, tío de Pedro. Se le menciona en el primer encuentro entre Vicente y Pedro, para justificar su permiso militar, pero no va más allá. En Gaztelu solía decirse que los Sagardía, a pesar de su condición humilde, tenían un pariente militar poderoso. Y así lo fue durante la guerra y también durante el franquismo, hasta el punto de ser nombrado inspector general de la Policía Armada y de Tránsito, y más tarde gobernador militar de Cartagena. Según Esparza, el general influyó sobremanera en el proceso judicial, sosteniéndolo desde la distancia, cuando corría peligro de ser sepultado por la nueva justicia del régimen. Una fama de inclemencia bélica lo precedió siempre, hasta el punto de que, tras la campaña de Asturias, se presentó con sus tropas en Irurzun y manifestó su intención de arrasar el pueblo de Gaztelu en venganza por lo ocurrido. Parece ser que intervinieron los frailes de Lekaroz y apaciguaron la ira del militar. Introducir a este personaje en la novela suponía abrir una nueva línea argumental que complicaría la ya existente.

Habrá apreciado el lector que la descripción de la guerra civil en la novela es muy escueta, y que sus prolegómenos bélicos pasan desapercibidos.

Dicen que ya está todo escrito sobre aquella terrible contienda, lo que parece que no es cierto. En 2016 se desenterró esta historia y aún quedarán muchas por descubrirse. La idea de esta novela era adentrarse dentro de las casas y de las vidas de esos habitantes. La guerra que ellos vivieron no fue la de las trincheras, sino la de las casas.

Y, por último, un breve apunte sobre la lengua empleada para escribir esta novela. Creo que tal vez tendría que haberla escrito en euskera. En el valle de Malerreka se hablaba esta lengua, y muchos eran los que no sabían hablar castellano; de hecho, varios de los declarantes en Pamplona necesitaron intérprete.

El asunto del euskera me hizo dudar. Hablo y escribo en euskera, incluso cursé la carrera de Arquitectura en Donosti en euskera, pero no me siento con las habilidades necesarias para hacer literatura en esta maravillosa y única lengua de nuestra tierra. Es una lástima. Creo que es importante la lengua en que se escribe una historia, pero también considero que es más importante aún el hecho de que las historias son universales. Y a mi parecer esta lo es.

Sea como fuere, el hecho de haberla escrito en castellano es una circunstancia que hace que esta novela sea un poco más imperfecta.

Printed in the USA
CPSIA information can be obtained
at www.ICGtesting.com
LVHW091402110624
782937LV00001B/5

9 788419 883933